作家榜®经典名著

读经典名著，认准作家榜

大
方
sight

THE SIMPLE ART OF MURDER

侦探的简单艺术

[美]雷蒙德·钱德勒 著
刘子超 译

中信出版集团｜北京

图书在版编目（CIP）数据

侦探的简单艺术 /（美）雷蒙德·钱德勒著；刘子超译 . -- 北京 : 中信出版社 , 2022.9
（作家榜经典名著）
书名原文 : The Simple Art of Murder
ISBN 978-7-5217-4064-6

Ⅰ.①侦… Ⅱ.①雷…②刘… Ⅲ.①侦探小说—小说集—美国—现代 Ⅳ.①I712.45

中国版本图书馆 CIP 数据核字 (2022) 第 142580 号

侦探的简单艺术

著　　者：[美]雷蒙德·钱德勒
译　　注：刘子超
出版发行：中信出版集团股份有限公司
　　　　　（北京市朝阳区惠新东街甲 4 号富盛大厦 2 座　邮编　100029）
承　　印：浙江新华数码印务有限公司

开　　本：889mm×1194mm　1/32　印　张：12.25　字　数：220 千字
版　　次：2022 年 9 月第 1 版　　印　次：2022 年 9 月第 1 次印刷
书　　号：ISBN 978-7-5217-4064-6
定　　价：58.00 元

版权所有·侵权必究
如有印刷、装订问题，本公司负责调换。
服务热线：400-600-8099
投稿邮箱：author@citicpub.com

"你和我相处得不错，"他说，"我没吻过你的女人，尽管我并没有说过不想吻。你全部担心的就是这个？"

——《惹麻烦的珍珠》

一个高大的身影离开车身,朝他信步走来,双手插在深色高领风衣的口袋里。他的嘴边,有一支香烟闪着微弱的光,像一颗没有光泽的珍珠。

——《我会等候》

她的样子虽不冷酷,但像是对一切答案都已成竹在胸,并且知道哪些有朝一日或许用得上。

——《麻烦是我的饭碗》

马斯特斯绷起脸看着他,从口袋里摸出一支新雪茄,塞进嘴里。

——《西班牙之血》

音乐变得轻柔起来。淡黄色的灯光下，一位淡色皮肤的悲情歌手垂手而立，以老象牙般的嗓音，唱起遥远、伤感的往事。

——《奇拉诺夜总会的枪声》

— 目录 —

CONTENTS

CONTENTS

01 / 导读
初出茅庐的大师

Chapter 1
001 / 谋杀的简单艺术

Chapter 2
037 / 惹麻烦的珍珠

Chapter 3
103 / 麻烦是我的饭碗

Chapter 4
187 / 我会等候

Chapter 5
213 / 西班牙之血

Chapter 6
283 / 奇拉诺夜总会的枪声

358 / 雷蒙德·钱德勒年表

导读：初出茅庐的大师

1931年6月，四十三岁的雷蒙德·钱德勒丢掉了在石油公司的工作。像所有人到中年突然丢掉工作的男人一样，钱德勒感到不知所措。当时正值美国大萧条时期，钱德勒意识到自己的职业生涯已经走到尽头，不得不重新开始规划自己的人生。他想到自己年轻时的抱负——写作，并从中隐约看到一丝希望，但从何处起步依然是一个困扰他的问题。

失业后不久，钱德勒和妻子开车沿着太平洋海岸线进行了一次旅行。正是在这次旅行中，钱德勒找到了未来写作的方向。每天晚上，在酒店住下后，钱德勒会从书架上挑一本通俗杂志来消磨时间。当时正值通俗杂志的黄金时代，读者群的扩大使得杂志对作者的需求也大幅增加。虽然通俗杂志刊载的故事通常质量不高，但能获得的好处却显而易见。钱德勒深知，假如自己一开始就选择严肃作家之路,必然要经过漫长而坎坷的学徒期,而为通俗杂志撰稿则可以一边学习写作,一边赚到稿酬。对于人到中年,需要养家糊口的钱德勒来说,这不失为一个脚踏实地的选择。尽管还没有动笔,但他已经看到了未来的光亮。在给友人的信中,钱德勒写道:

> 这个世界上只有一个我真心向往之地,现在我已经走到了它的边界。我正在成为一名初出茅庐的作家。

当时,最著名的通俗杂志叫《黑面具》,为它供稿的作者包括硬汉派作家达希尔·哈米特[①]和厄尔·斯坦利·加德纳。两位前辈作家都将人性和角色塑造融入现实主义的侦探故事中,并且取得了商业上的成功。这无疑向钱德勒证明了一种颇具吸引力的可能性,即无须彻底牺牲对艺术的追求,也可以靠写作维持生计。

钱德勒报名参加了一个短篇故事写作的函授课程,从最基本的技巧学起。他坦言自己受到亨利·詹姆斯和海明威的影响。与此同时,他也有意识地学习美式俚语,将它们记在笔记本中,希望用这种语言表达只有文学语言才能诉说的内容。

1933年12月,钱德勒在《黑面具》杂志上发表了第一篇

[①] 达希尔·哈米特(1894—1961):美国"冷硬派"侦探小说的鼻祖,代表作为《马耳他之鹰》。

故事《勒索者不开枪》。这是钱德勒耗费一年多的时间写成的。相比后期的作品，《勒索者不开枪》显得较为粗糙，但它无疑展现了钱德勒的独特风格和巨大潜力。随后的几年里，钱德勒撰写了大量的中短篇小说，发表在《黑面具》和《星期六晚邮报》等刊物上。

以今天的眼光看，钱德勒这一时期的作品水准参差不齐：有些尚未脱离通俗杂志的套路，而另一些则被他当作素材放进了后来的长篇小说里。因此，相比出版两本厚厚的钱德勒短篇小说全集，更好的方式是去粗存精，从钱德勒的短篇小说中精选出最具代表性的篇章汇编成册，供读者鉴赏。

这本《侦探的简单艺术》从钱德勒的众多短篇小说中精选出五篇最具代表性的作品。它们是《惹麻烦的珍珠》《麻烦是我的饭碗》《我会等候》《西班牙之血》和《奇拉诺夜总会的枪声》。此外，还有一篇钱德勒谈论侦探小说艺术的文论《谋杀的简单艺术》。读者不仅可以从这本书中管窥钱德勒的写作历程，也可探寻钱德勒式文风的发展变化。

阅读这些短篇小说，我们不难归纳出钱德勒关注的三大母题：

其一是"堕落"，即财富如何败坏一个家族，导致恶行自上而下地传递。比如《麻烦是我的饭碗》。

其二是"系统"，即掌控政治与有组织犯罪的权势人物形成的网络，而侦探的工作就是与这个"系统"进行搏斗。比如

《奇拉诺夜总会的枪声》和《西班牙之血》。

其三是"命运弄人",即那些出于善意的行为却导致悲剧的发生。比如《我会等候》和《惹麻烦的珍珠》。

这些母题也将在钱德勒随后的七部长篇小说中反复出现——情节会更复杂,人物会更丰满,但反映出的思考却可以在这些早期的短篇作品中觅到踪迹。

文论《谋杀的简单艺术》写于1944年上半年,同年12月发表于《大西洋》杂志。这篇文论系统地展示了钱德勒对侦探小说(特别是硬汉派侦探小说)的理解和写作理念。

钱德勒极为赞赏几位为《黑面具》杂志写作的通俗作家,特别是达希尔·哈米特。钱德勒认为,哈米特不仅将现实主义纳入侦探小说的写作,而且使用的是真正的美国语言。然而,钱德勒本人的雄心则不止于此。他想做的不仅仅是描写一桩谋杀案,更要书写那个发生谋杀案的世界——这样的世界需要英雄和救赎。

那么,钱德勒心目中的英雄是什么样的呢?在《谋杀的简单艺术》中,钱德勒给出了答案:

> 这种小说里的侦探必须是这样的人。他是英雄,是一切,是一个完整的人,平凡却不普通的人。套用一句老派的话,他必须是一个充满荣誉感的人——这种荣誉感与生俱来、不可避免、不假思索,当然更无须挂在嘴上。他必须是他所在

的世界里最杰出的人，且在任何一个世界里也毫不逊色。

　　他不会太有钱，否则也不会去当侦探。他是个普通人，否则就无法混迹于普通人中间。他善于洞察人性，否则就干不了这份工作。他不挣不义之财，但如果受了侮辱，他会公正地还以颜色。他是独行侠，他的骄傲需要你以礼相待，否则你将后悔莫及。他说话和他同时代的人一样辛辣风趣、生动荒诞，对虚伪深恶痛绝，对卑鄙不屑一顾。

　　在钱德勒的心目中，伟大的侦探小说就是这样一个人"探寻幕后真相的冒险"。

刘子超

2021 年 3 月 25 日

谋杀的简单艺术

Chapter 1

1. 如果悬疑小说做到写实，只有变态才会想读它

任何形式的小说都希望自己是真实可信的。今天看来，老派小说装腔作势、矫揉造作，到了近乎滑稽可笑的地步，但最初读到时，人们却并不这样认为。像菲尔丁和斯摩莱特①这样的作家，之所以在现代意义上显得真实，是因为他们主要写的是一些狂放不羁的角色，总能把警察远远甩在身后。而简·奥斯汀描绘的乡绅生活背景下的人物，虽性格极其拘谨，却能让读者从心理上感到真实。

— 亨利·菲尔丁（1707—1754）
英国作家，代表作《汤姆·琼斯》。

---

① 托比亚斯·斯摩莱特（1721—1771）：苏格兰诗人、作家，以创作恶汉小说闻名，影响过狄更斯和奥威尔。

今天，这种社会和情感的虚伪之风比比皆是。再放手添加一些知识分子的自命不凡，你就大可领略到日报书评栏目的调调，以及小俱乐部里讨论小组的那种庄重而愚蠢的气氛了。正是这些人靠着大力宣传制造出畅销书，其本质是一种含蓄的附庸风雅心理。此外还有批评界同仁的加持和背书，某些极有影响力的幕后集团精心呵护与不断灌溉。这些集团的本业只是卖书，却希望你觉得他们是在培育文化。不过，你只要付款时慢了半拍，就会发现他们所谓的理想主义到底是什么了。

由于种种原因，侦探小说很少会得到推广。它一般写的是谋杀，因此缺少振奋人心的元素。谋杀，是个体的受挫，亦即人类的受挫，其中或许也包含了很多社会学意义，事实也确实如此。但是谋杀的历史太长，早已不是新闻。如果悬疑小说确实能够做到写实（这种情况非常罕见），那就需要用一种疏离的态度去写；否则除了变态，谁也不会想去写它或者读它。谋杀小说有种令人沮丧的风格：只顾自己埋头处理问题、解决问题、回答问题，没有留下任何讨论的余地，除了它是否写得精彩，是否算得上一部好小说。然而对于这一点，那五十万掏钱买书的读者是分辨不出来的。即使对于专业人士，在不过度关注预售量的情况下，鉴定写作的质量，也是难度颇大之事。

侦探小说（也许我还是这样称呼它为好，因为英式写法仍然占据主导地位）必须经过一个漫长的"蒸馏"过程，才能得到公众的关注。它现在确实如此，并且以后也会继续如此，此乃事实；至于原因，需要交给比我更有耐心的头脑去研究了。我并不坚持认为侦探小说是一门至关重要、意义重大的艺术形式。世上没有至关重要、意义重大的艺术形式，有的只是艺术，而且少之又少。

人口的增长并没有增加艺术的数量，它只是提高了生产和包装艺术替代品的熟练程度。

然而，即便是最传统形式的侦探小说也很难写好。相比好的严肃小说，侦探小说门类中的佳作更为罕见。二流作品比大多数广为流传的作品活得更久，而很多压根不该问世的作品却赖着不走，就像公园里经久不倒又乏味无趣的雕像。

对那些有所谓鉴赏力的人来说，这是一个令人恼火的现实。他们不喜欢看到几年前深刻重要的小说，如今却放在图书馆"昔日畅销书"的书架上，除了偶尔有近

视眼的读者弯腰一瞥,匆匆离去之外,再也没有人会走近它们。与此同时,那些大妈们却在悬疑书架前推来搡去,只为抢到一本名为《三朵牵牛花谋杀案》或《酒鬼探长大营救》之类的流行作品。他们同样不喜欢看到,再版书架上"真正重要的作品"落满灰尘,而《死神总穿黄色吊袜带》却已加印五十次,发行十万册,遍布全国书报亭,而且显然没有挥手告别之意。

优秀作家只与死者竞争。

2. 夏洛克·福尔摩斯归根结底只是代表了一种态度,说了几十句令人难忘的对白

坦白地说,我本人也不喜欢看到这种情况。在没那么一本正经的时候,我也写些侦探小说,但那些"长生不老"的作品,让竞争变得过于激烈。如果每年有三百篇高等物理论文发表,另有上千篇各种形式的论文整装待发,并且还有人读,那么即便是爱因斯坦,也难有用武之地。

海明威说过,优秀作家只与死者竞争。优秀的侦探小说家(毕竟还有那么几个)不仅要与不愿入土为安的死者竞争,还要与一大群活蹦乱跳的人较量——而且几乎是在同等条件下。因为这类作品的特点之一——吸引读者阅读的那种特质——永远不会过时。主人公的领带可能略显老气,头发花白的老探长也许坐的是双轮马车而非警笛长鸣的流线型小轿车,但是到达现场后,他要做的事情还是老一套:核对时间,查看烧焦的纸片,研究是谁践踏了书房窗户下面长得正好的草莓丛。

然而,我对写侦探小说的兴趣却没那么见不得人。在我看来,如此大规模地生产侦探小说,而作者的直接回报又如此之少,批评界的赞誉几乎为零,还想指望这份工作吸引人才,那是不可能的。从这个意义上来讲,评论家高高耸起的眉毛和出版商拙劣的推销也就完全合乎逻辑了。一般水平的侦探小说或许并不比一般水平的小说更差,但是你根本看不到一般水平的小说,因为它

优秀的侦探小说家(毕竟还有那么几个)不仅要与不愿入土为安的死者竞争,还要与一大群活蹦乱跳的人较量——而且几乎是在同等条件下。

不会出版。然而，一般水平的——或者只是略高于一般水平的侦探小说却不仅有人出版，而且还有一小部分卖给了图书馆，供人借阅。甚至还有一些铁杆粉丝，会以两美元的全价购买，因为它们新鲜出炉，封面上还有一具尸体的图片。

奇怪的是，这种平庸枯燥、硬挤出来的小说，虽然生硬机械、毫无真实性可言，却与这类艺术形式中所谓的杰作并无太大区别。情节或许更为拖沓，对话也许更加平淡，人物刻画不那么丰满，骗术也更显而易见，但终究是一路货。然而好小说和坏小说却截然不同，有着天壤之别。好的侦探小说和坏的侦探小说写的都是相同的事情，写法也相差无几。这也是有原因的，原因背后还有原因，一向如此。

我想只要是侦探小说——不管是传统的、古典的、直接推理的、逻辑推理的——面临的主要困境是，要想写出完美的作品，需要具备各种才能，但这些才能却并非一个人可以同时拥有的。头脑冷静、善于构思的人未必能塑造出生动的角色，写出犀利的对话，把握好节奏，准确使用观察到的细节。不苟言笑、逻辑缜密的人，只能制造出制图板一般的气氛。他笔下那位科学范儿的侦探，尽管有一个明亮崭新的实验室，但对不起，我记不住他的脸。如果一个人拥有生动多彩的文风，那他绝不会像苦力一样，大费周章地去破解那些无懈可击的不在场证明。

通晓冷门知识的大师，心理上还生活在裙子里有裙撑①的时代。如果你对陶艺和埃及刺绣了如指掌，那你对警察就一无所知。如果你知道铂金不到 2800 华氏度不会自行融化，但如果你把它放在一块铅块旁，用深邃的蓝眼睛一瞥它就会融化，那么你就不会知道 20 世纪的人是如何做爱的。如果你对战前法国里维埃拉地区②的悠闲生活有足够了解，把那里作为故事的发生地，那你肯定不会知道吞下几片小小的巴比妥安眠药不仅不会致命，甚至都无法使人入眠——如果那个人刻意抗拒的话。

每个侦探小说家当然都会犯错，对错误也缺乏应有的自知之明。柯南·道尔犯过一些错误，让他的有些故事根本站不住脚，但他是一位先驱，而夏洛克·福尔摩

我们已经习惯，有些人对于他们所不了解的事物偏要挖苦。
——柯南·道尔《四签名》

---

① 裙撑：指 18、19 世纪西方贵妇人用于固定裙摆的工具。
② 里维埃拉地区：指意大利西北海岸和法国南岸地区，阳光充足，降雪日和阴雨日都很少。

斯归根结底只是代表了一种态度,说了几十句令人难忘的对白。真正让我大失所望的是霍华德·海克拉夫特先生(在他所著的《谋杀为乐》中)所说的侦探小说黄金时代里的男女们。那个时代并不遥远。按照海克拉夫特先生的说法,从"一战"后一直持续到20世纪30年代。实际上,这个时代延续至今。在所有出版的侦探小说中,有三分之二或四分之三的写法仍旧沿用那时的套路——它们由那个时代的巨匠创造、完善、润饰,并以逻辑推理问题的形式兜售给世界。

这些话听起来严厉,但也不必惊慌。它们只是一种说法。让我们看一部光耀这种文学门类的作品吧!这是一部举世公认的杰作,它将读者玩弄于股掌之间,且没有让他们感觉受骗。这部作品叫《红房子疑案》,作者是A.A.米尔恩[①]。此书曾被亚历山大·伍尔科特[②](一个喜欢说大话的家伙)誉为"史上最好的三本悬疑小说之一"。这种分量的话可不是能轻易说出口的。小说1922年出版,但并无时效性,完全可以轻松地放到1939年7月出版,或者稍微改动几处,放到上个星期出版。它一共再版了十三次,以最初的版式就印行了

---

① 艾伦·亚历山大·米尔恩(1882—1956):英国作家,其最主要成就是创造了"小熊维尼"的形象。
② 亚历山大·伍尔科特(1887—1943):美国作家、评论家、《纽约客》撰稿人。

大约十六年。对于任何书来说,这种情况都是罕见的。这是一本轻松愉快的书,像《笨拙》杂志一样风趣好笑,文字行云流水,具有一种迷惑性,让人以为作者写的时候也是轻松自如,实则不然。

小说的主人公是马克·阿布雷特,他为了捉弄朋友,乔装成自己的兄弟罗伯特。

马克是红房子的主人,而红房子是一座典型的英国乡间宅邸,房前种满金链花,还有一间供看门人居住的小屋。

马克有个秘书。正是此人鼓励和怂恿马克乔装成马克自己的兄弟罗伯特。因为一旦马克假冒成功,这位秘书就可以伺机杀掉马克。

红房子附近的人全都没见过罗伯特,只知道此人声名狼藉,在澳大利亚混了十五年。人们谈到罗伯特寄来一封信（但并未真的看到），罗伯特在信上说自己打算回来，而马克暗示这并非好消息。一天下午，传说中的罗伯特回来了。他向几个仆从亮明身份，之后就被领到了书房。根据审讯时的证词，马克也跟着进了书房。随后，有人发现罗伯特死在了地板上，脸上有个弹孔，而马克消失得无影无踪。警察赶过来，怀疑凶手是马克。他们搬走尸体，开始调查，随后进行问讯。

　　米尔恩意识到，这里面有一个非常巨大、他竭力想要克服的障碍。既然秘书想在马克假扮成罗伯特后杀掉他，那么假扮的事就必须继续演下去，骗过警察。而且既然红房子附近的每个人都熟悉马克，伪装就变得十分必要。

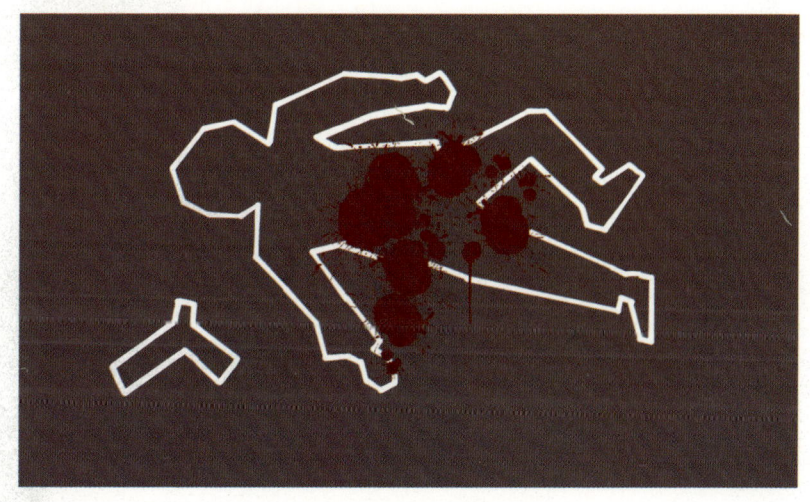

因此，马克的胡子被剃掉了，双手弄得很粗糙（证词所谓的"不像绅士保养得当的手"），用粗哑的嗓音说话，做出粗野的举止。

但光有这些还不够。警察会得到尸体、尸体所穿的衣服和口袋里的所有东西。这些也不能暴露马克的身份。于是米尔恩想方设法地把马克描绘成一位极其自负的演员，为了演好这个角色，连袜子和内衣都做了伪装（秘书已经撕去了商标），就像一个拙劣的演员把全身涂黑去演奥赛罗一样。如果读者相信这套说辞（销售记录显示他们确实相信），那么米尔恩认为自己就算是自圆其说了。然而，不管这个故事的结构多么单薄，依然要给读者提供逻辑和推理的问题。

如果提供不了这些，那么小说就是彻头彻尾的失败。其他东西就更谈不上了。如果情节做不到可信，那么它连一部轻松愉快的小说都算不上，因为它缺乏轻松愉快的小说所必需的故事性。如果问题设置得不合理，那也就算不上是问题。如果逻辑只是错觉，那也就没有推理可言。如果告诉读者冒充罗伯特所必备的条件，冒充就难以成立，整部小说也就沦为无稽之谈。米尔恩并非有意如此，假如他知道自己要面对的困难，恐怕根本就不会提笔去写这部小说。他面对的是一些致命的问题，可他却一个都没有考虑过。那些不用心的读者显然也没有考虑过。他们喜欢这部小说，因此愿意选择相信。但是如果连作家本人都不了解生活的真相，就更无法去要求读者了解了，因为只有作家才是这方面的专家。

这位作家忽视了以下几点：

① 验尸官召集陪审团进行正式的死因调查问讯，但尸体却没有经过合法的验明正身。一般来说，只有大城市的验尸官才会偶尔在无法给尸体验明正身的情况下举

行问讯,假如这样的问讯存在价值或者可能存在价值的话(火灾、天灾、谋杀证据等)。但这里并不存在类似的理由,也没有人来指认尸体。数位证人表示,该男子自称罗伯特·阿布雷特。这仅仅是推测。只有在没有与之相悖的证据时才有意义。验明正身是传讯的前提。这是法律规定。即便一个人死了,也享有拥有自己身份的权利。验尸官在人力所及的情况下应该确保这种权利的实现,否则就是玩忽职守。

② 既然马克·阿布雷特失踪了,而且涉嫌谋杀,无法自行辩护,那么在谋杀案前后那段时间,他的所有行踪都是至关重要的(包括他身上有没有钱逃跑)。然而,所有提供这些证据的都是与谋杀案关系最紧密的人,也没有旁证。在得到证实之前,这必然是存疑的。

③ 警方通过直接调查发现,罗伯特·阿布雷特在家乡的名声不佳。那里一定有认识他的人,但那些人却没有受到讯问(否则故事就穿帮了)。

④ 警方知道,罗伯特这次假定中的返乡之旅带有威胁的意味。这一点显然与谋杀案有关,但警方并没有设法调查罗伯特在澳大利亚的情况,也没有弄清他在那里

是何种角色，他的人际关系如何，甚至是不是真的回了英国，同行者是何许人也。（要是他们调查一下，就会发现罗伯特早就去世三年了。）

⑤ 法医在检查尸体时发现，死者刚刮过胡子（露出来的皮肤没有经过风吹日晒），双手的粗糙也是造假的。由此可见，死者应该是一个衣食无忧的有钱人，长期生活在凉爽的气候中。可罗伯特却是一个在澳大利亚生活了十五年的劳动人民。法医很清楚这一点。他不可能没有发现尸体的情况与之矛盾。

⑥ 尽管死者的衣物上没有姓名，口袋里是空的，商标也被剪了，但是穿这身衣服的人表明了某种身份，可以据此判断，他并非他自称的那个人。然而，警方面对这么可疑的情况却没有任何作为，甚至都没觉得可疑。

⑦ 一个人失踪了，还是当地的一位名人，而太平间里有一具尸体，与这个人高度相似。警方不可能从一开始就排除失踪者即是死者的可能性。没有比证明这一点更容易的了。要说警方根本没想到，着实有点匪夷所思。小说把警察变成了傻子，而一位冒失的业余侦探反倒大模大样地破了案，令世人为之震惊。

这个案子的侦探名叫安东尼·吉林汉姆。他是一位漫不经心的业余侦探，长着一双快活的眼睛，住在城里一间不错的小公寓里，总是一副满不在乎的神气。他不靠破案挣钱，却总能在警方手忙脚乱之际出现。那些英国警察也能以他们一贯的好脾气忍受他。要是他落到我们这边凶杀组的警察手里会发生什么……想到这个，我就不禁打起寒颤。

这类作品中还有一些更加说不通的例子。在《特伦特的最后一案》（它常被誉为"完美的侦探小说"）中，你必须接受这样一个前提：只要稍微皱皱眉头就能让华尔街像吉娃娃狗一样瑟瑟发抖的国际金融巨头，为了把自己的秘书送上绞刑架，不惜策划了自己的死亡。这位秘书被捕后，竟能保持高贵的缄默——或许他身上还留有旧时的伊顿学风吧。我认识的国际金融巨头不多，这本小说的作者认识得想必更少（如果可能认识的话）。

还有一本书，作者是弗里曼·威尔斯·克罗夫茨[①]（在没那么天马行空时，他算是几个人当中相对稳健的一个）。书中的凶手凭借化妆术、分毫不差的时机和巧妙的规避躲闪，伪装成了刚被自己杀害的人，在远离作案现

[①] 弗里曼·威尔斯·克罗夫茨（1879—1957）：爱尔兰推理小说家，被誉为推理小说黄金时期的推手。

场的地方复活。在多萝西·赛耶斯①的小说里,有一位男子深夜独自在家时遇害。他是被机械操作的重物砸死的。这种死法之所以能成功,只是因为他总在同一时间打开收音机,站在收音机前的同一位置,并且以同样的幅度俯身。只要差上几英寸②,观众就看不上好戏了。这就是俗话说的"老天爷帮忙"。可要是凶手必须这么麻烦老天爷,那一定是入错行了。

阿加莎·克里斯蒂也写过一个故事,主角是赫尔克里·波洛先生,那位天才的比利时人,说话就像把小学生的法语句子直译了过来一样。和往常一样,波洛先生调动了一下大脑里那些"小小的灰色细胞",然后得出一个结论:卧铺车厢里没有哪个人能够独自完成谋杀,必然是所有人都参与其中。他还像拆分打蛋器那样,把整个过程拆解为一个个

---

① 多萝西·赛耶斯(1893—1957):英国推理小说家,写过一系列以彼得·温西勋爵为主角的侦探小说。
② 1英寸为2.54厘米。

简单的小环节。这种类型的小说，头脑聪明的人读起来绝对如坠云雾，只有傻瓜才能猜到结局。

同样一批作家，或是他们流派中的其他人，想出过一些更好的情节。也许在什么地方，确实存在一部真正经得起推敲的作品。阅读这样的作品一定十分有趣，哪怕我不得不翻回第47页，好重新弄清楚第二个园丁究竟是什么时候把获奖的香水月季装到花盆里的。这类故事没什么新意，但也不算陈旧。我提到的这些小说都是英国的，只是因为权威人士（如果可以这么称呼的话）似乎觉得英国作家在写这种老套路的故事方面胜人一筹，而美国作家，即便是菲洛·万斯①的创造者，也只够得上青年队水平。

这种典型的侦探小说既学不到新东西，也忘不掉老套路。几乎每个星期，你都能从大开本、亮闪闪的杂志上找到这类故事。它们有精美的插图，对处女的爱情和正常的奢侈品都给予适度的尊重。节奏可能快了一些，对白油腻了一点，故事里多是冰镇代基里鸡尾酒和史丁格鸡尾酒，而少有陈年的波特酒，服装多为《时尚》②里的样式，装潢更像《美好家居》上的。看着更时髦，但

---

① 菲洛·万斯：由美国作家范·达因（1888—1939）创造的名侦探，在20世纪二三十年代红极一时。
②《时尚》(Vouge)：1892年创刊于美国的流行时尚杂志。

并没有更真实。我们不再徘徊于伊丽莎白时代花园里那灰暗老旧的日晷下,而是有更多时间泡在迈阿密的酒店里或科德角的避暑胜地。

但是,从根本上讲,小心判定嫌犯的手法是相同的;在十五位鱼龙混杂的客人面前,波丁顿·波斯特尔斯维特三世夫人降了半调演唱歌剧《拉克美》中《钟之歌》的高音部分时,是怎么不可思议地被人用坚硬的铂金匕首刺了一刀,还是大同小异;依旧是穿着毛皮镶边睡衣的天真少女半夜尖叫,吓得同伴跑进跑出,搞不清楚时间;而第二天大家闷闷不乐地坐在一起,一边啜饮"新加坡司令",一边说着冷嘲热讽的话,而那位头戴圆顶硬礼帽的警察依旧在波斯地毯下面爬来爬去,寻找线索。

我个人更青睐英式风格。它没有那么不堪一击,人物也恪守本分,穿正常的衣服,喝正常的饮料。故事背景更为合理,仿佛奶酪蛋糕庄园确实存在,而不仅是镜

头里的一个布景。故事中有更多漫步山野的场景，角色们的表现也不像刚参加了米高梅电影公司的试镜。英国人也许不是世界上最好的作家，但绝对是最有板有眼的，这一点无人能敌。

3. 凡是用活力写出的文字必然就有活力：没有沉闷的题材，只有沉闷的思维

所有这些故事都能一言以蔽之：在智力上，它们算不上难题；在艺术上，它们算不上小说。它们的构思用力过猛，对于真实世界一无所知。它们想要显得诚实，但诚实是一门艺术。蹩脚的作家不诚实并且浑然不觉，不错的作家不诚实，因为他不知道该对什么诚实。他以为一个复杂的谋杀案能迷惑住不想逐一分析细节的懒惰读者，也一定能迷惑住警察，他不知道警察的工作就是专注细节。

把脚往桌上一跷的小伙子们知道，世上最容易侦破的谋杀案是那些机关算尽的谋杀案；而真正需要绞尽脑汁的是那些案发前两分钟才动杀机的谋杀案。但是如果侦探小说家想写出这样真实的谋杀案，就要把生活的真实气息写出来。他们做不到这一点，只好假装写出来的就是真实的。这是在逃避问题——他们中的佼佼者应该明白这一点。

埃斯库罗斯（Αισχύλος，前525—前456），古希腊悲剧诗人，与索福克勒斯和欧里庇得斯并列为古希腊最伟大的悲剧作家，有"悲剧之父"的美誉。

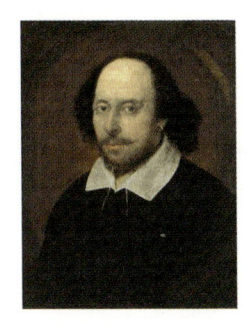

莎翁是英国文学史上最杰出的戏剧家，也是西方文艺史上最杰出的作家之一，全世界最卓越的文学家之一。
——鲁迅《摩罗诗力说》

在《犯罪故事选集》第一卷的前言中，多萝西·赛耶斯写道："它（侦探小说）不会，也绝无可能，达到文学上的最高成就。"她在别的文章里说，这是因为侦探小说是一种"逃避文学"，而非"言志文学"。

我不知道什么算是文学上的最高成就：埃斯库罗斯和莎士比亚搞不清楚，赛耶斯小姐恐怕也搞不清楚。在其他条件都一样的情况下——虽说从不可能都一样——一个更具力量感的主题会有更具力量感的表现。但也有些写上帝的书十分沉闷，倒是一些写如何本分谋生的书非常精彩。问题的关键永远在于，是谁写的书，以及作者的肚子里装着什么货。

至于"言志文学"和"逃避文学"，这都是批评家的术语，他们使用这些抽象的词语，仿佛其中包含着绝对的意义。凡是用活力写出的文字必然就有活力：没有沉闷的题材，只有沉闷的思维。读书的人都期待逃到书页背后的世界去。

梦境的质量如何或可商榷,但做梦带来的放松感已经成为不可或缺的需求。人类需要不时从个人思绪的致命节奏中逃离,作为有思想的生物,这是生活过程的一部分,是他们与三趾树懒的区别之一。后者显然——当然无法百分之百肯定——对倒挂在树枝上心满意足,连瓦尔特·李普曼①也不读。我并不特别认为读侦探小说是最理想的逃避方式。我只是认为凡是以消遣为目的的阅读都属于逃避,不管读的是希腊文、数学、天文学、贝内德托·克罗齐②,还是《被遗忘者的日记》。不认同这一点就是智识文化上的势利眼,生活艺术上的门外汉。

我认为多萝西·赛耶斯小姐并不是因为想到了这些,才写下那篇无益的批评性随笔。

在我看来,真正啃噬她内心的是,她逐渐意识到她那种侦探小说乏味而俗套,甚至都无法自圆其说。它是二流文学,因为它写的不是能构成一流文学的东西。如果她开始写真实的人物(她有这个能力,她笔下的次要人物可以证明这一点),这些人物很快就会开始做不真实的事情,以满足情节所需的造作套路。这些人物的行为一旦不再真实,他们本身也就丧失了真实性,变成了木偶、

---

① 瓦尔特·李普曼(1889—1974):美国作家、记者、政治评论家。他开设的"今日与明日"专栏在美国言论史上影响巨大。
② 贝内德托·克罗齐(1866—1952):意大利著名文艺批评家,代表作《美学》。

纸板做的情侣或是纸糊的恶棍和侦探——带着过犹不及的讲究和假模假式的文雅。

只有那些不知现实为何物的作家，才会满足于这样的道具。多萝西·赛耶斯的小说表明，她同样被这种陈腐论调困扰；小说里最虚弱的元素恰恰是那些使它成为侦探小说的部分，而写得最好的部分就算删掉也不影响"逻辑推理问题"。然而，她既不能也不会赋予她的人物大脑，让他们去制造自己的悬疑。写那样的小说所需要的头脑，远比她的头脑简单得多，也直接得多。

《漫长的周末》是一部记录"一战"后十年间英国生活百态的佳作。作者罗伯特·格雷夫斯[①]和阿兰·霍齐[②]在书中也谈到了侦探小说。他们就像黄金时代的装饰品一样，都是老派的英国人。他们写到那个时代的侦探小说家几乎和世界上其他作家一样出名。他们的各类作品畅销百万册，被译成十几种语言。正是这些作家为侦探小说固定了形式，确定了规则，创立了著名的侦探小说俱乐部，成为英国推理作家的圣殿，会员名单几乎囊括了柯南·道尔以来的每一位重要作家。

---

① 罗伯特·格雷夫斯（1895—1985）：英国诗人、学者，一生创作了140余部作品。
② 阿兰·霍齐（1915—1979）：英国历史学家、记者，与格雷夫斯合作过多本著作。

4. 拥有眼界和能力写出真实小说的作家，不会去写不真实的作品

但是格雷夫斯和霍齐认为，在这段时期里，只有一位一流作家写过侦探小说。他是一位美国作家，名叫达希尔·哈米特。且不管格雷夫斯和霍齐是不是老派，他们肯定不是古板守旧的二流作品的鉴赏家。他们可以看到世界潮流的演进，看到与他们同时代的侦探小说所看不到的东西。他们意识到，拥有眼界和能力写出真实小说的作家，不会去写不真实的作品。

哈米特到底是一位多么原创性的作家，如今尚不易盖棺定论，即便这一点至关重要。他隶属于一个派别——这个派别的作家写作或者试图写作现实主义的推理小说——但只有哈米特获得了批评界的肯定。所有文学运动都是如此，其中一个人被挑选出来，代表整个运动。此人通常代表这场运动的巅峰。哈米特的表现是一流的，但是在他的作品

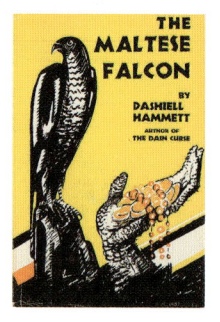

— 《马尔他之鹰》：达希尔·哈米特的代表作，硬汉侦探小说。

中，没有什么元素是在海明威早期的长短篇小说中找不到的。

然而，据我所知，海明威除了从德莱塞、林·拉德纳①、卡尔·桑德堡②、舍伍德·安德森和他自己身上学到东西之外，可能也从哈米特那里学到了一些。对小说语言和素材的革命性颠覆已经进行了一段时间。最早或许是从诗歌开始的——几乎所有革新都是。愿意的话，你甚至可以清晰地追溯到瓦尔特·惠特曼。但是哈米特将革新应用到了侦探小说里。只是由于包裹着英式的高贵和美式的故作高贵，变得难有进展。

我怀疑哈米特是否有经过缜密思考的艺术目标。他靠写一些他有一手经验的东西谋生。他编造了一些东西，所有作家都会编造，但他编造的东西有事实基础，以真实的东西为原型。英国侦探小说家唯一了解的事实是瑟比顿和博格诺里吉斯两地的说话口音。他们写达官显贵和威尼斯花瓶的经验，不会比有钱的好莱坞明星对挂在贝莱尔别墅墙上的法国现代派名画和被他们当作茶几的齐本德尔半古董长凳了解得更多。哈米特将谋杀案从威尼斯花瓶一样的地方挪到了穷街陋巷。它不必永远待在

---

① 林·拉德纳（1885—1933）：美国幽默作家，代表作为《有人喜欢冷冰冰》。
② 卡尔·桑德堡（1878—1967）：美国诗人、传记作家，代表作为四卷本《亚伯拉罕：战争的年代》。

那里，但尽量远离艾米莉·波斯特①心目中名媛该如何啃鸡翅的想法，看上去是个好主意。

最初（几乎直到最后），哈米特都是为那些对生活抱有强烈进取态度的人写作的。他们不害怕事物的阴暗面，他们就活在其中。暴力吓不倒他们，它就发生在他们的街上。哈米特把谋杀还给了有杀人理由的人，而不仅仅是提供一具尸体。他把谋杀还给了有手段的人，而手段不是手工制造的决斗手枪、毒箭和热带鱼。他把这些人物如实地呈现在纸上，让他们一如平常地交谈和思考。

他有风格，只是他的读者不知道，因为他使用的语言一般不被认为可以达到如此雅致的程度。他们以为自己看的是一出有血有肉的传奇剧，用的就是他们想象中自己会说的那种语言。某种程度上的确如此，但也不尽然。所有的语言都始于说话，而且是普通人说的大白话，但是当它发展成文学媒介时，就只是看起来像大白话了。在最不济之时，哈米特的风格就像《享乐主义者马利乌斯》②中的某一页一样程式化，但在他笔力最劲之时，几乎没有他表达不了的东西。我相信这种风格并不属于哈米特或是任何人，而是得益于美国语言（甚至美国语言都无法独享这份殊荣）。这种风格可以表达那些不知如何表达

---

① 艾米莉·波斯特（1872—1960）：美国作家和社交名媛，以写礼节著称。
②《享乐主义者马利乌斯》：沃尔特·佩特创作的历史小说，1885年出版。故事背景设定于古罗马时代。

的东西，或感到有必要表达的东西。在哈米特笔下，它没有弦外之音，没有回响，不会在远山之外唤起形象。

有人说哈米特缺少情感，但是他自己最看重的一部小说写的却是朋友间的真情。他行文简洁、克制、冷硬，却一次次地做到了最杰出作家才能做到的事情。他似乎写出了从未被写出过的场景。

然而，他所做的一切并没有破坏常规的侦探小说。没有人能够破坏。大规模生产要求有一套生产方式。现实主义需要过人的天赋，渊博的知识，充沛的意识。哈米特可能做了些调整：在这里松了松，在那里紧了紧。当然，除了最愚蠢和浮夸的作家，其他人都比之前更加意识到自己作品中的刻意雕琢。哈米特证明了侦探小说也可以成为重要的写作形式。《马耳他之鹰》可能是也可能不是一部天才之作，但是一种艺术若能孕育出这样一部作品，"理论上"就可以孕育出任何作品。一部侦探小说如果可以写得这么好，也就只有书呆子才拒绝承认它能写得更好。

哈米特还做了其他事情。他让写作侦探小说变成了一件有趣之事，而不再是累人地串起一些无足轻重的线索。没有他，可能就不会有珀西瓦尔·怀尔德①的《验尸问讯》那样聪

---

① 珀西瓦尔·怀尔德（1887—1953）：美国小说家兼剧作家。《验尸问讯》出版于1938年。

明的地域悬疑小说,不会有雷蒙德·波斯盖特①的《十二人的判决》那样有力道的讽刺作品,不会有肯尼思·费林②的《心灵匕首》那样充满机智言谈的酣畅之作,不会有唐纳德·亨德森③的《波林先生买报记》那样对凶手加以美化的悲喜剧,或者理查德·塞尔④的《拉扎勒斯七号》那样轻松有趣的好莱坞式的滑稽剧。

现实主义风格容易滥用:因为匆忙草率,因为欠缺意识,因为无法跨越想表达和如何表达之间的沟壑。现实主义风格也容易造假:残暴并非力量,俏皮并非机智,跌宕起伏的写法也可能和平淡的行文一样无聊;与轻佻的金发女郎调情的场景可能写得非常乏味,如果写它的人是一个带着羊膻气的小青年,除了想写与轻佻的金发女郎调情,没有别的想法。这类事情太多了,以至于侦探小说中的人物说了声"Yeah",作者就被自动划为哈米特的模仿者。

还有一些人认为,哈米特写的根本不是侦探小说——而是关于那些穷街陋巷的冷硬编年史,他在其中随意加入一些悬疑元素,就像在马提尼鸡尾酒里放入一颗橄榄。有

---

① 雷蒙德·波斯盖特(1896–1971):英国小说家、美食作家。《十二人的判决》出版于1940年。
② 肯尼斯·费林(1902–1961):美国诗人、小说家。《心灵匕首》出版于1941年。
③ 唐纳德·亨德森(1905–1947):英国作家。心理悬疑小说《波林先生买报记》出版于1943年。
④ 理查德·塞尔(1911–1993):美国电影导演和编剧,以写通俗小说出道。

这种想法的都是大惊小怪的大妈——男女都有（或者没有性别之分），各个年龄段都有——他们喜欢带有木兰花香味的谋杀，不喜欢有人提醒他们，谋杀是一种极其残忍的行为，哪怕凶手有时看起来像花花公子、大学教授或是头发花白、如慈母一般的老太太。

还有一些正统或者经典悬疑小说的拥护者被吓坏了，他们认为要是侦探小说没有提出一个正式的、明确的难题，围绕这个难题安排好贴着整齐标签的线索，那就不能称之为侦探小说。比如，他们会指出，在阅读《马耳他之鹰》时，没有人关心谁杀死了斯佩德的同伴阿彻（这部小说中唯一正式提出的问题），因为读者一直在忙着考虑别的事情。然而在《玻璃钥匙》中，虽然读者不断得到提醒——问题是"谁杀了泰勒·亨利"——然而得到的效果却是完全相同的——一种充满动作、阴谋、各怀鬼胎和使人物性格逐步丰满的效果。侦探小说要写的就是这些东西，剩下的都是在客厅里打发时间的游戏。

但是这些（也包括哈米特），在我看来还不够。在谋杀案写实派笔下的世界里，黑帮可以统治城市，甚至是国家。酒店、公寓和著名餐厅的老板是靠开妓院发财的，电影明星可能是黑帮的眼线，大厅里那个友善的男人是做彩票生意的老板。在那个世界里，法官有一酒窖私酒，却把口袋里揣着

"凡是能够被称为艺术的东西，都有救赎的特质。"

1品脱①酒的家伙送进监狱,市长包庇谋杀案,借此生财。没有一个走夜路的人是安全的,因为法律和秩序只是用来嘴上说说,没人会去执行。在那个世界里,即便你在光天化日之下目睹一起抢劫案并且看到了嫌犯,你也会迅速遁入人群,不去告发,因为抢劫犯的朋友也许有把长枪,警察不喜欢你的证词,不择手段的辩方律师可以在法庭上对你滥加指责、中伤诽谤,而陪审团不过是一群选出来的白痴,有政治背景的法官对此只是敷衍了事。

那并不是一个充满芳香的世界,却是你生活在其中的世界。某些心智坚强、能够冷眼旁观的作家可以从中找到非常有趣,甚至妙趣横生的材料。一个人遭到杀害并不有趣,有趣的是他会因为一些如此微不足道的原因丧命,而他的死亡正是我们所谓的"文明"印记。尽管如此,仍然不够。

5. 凡是能够被称为艺术的东西,都有救赎的特质

凡是能够被称为艺术的东西,都有救赎的特质。它也许是纯粹的悲剧,如果是高级悲剧的话,它也可能带着怜悯和讽刺,也可能是强者粗哑的笑声。这个并不卑劣的人物不得不走在卑劣的街道上,但他不曾被腐蚀,

---

① 1美制湿量品脱约为473.18毫升。

内心也没有恐惧。这种小说里的侦探必须是这样的人。他是英雄，是一切，是一个完整的人，平凡却不普通的人。套用一句老派的话，他必须是一个充满荣誉感的人——这种荣誉感与生俱来、不可避免、不假思索，当然更无须挂在嘴上。他必须是他所在的世界里最杰出的人，且在任何一个世界里也毫不逊色。我并不过分关注他的私生活，但他既非阉人，也非圣贤。我想他会勾引公爵夫人，但绝不会糟蹋纯真处女。如果他在一件事上重视声誉，那么在其他事情上也莫不如此。

他不会太有钱，否则也不会去当侦探。他是个普通人，否则就无法混迹于普通人中间。他善于洞察人性，否则就干不了这份工作。他不挣不义之财，但如果受了侮辱，他会公正地还以颜色。他是独行侠，他的骄傲需要你以礼相待，否则你将后悔莫及。他说话和他同时代的人一样辛辣风趣、生动荒诞，对虚伪深恶痛绝，对卑鄙不屑一顾。

小说就是关于这个人探寻幕后真相的冒险，要不是发生在这么一个适合冒险的人身上，也就不能称之为冒险。他无所不知，这一点令人惊叹，但也显得理所当然，因为这些知识本来就属于他的世界。如果这样的人足够多的话，世界将可以安心居住，也不会让人觉得沉闷无聊。

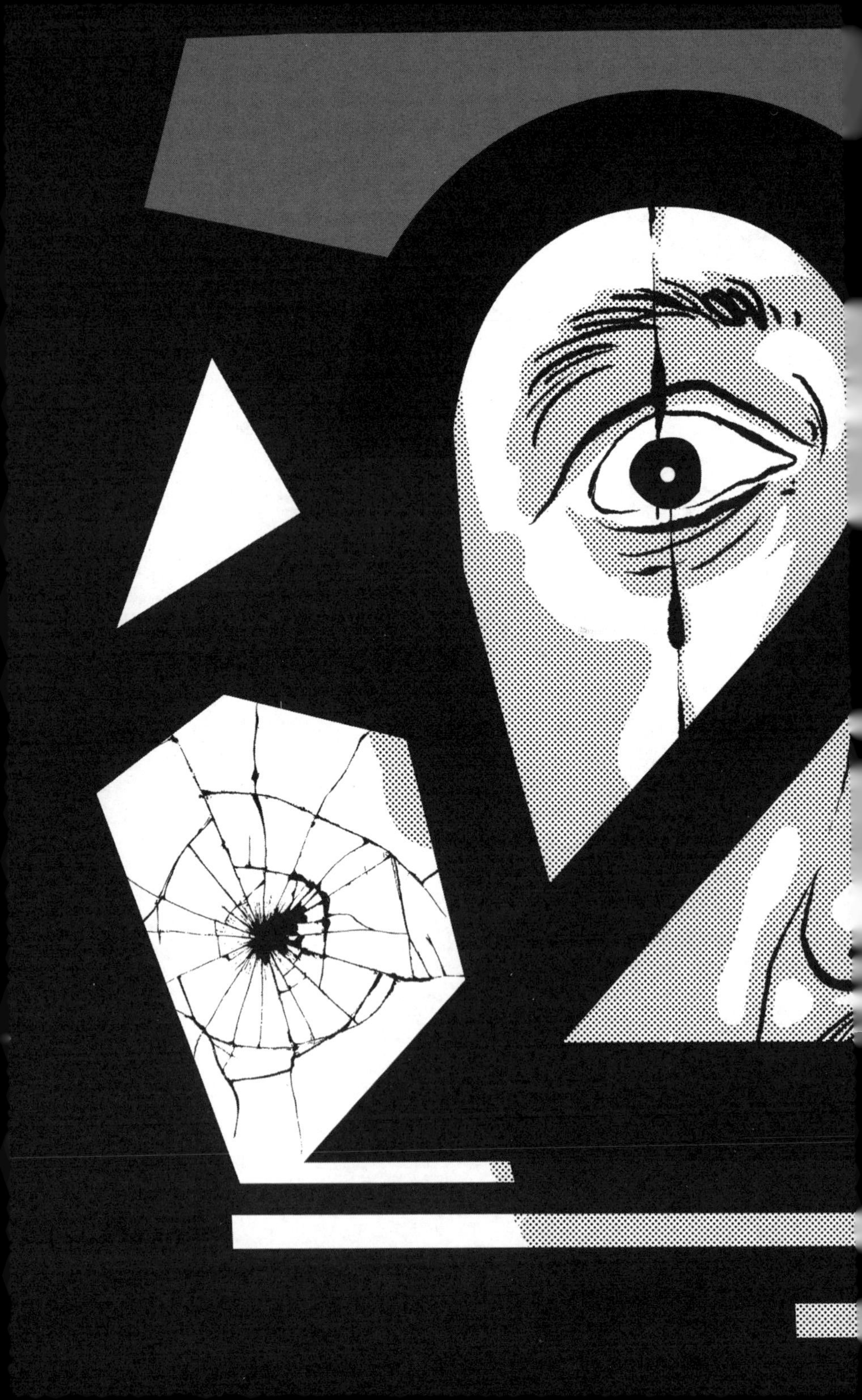

惹麻烦的珍珠

Chapter 2

1

这话一点不假：那天早上，除了盯着打字机上的白纸，琢磨如何写信外，我什么事都没做。同样不假的是：我每天早上都没有太多事要做。但这可不是我必须出去寻找老潘鲁多克夫人的珍珠项链的原因。我又不是警察。

打电话给我的是埃伦·麦金托什，情况自然就不一样了。"你好吗，亲爱的？"她问，"忙吗？"

"说忙也不忙，"我说，"大部分时间不忙。我非常好。出什么事了？"

"我觉得你不爱我，沃尔特。还有，不管怎么说，你应该找点事做。你太有钱了。有人偷了潘鲁多克夫人的珍珠，我想让你去找回来。"

"你不会以为在和警察局通话吧？"我冷淡地说，"这是沃尔特·盖奇家。我是盖奇先生。"

"好吧，那你给埃伦·麦金托什小姐传个话，"她说，"告诉盖奇先生，要是他半小时内不赶到这里，他就会收到一个挂号邮包，里面是一枚订婚钻戒。"

"对我可是好事一桩,"我说,"这只老乌鸦还能再活五十年。"

但她已经挂了电话,于是我只好戴上帽子,下了楼,开上帕卡德汽车走了。这是四月下旬的一个怡人清晨,要是你在乎这类事的话。潘鲁多克夫人住在卡隆德莱特公园附近的一条宽阔安静的街道上。这栋房子看上去大概五十年都没变过模样,而埃伦·麦金托什也许还要在里面住上五十年,除非老潘鲁多克夫人一命呜呼,不再需要护士了。这个想法并没让我的情绪高涨起来。潘鲁多克先生几年前去世了,没有留下遗嘱,只留下一处产权不清的房产,还有一张长长的房客名单。

我按响前门的门铃,门开了,速度有点慢。开门的是一个穿着女仆围裙的小老太太,灰白头发在头顶上打了发髻。她看着我,就像之前从未见过我,现在也不想见。

"我找埃伦·麦金托什小姐,"我说,"我是沃尔特·盖奇先生。"

她哼了一声,一言不发地转过身去,我们走进散发着霉味的休息室,来到一个围着玻璃的门廊,里面全是柳条家具和埃及坟墓的气息。她离开时又哼了一声。

过了一会儿,门又打开了,埃伦·麦金托什走了进来。也许你不喜欢身材高挑的姑娘,一头蜂蜜色的秀发,皮肤就像草莓和桃子了——水果店老板一看见就会从盒子里偷偷拿出来，留给自己的那种。如果你不喜欢，我可真为你遗憾。

"亲爱的，你还是来了，"她叫道，"你真好，沃尔特。现在坐下，我把一切都告诉你。"

我们坐了下来。

"潘鲁多克夫人的珍珠项链被盗了，沃尔特。"

"你在电话里说过了。我的体温依旧正常。"

"请原谅我的职业性猜测，"她说，"这可能不太正常——一向如此。项链是一串由四十九颗匀称的粉色珍珠串成的，是潘鲁多克先生送给潘鲁多克太太的金婚礼物。她近来很少佩戴，大概除了几个非常老的朋友过来吃晚饭时，或者感觉身体不错可以坐起来的时候才会戴。每年感恩节举办晚宴，招待所有房客、朋友，还有潘鲁多克先生留给她的老员工时，她也会佩戴那条项链。"

"你的动词时态有点混乱，"我说，"不过大概意思清楚了。继续。"

"好吧，沃尔特，"埃伦说，带着某些人称之为调皮的表情，"项链被偷了。是的，我知道我已经说三遍了，但其中有些蹊跷。项链原本放在一个旧保险箱的皮匣子里。保险箱有一半时间是开着的。就算保险箱是锁上的，我判断一个壮汉也能用手掰开。今天早上，我要从保险箱里取一份文件，打算问候一下那串珍珠——"

"我希望你打定主意守着潘鲁多克夫人，不是因为她可能会把那串项链留给你,"我语气生硬地说,"珍珠很适合老人和金发胖丫头戴,至于高挑窈窕的人——"

"哎哟,闭嘴,亲爱的,"埃伦打断我,"我当然不是为了那些珍珠啦——因为它们是假的。"

我用力吞了口口水,死死地盯着她。"好吧,"我往旁边瞟了一眼,"我听说老潘鲁多克偶尔会从帽子里变出几只对眼儿的兔子,但在金婚纪念日送妻子一串假项链,这真是让我服了。"

"哎呀,别犯傻了,沃尔特!当时珍珠是真的。实际情况是,潘鲁多克夫人把项链卖了,找人做了一串仿品。她的一位老朋友,加勒莫尔珠宝公司的兰辛·加勒莫尔先生,悄悄替她做了这件事,因为她当然不希望别人知道。这也是她为什么没有报警的原因。你会替她找回项链的,对吗,沃尔特?"

"怎么找?她为什么要卖掉项链?"

"因为潘鲁多克先生突然撒手人寰,没来得及为那些长期受他资助的人做好安排。接着大萧条就来了,资金方面更是捉襟见肘,只够维持家用,支付仆人薪水。这些仆人全都伺候潘鲁多克夫人多年,她宁愿挨饿也不会赶他们走。"

"这是两码事,"我说,"我向她脱帽致敬。但我又如何能找到项链呢?再说有什么必要——如果它是仿品的话?"

"好吧,这串珍珠项链——我是说仿品——价值两百美元,是在波西米亚特别定制的,花了几个月时间。考虑到那边的局势，她大概再也买不到一串这么好的仿品了。她害怕有人发现是假的，或者盗贼一旦发现这是赝品就会敲诈她。你瞧，亲爱的，我知道谁偷了它。"

我说："啊？"我很少用这个字眼，因为我认为它不属于绅士的词汇。

"是我们雇了几个月的司机，沃尔特。一个残暴可恶的大块头，名叫亨利·艾切尔博格。他前天突然走了，毫无缘由。从没有人离开过潘鲁多克夫人。她上一个司机年纪很大，死了。可亨利·艾切尔博格没吭一声就走了。我断定是他偷了珍珠项链。他还试图吻我呢，沃尔特。"

"哦，是吗？"我换了个声音，"试图吻你，嗯？亲爱的，这块烂肉现在在哪儿？你有线索吗？我感觉他不太可能在街上晃荡，等我去揍扁他的鼻子。"

埃伦对我垂下了光滑的长睫毛——每当她这样，我就像清洁女工背后的头发一样迎风凌乱。

"他没有逃跑。他肯定知道珍珠是假的，他可以高枕无忧地敲诈潘鲁多克夫人。我给他的中介公司打了电话，他已经回去了，而且再次登记等待雇用。不过他们说，提供他的住址是违反规定的。"

"为什么不会是别人偷走了珍珠呢？比如说，小偷？"

"没有别人了。仆人们没有嫌疑，每天晚上房子都像冰柜一样锁得严严实实，也没有任何人闯入的迹象。此外，亨利·艾切尔博格知道珍珠藏在哪儿,因为潘鲁多克夫人上次戴完之后——那是潘鲁多克先生的周年忌日,她邀请了两位非常要好的朋友共进晚餐——他看见我把项链收回去了。"

"那一定是个狂野的派对,"我说,"好吧,我会去一趟中介公司,让他们给我地址。公司在哪儿?"

"名字叫艾达·托梅家政服务公司,东二街200号,一个让人很不舒服的社区。"

"对亨利·艾切尔博格来说,不会比我那个社区更让他不舒服,"我说,"所以他试图吻过你?"

"沃尔特,珍珠才是重点,"埃伦温婉地说,"我真希望他还没发现珍珠是假的,然后扔进了海里。"

"要是他扔了,我就让他潜水找回来。"

"沃尔特,他6英尺[①]3英寸高,人高马大,"埃伦害羞地说,"当然,不如你长得帅。"

"正是我的身高,"我说,"我很高兴会会他。再见,亲爱的。"

她抓住我的袖子。"只有一件事,沃尔特。我不介意你稍微活动一下筋骨,因为那很有男人味。但你要记住,千万不要惹出麻烦,把警察招来。另外,尽管你人高马大,大学打过右边锋,但你有一个小弱点。可以答应我不喝威士忌吗?"

"这个艾切尔博格,"我说,"才是我想喝的。"

---

① 1英尺为30.48厘米。

三

　　东二街的艾达·托梅家政服务公司完全没辜负公司名称和地点所蕴含的意义。我被迫在接待室里等了一小会儿，那里的气味够让人受的。公司由一位面孔硬邦邦的中年妇女坐阵，她说亨利·艾切尔博格在他们这儿登记应聘司机，她可以通知他给我打电话，或者让他来办公室面试。但当我将一张十美元的钞票放在桌上，表示这只是聊表寸心，不影响公司正常收取的佣金时，她就慈悲大发，把他的地址给了我。那地方在圣莫妮卡大道以西，靠近以前叫作"舍曼"的地方。

　　我没有耽搁，马不停蹄地驱车前往目的地，担心亨利·艾切尔博格打电话给中介，知道我要过去。结果，在这个地址上的是一家脏兮兮的旅馆，位置倒挺方便，靠近城际车道，入口与一家中国人开的洗衣店相邻。旅馆在楼上。楼梯上——只是有些地方——铺着一条条残破的橡胶垫，上面起固定作用的黄铜片歪歪扭扭，已经发乌。上到一半后就闻不到中国洗衣店的气味了，取而代之的是煤油、烟屁股、通风不良的卧室和油腻的纸袋味儿。楼梯口的木架上有个登记簿。最后一条记录是三个星期前用铅笔写的，写字的人手抖得厉害。我由此推断，这里的管理一定在敷衍了事。

登记簿旁有一只电铃，标牌上写着"经理"。我按了按电铃，然后等待。片刻之后，走廊里的一扇门开了，噼里啪啦的脚步声不慌不忙地向我靠近。一个男人出现在我面前，穿着一双磨损的皮拖鞋和一条颜色难以形容的长裤，最上面的两颗文明扣敞着，好给大肚腩更多的自由空间。他系着红色吊裤带，腋下和其他地方的衬衫黑乎乎的，脸也急需一次彻底的清洗和鼻毛修剪了。

他说："满房，老兄。"说完冷笑一声。

我说："我不是来开房的。我找艾切尔博格，听说他住这里。据我观察，他没有登记。这个嘛，你当然知道，是违法的。"

"你真聪明，"胖子又冷笑一声，"沿着走廊往里，老兄。218号房。"他晃了晃大拇指，颜色和大小几乎跟烤焦的土豆差不多。

"请带一下路好吗？"我说。

"妈呀，副州长来了，"他说着笑起来，大肚腩也开始跟着抖动，小小的眼睛消失在一层层黄色的肥肉里。"好吧，老兄。跟我走。"

我们走进昏暗的走廊深处，来到尽头处的一扇木板门前，门上方的木制通气窗紧闭着。胖子用一只胖手捶了捶门。没有动静。

"出去了。"他说。

"请开一下门好吗?"我说,"我想进去等艾切尔博格。"

"你怎么不进猪圈呢,"胖子爆了句粗口,"你以为你是谁啊,废物?"

这可激怒了我。他块头不小,大约 6 英尺高,但满脑子都是关于啤酒的回忆。我左右看了看黑乎乎的走廊。这地方看上去像被遗弃了一样。

我一拳打在胖子的肚子上。

他一屁股坐到地上,打了个嗝,右膝盖狠狠地撞到了下巴。他咳嗽着,泪水充满眼眶。

"妈的,老兄,"他哼哼道,"你比我小二十岁。这不公平。"

"把门打开,"我说,"没时间跟你废话。"

"一美元,"他一边说一边用衬衫擦眼睛,"两美元,我就守口如瓶。"

我从口袋里掏出两美元,把胖子扶起来。他把两美元折好,变出一把普通的万能钥匙,那玩意儿我花五美分就能买到。

"大哥,你这一拳,哪儿学的?"他问,"大多数的大块头都是空有一身肌肉。"他开了门。

"要是你过会儿听到动静,"我说,"当作没听见。坏了东西,我会加倍赔偿。"

他点点头,我走进房间。他在我身后把门锁上,脚步声渐渐远去,只剩下一片寂静。

房间狭小，简陋，俗气。里面有一个褐色的五斗柜，挂着一面小镜子，一把直背木椅，一把木制摇椅，一张瓷釉剥落的单人床，床罩上落满补丁。房间只有一扇窗户，窗帘上有苍蝇尸体的痕迹，绿色百叶窗底部的板条不见踪影。角落里有个洗手池，旁边挂着两条薄如纸片的毛巾。当然，这里没有浴室，也没有橱柜。架子上挂着一根黑色物体，代替了橱柜的功能。在它后面，我看到一套超大号的灰色西装，要是我穿成衣的话，应该正是我的尺寸，只是我不穿成衣。地板上放着一双黑色烤花皮鞋，至少是十二码的。还有一只廉价的布面手提箱，没上锁，我自然就搜查了一遍。

我还搜查了床头柜，惊讶地发现里面的东西干净整洁、品位不错，只是东西不多，更没有项链。我又把房间里其他看起来可能或不可能的地方都搜了一遍，但没发现什么有趣的东西。

我坐在床边，点了支烟，静静等待。显然，亨利·艾切尔博格要么是个大傻瓜，要么就是清白无辜。从这个房间和他留下的痕迹里，看不出他是盗窃珍珠项链的人。

脚步声传来时，我已经抽了四支烟了，比我平时一整天抽的都多。脚步声很轻很快，但并未显得鬼鬼祟祟。一把钥匙插进锁里，转了一下，门就大大咧咧地敞开了。一个男人走了进来，看着我。

我 6 英尺 3 英寸高，体重超过 200 磅①。这个男人也是高个子，但看上去比我轻。他穿着一身蓝色哔叽西装，除了"整洁"之外找不出更大的优点。他长着一头浓密粗硬的金发，脖子像卡通画里的普鲁士下士，肩膀很宽，大手坚实有力，脸看上去饱经风霜。绿幽幽的小眼睛闪着光，我当时觉得他身上有一种邪恶的气息。我立刻看出，他不是那种可以随便开玩笑的人，但我并不怵他。我的块头和力量与他不相上下，而毫无疑问我的智商略胜一筹。

我从床上从容不迫地站起来说："我在找一个叫亨利·艾切尔博格的人。"

"你是怎么进来的，伙计？"这是一个愉快的声音，嗓门粗重，但还没到刺耳的程度。

"这一点可以稍后解释，"我冷冷地说道，"我在找一个叫亨利·艾切尔博格的人。你是他吗？"

"哈，"男人说，"一个小丑。一个喜剧演员。等我松松皮带。"他向房间里走了几步，我也同样向前迎了几步。

"我叫沃尔特·盖奇，"我说，"你是艾切尔博格吗？"

"给我个硬币，"他说，"然后我就告诉你。"

我没理会。"我是埃伦·麦金托什小姐的未婚夫，"我冷冷地对他说，"我听说你试图吻她。"

他又向我走近一步，我也向他走近一步。"什么意思——

---
① 约为 90.7 千克。

试图?"他冷笑道。

我猛地挥出右拳,正中他的下巴。在我看来,这是实实在在的一拳,但他几乎纹丝未动。我又给了他的脖子两记左刺拳,然后一记右拳打在他宽鼻子的一侧。他不耐烦地哼了一声,一拳打中了我的太阳穴。

我被打得弯下了腰,感觉天旋地转,就像双手抓着房间在抡。当房间被抡起来后,我用力一甩,后脑勺撞在地板上。这让我暂时失去了平衡。当我正想着怎么恢复平衡时,一条湿毛巾开始扇我的脸,我睁开双眼。亨利·艾切尔博格的脸近在咫尺,脸上带着关切的神情。

"老兄,"他的声音传来,"你的小身板就像中国人的茶水一样没劲。"

"白兰地!"我用嘶哑的声音说,"出什么事了?"

"你被地毯上的一个小洞绊倒了,老兄。你真的需要酒吗?"

"白兰地。"我又哑着嗓子说,然后闭上了眼睛。

"我希望你别再让我动手。"他说。

门打开又关上。我一动不动地躺着,努力忍住胃部的恶心。时间慢慢流逝,仿佛拖着长长的灰色面纱。然后,房间门再一次打开又关上,接着一个硬邦邦的东西抵在了我的嘴唇上。我张开嘴巴,烈酒滚入我的喉咙。我咳嗽起来,但这灼热的酒液顺着我的血管流淌,瞬间给了我力量。我坐了起来。

"谢谢你,亨利,"我说,"我可以叫你亨利吗?"

"这个不收税,老兄。"

我站起来,面对他。他好奇地看着我。"你看起来没事,"他说,"你刚才为什么不告诉我你病了?"

"去你的,艾切尔博格!"我用尽全力给了他的侧下巴一拳。他摇了摇头,眼神看上去有些懊恼。趁他还在摇头时,我又给了他的脸和下巴三拳。

"所以你是动真格了!"他一边吼着,一边抓起床砸向我。

我避开了床的一角,但躲得太快,失去平衡,一头撞向窗下的护板,撞进去4英寸深。

一条湿毛巾又开始拍打我的脸。我睁开双眼。

"听着,小子。你击球两次,一球未中。也许你该试试轻点的球棒。"

"白兰地。"我用沙哑的声音说。

"你该喝威士忌。"他用一只玻璃杯抵住我的嘴唇,我饥渴地喝起来,然后又挣扎着爬起来。

令我吃惊的是,床根本没有移动过。我坐到上面,而亨利·艾切尔博格坐到我身边,拍了拍我的肩膀。

"你和我可以相处得不错,"他说,"我没吻过你的女人,尽管我并没有说过不想吻。你全部担心的就是这个?"

他拿起刚出去买回来的1品脱威士忌,给自己倒了半杯,然后若有所思地吞下去。

"不,还有一件事。"我说。

"说。但别再动手了。说定了？"

我不太情愿地答应了他，"你为什么不在潘鲁多克夫人家工作了？"我问道。

他的眼睛在粗乱的金色眉毛下看着我，然后又看了看手上的酒瓶，"你会叫我美男子吗？"

"呃，亨利——"

"别跟我扭扭捏捏的。"他怒道。

"不，亨利，我不认为你很英俊，但毫无疑问，你很爷们儿。"

他又倒了半杯威士忌递给我。"轮到你了，"他说，我一口喝下去，并未完全意识到我在做什么。我不再咳嗽以后，亨利从我手上拿走酒杯，再次倒上。他闷闷不乐地喝着自己的酒。现在酒瓶差不多快空了。

"假设你爱上了一个貌若天仙的姑娘，像我这种长相的人，像我这样的家伙，出身牛圈，在母牛大学摸爬滚打，把相貌和教育都留在了计分板上。除了鲸鱼和货运猪——就是你们说的火车头——我跟什么都干过仗，而且都能将它们横扫在地，不过自然时不时地也会被揍。后来我找到一份工作，每天时时刻刻都能看见这位可爱的姑娘，但知道完全不可能。你会怎么办，伙计？我嘛，我只好辞掉那份工作。"

"亨利，我想和你握握手。"我说。

他无精打采地跟我握了握手。"所以我请辞了，"他说，"我还能怎么办？"他举起酒瓶，对着光线打量着，"哥们儿，你犯了个错误，让我弄来这个。我一旦喝起来就像环球航行一样没完没了。你的钱带够了吧？"

"当然，"我说，"亨利，如果你想喝威士忌，那你就该喝威士忌。我在好莱坞的富兰克林大道上有套不错的公寓。我没有瞧不起你这间简朴的，当然也是暂时的居所，不过我还是建议我们一起去我的公寓，那里比较大，有更多空间可以伸开手脚。"我欢快地挥了挥手。

"看来，你是醉了。"亨利说，绿色的小眼睛里带着羡慕。

"我还没醉，亨利，尽管我确实感受到了威士忌的作用，我觉得非常愉快。你不必介意我说话的方式，那只是个人习惯，就像你自己那种简明扼要的言谈方式。但在我们出发之前，我还有一个十分微不足道的细节想和你聊聊。我受雇来寻找潘鲁多克夫人的珍珠项链。我明白有可能是你偷走了它。"

"孩子，你在冒很大的风险。"亨利柔声说。

"这是工作上的事，亨利，实话实说是最好的解决之道。那些珍珠只是仿品，所以我们应该很容易达成协议。我对你没有恶意，亨利，我感激你买了这瓶威士忌，但工作就是工作。你愿意收下五十美元，归还珍珠，然后我们就当这事没发生过吗？"

亨利不高兴地笑了两声，但他说下面这番话时，声音里并没有敌意："原来你以为我偷了几颗珠子，坐在这里等着一帮条子扑上来？"

"没人报警,亨利,你可能不知道珍珠是假的。把酒给我,亨利。"

他把瓶子里剩下的酒差不多全倒给了我,我情绪高昂地一饮而尽。我把杯子扔向镜子,可惜没有击中。那玻璃杯是质地很沉的廉价货,落在地板上,没有摔碎。亨利·艾切尔博格开怀大笑。

"你笑什么,亨利?"

"没什么,"他说,"我只是在想某些人会发现自己有多蠢——关于那些珠子。"

"你是说你没偷那些珍珠,亨利?"

他又大笑起来,带着些许阴郁。"是啊,"他说,"我的意思是没偷。我应该揍你一顿,但何必呢?谁都有可能犯傻。不,我没偷任何珍珠,老兄。如果它们是仿制品,我不会费这个事。如果它们真是我有次看到老太太戴在脖子上的那玩意儿,我肯定不会躲在洛杉矶的一个廉价小房间里,等着几车警察来逮我。"

我又一次握住他的手,摇了摇。

"我只需要知道这些,"我高兴地说,"现在我放心了。我们可以去我的公寓,想想有什么办法和方式找回那些珍珠。亨利,我们可以组队,我们一定能克服仟何困难。"

"你没在开玩笑吧,嗯?"

我站起来,戴上帽子——上下戴反了。"不,亨利。我在给你提供一份我认为你需要的工作，而且威士忌管够。我们走吧。你现在的状态能开车吗？"

"见鬼，我没醉。"亨利一脸惊讶地说。

我们离开房间，走过黑乎乎的走廊。那个胖经理突然从某个模糊的阴影中冒出来，站在我们面前，揉着大肚腩，一双贪婪的小眼睛满怀期待地看着我，"一切都好吧？"他询问，嘴里叼着一根年深日久、已经发黑的牙签。

"给他一美元。"亨利说。

"为什么，亨利？"

"哦，我不知道。就给他一美元。"

我从口袋里掏出一美元纸币，给了那个胖子。

"谢了，伙计。"亨利说。他一把掐住胖子的喉结，轻巧地抽走了他指间的纸币。"这是买酒的钱，"他补充道，"我讨厌向别人要钱。"

我们挽着胳膊走下楼梯，留下那位经理拼命想把牙签从食道里咳出来。

三

那天下午五点,我从睡梦中醒来,发现自己躺在自家公寓的床上。我的公寓位于好莱坞富兰克林大道上的莫雷纳城堡公寓,靠近伊瓦尔街。我转过头痛欲裂的脑袋,看到亨利·艾切尔博格躺在边上,只穿着衬衫和裤子。我这才意识到自己也穿得很少。旁边的桌子上摆着一瓶种植园牌黑麦威士忌,整整一夸脱①,几乎还是满的,而地板上倒着一瓶同样牌子的上好威士忌,已经完全空了。地板上还散落着衣服,东一件西一件,香烟在一把安乐椅的缎面扶手上烫出了一个洞。

我小心翼翼地摸了摸自己。胃部僵硬、酸胀,下巴一侧似乎有点浮肿。除此之外,一切正常。我从床边站起来,一阵刺痛穿过太阳穴,但我不为所动,迈着稳健的步伐,走向桌上的那瓶酒,将瓶口举到嘴边。我喝了一口那火一般的液体,霎时感到如获重生。饱满欢畅的情绪向我袭来,我已做好进行任何冒险的准备。我回到床边,使劲摇了摇亨利的肩膀。

---

① 1美制夸脱约为946.36毫升。

"醒醒，亨利，"我说，"太阳快下山了。知更鸟在呼唤，松鼠在叽喳，牵牛花要卷起来睡觉了。"

像所有实干家一样，亨利·艾切尔博格醒来时握紧了拳头。"什么东西在响？"他大吼道，"哦，是的。嗨，沃尔特。你感觉怎么样？"

"感觉棒极了。你休息得好吗？"

"那还用说。"他把光脚甩到地板上，用手指抓着自己浓密的金发，"我们喝得很开心，直到你晕了过去，"他说，"于是我就打了个盹儿。我从不一个人喝酒。你还好吗？"

"是的，亨利，我真的感觉很好。我们还有活儿要干。"

"棒极了。"他走向那瓶威士忌，从容不迫地灌了一大口。他用手掌揉了揉肚子，绿色的眼睛闪着平和的光。"我是个病人，"他说，"我得吃药了。"他把酒瓶放在桌上，四处打量着公寓。"老天，"他说，"我灌酒灌得太快了，我都没怎么看看这个垃圾堆。你这小地方不赖啊，沃尔特。老天，一台白色打字机，还有一部白色电话。怎么回事，小子——你刚升职了？"

"只不过是些傻乎乎的爱好，亨利。"我一边说一边随意地挥了下手。亨利走过去，看着书桌上并排摆放的打字机和电话，还有镶着银边的办公用品，每件东西上都刻着我姓名的首字母。

"挺阔绰，嗯？"亨利说，绿色的眼睛转向我。

"凑合吧，亨利。"我谦虚地说。

"好吧，接下来干什么，伙计？你有主意了还是我们继续喝？"

"是的，亨利，我确实有个主意。有你这样的人帮忙，我觉得可以付诸实践。我觉得我们应该，像他们说的，打探一下小道消息。一串珍珠遭窃，黑道马上就会听到风声，珍珠很难出手，亨利。我读到过，因为它们无法切割，而且容易被专业人士认出来。黑道上很快就会热闹起来。我们应该不难找到人，给相关人士传信，就说我们愿意以合理的价格把东西买回来。"

"对醉汉来说，你口才真不错，"亨利说着伸手去拿酒瓶，"但你难道忘了这些珠子是赝品吗？"

"出于情感方面的原因，我很愿意花钱把它们赎回来。一样的。"

亨利喝了些威士忌，似乎很喜欢那味道，于是又喝了一些。他礼貌地朝我挥了挥酒瓶。

"说得通——就目前来说，"他说，"但你刚才提到的这个正在闹腾的黑道，不会为了一串玻璃珠闹腾吧？还是说我喝多了？"

"亨利，我在想，黑道可能很有幽默感，这个笑料会传得很快很广。"

"说到这点，我有个想法，"亨利说，"有个小混混发现潘鲁多克夫人有一串牡蛎珠价值不菲，于是他干净利落地掀开盒子，一溜烟地跑到销赃人那里。销赃人一看珠子笑掉了大牙。我觉得类似的故事可能会在台球厅传开，成为大家的谈资。目前为止，真够疯狂。但这个小偷会急着将这些珠子出手，因为对他来说，这是烫手山芋，虽然这些东西也就值五美分外加营业税。但溜门撬锁是违法的，沃尔特。"

"但是，亨利，"我说，"在这种情况下，还有另外一个问题。如果这个小偷很笨，当然不会有太大影响。但如果他多少有点智商，事情就不一样了。潘鲁多克夫人是个非常骄傲的女人，住在城里的富人区。如果被人知道她戴的珍珠是赝品，特别是，要是报纸暗示这些珍珠还是她丈夫送给她的金婚礼物——我相信你能领会其中的含义，亨利。"

"小偷一般不会太聪明，"他说着揉了揉硬朗的下巴，然后抬起右手大拇指，若有所思地咬着。他看了看窗户，看了看房间一角，又看了看地板。他用眼角的余光打量我。

"勒索，是吧？"他说，"有可能。但骗子不太会跨行。而且，那家伙可能会传话。有这种可能，沃尔特。虽然我不喜欢当掉金牙去买一串假珍珠，但有这种可能。你打算出多少钱？"

"一百美元应该绰绰有余，但我最高愿意给到两百，这是赝品的实际价格。"

亨利摇了摇头，拿起那瓶酒。"不行。那家伙不会为了这点钱暴露自己。这不值得他去冒险。他会扔了珠子，避免麻烦。"

"我们至少可以试试，亨利。"

"好吧，可是去哪儿？我们的酒不多了。也许我最好穿上鞋出去一趟，嗯？"

就在这时，好像我没说出口的祈祷得到了回应，响起一阵轻轻的、低沉的敲门声。我打开门，拣起晚报的最后一版。我关上门，一边往房间里走一遍展开报纸。我用右手食指摸了摸报纸，对亨利·艾切尔博格自信地一笑。

"你看，我跟你赌一瓶老种植园牌威士忌，答案就在这份报纸的犯罪版里。"

"没什么犯罪版，"亨利咯咯笑道，"这是洛杉矶。我肯定赢你。"

我将报纸翻到第三版，手有些抖。尽管我在艾达·托梅家政服务公司等候时已经在早报上看到了我要找的东西，但我不确定它会不会原封不动地出现在晚报上。不过我的信念得到了回报。那篇报道没有撤掉，还和原先一样，出现在第三栏的中间。文章很短，标题是：卢·甘德西因珠宝盗窃案受到传讯。"听听这个，亨利。"我开始朗读。

根据匿名举报，警方昨天深夜逮捕了泉水街一家著名酒馆的老板路易斯·(卢)·甘德西。警方就近日在本市西部高级住宅区连续发生的晚宴抢劫案对他进行了深入审讯。据传，时髦住所的女性客人们在枪口的威胁下，被迫交出价值超过二十万美元的昂贵珠宝。甘德西深夜才获释放，他拒绝向记者做出任何声明。他低调地表示："我从来不对警方指手画脚。"抢劫案组的威廉·诺加德警长对调查结果表示满意。他说，甘德西与抢劫案没有关联，匿名举报纯属私人报复。

我将报纸折起来，扔到床上。

"你赢了，老兄，"亨利说着把酒瓶递给我。我喝了一大口，把酒瓶还给他，"现在怎么办？找到甘德西，把他抓起来？"

"他也许是个危险人物。你觉得我们是他的对手吗？"

亨利轻蔑地哼了一声。"当然，泉水街的一个小混混而已。手上戴着假红宝石的蠢胖子。带我去找他。我们把这个蠢货重新组装一遍，把他的五脏六腑都扔进下水道。不过我们的酒快喝完了。大概只剩下1品脱了。"他对着光线检视酒瓶。

"亨利，我们现在已经喝够了。"

"我们还没醉，不是吗？我来了以后只喝了七杯，也许是九杯。"

"我们当然还没醉，亨利，但你喝的都是大杯酒，我们后面还有一个艰难的夜晚。我认为我们现在应该刮胡子、穿衣服，我进一步认为我们应该穿上晚礼服。我有一套多余的礼服，你穿一定合身，因为我们的身材几乎相同。两个高大威猛的男人共赴一番事业，这当然是个不同寻常的预兆。晚礼服会让小人物对我们刮目相看的，亨利。"

"棒极了，"亨利说，"他们会以为我们是为某个大佬工作的暴徒。这个甘德西会吓得把他的领结都吞下去。"

我们决定按我的意见行动。我为亨利准备好衣服。在他洗澡剃须时，我给埃伦·麦金托什打了个电话。

"噢，沃尔特，真高兴你来电话，"她叫道，"有什么发现吗？"

"还没有，亲爱的，"我说，"不过我们有了个主意。我和亨利正要付诸实施。"

"亨利？沃尔特，哪个亨利？"

"怎么了？当然是亨利·艾切尔博格，亲爱的。你这么快就忘了他了？我和亨利是好兄弟了，我们——"

她冷冷地打断我，"你在喝酒吗，沃尔特？"她以一种非常疏远的口气质问道。

"当然没有，亲爱的。亨利是个滴酒不沾的人。"

她严厉地哼了一声。透过电话，我也能清楚地听到那个声音。沉默了很长一段时间后，她才问："难道亨利没偷珍珠吗？"

"你说亨利，天使？当然没有。亨利离开是因为他爱上你了。"

"哦，沃尔特。你说那只猩猩？我敢肯定你喝得太多了。我再也不想和你说话了。再见。"她用力地挂断了电话，这样我的耳朵就能感受到其中的痛苦之情。

  我坐在椅子上,手里拿着一瓶老种植园牌威士忌,思考着我到底说了什么冒犯她或不得体的话。我想不出个所以然,只好借着那瓶酒聊以自慰,直到亨利从浴室出来,穿着一件我的百褶衬衫,戴着上浆的翻领和黑色领结,看上去风度翩翩。

  我们离开公寓时,天已经黑了。虽然埃伦·麦金托什在电话里的口气令我有些沮丧,但我至少还是满怀希望和信心的。

◁

　　甘德西先生的酒馆并不难找，亨利在泉水街上招呼到的第一位出租车司机就把我们带到了那里。酒馆名叫"蓝潟湖"，内部笼罩在一种令人难受的蓝光中。我和亨利步履稳健地走进去，因为我们在出发去找甘德西先生之前，先在"曼迪的加勒比岩洞"吃了点东西。亨利穿着我那套第二好的晚礼服，几乎可说是英俊潇洒。他的肩上披着一条带流苏的白色围巾，后脑勺上戴着一顶黑色的轻呢帽（他的头只比我的大一点），夏季风衣两边的口袋里各装着一瓶威士忌。

　　"蓝潟湖"的吧台前挤满了人，我和亨利径直走到后面灯光昏暗的小餐厅里。一个穿着脏兮兮的晚礼服的男人走上来招呼我们，亨利说找甘德西，他指了指独自坐在远处角落一张小桌边的胖子。我们走了过去。

　　那个人的面前放着一小杯红葡萄酒，正慢慢地转动手指上的一颗绿石头。他没有抬头。桌子旁边没有其他椅子，于是亨利将两只手肘撑在桌上。

　　"你是甘德西？"他说。

那个人仍旧没有抬头。他皱了皱乌黑浓密的眉毛,漫不经心地说:"对,是。"

"我们想跟你私下谈谈,"亨利告诉他,"找个没人打扰的地方。"

甘德西这才抬起头,平淡的杏仁状的黑眼珠里满是厌倦之色。"噢?"他耸耸肩问道。"谈什么?"

"谈谈珍珠,"亨利说,"一串四十九颗,匀称,粉色的。"

"你要卖——还是要买?"甘德西问道,他的下巴上下摇晃着,仿佛觉得很有趣。

"买。"亨利说。

桌边的这个男人默默地勾了勾指头,一个非常魁梧的侍者出现在他的身边。"这些人醉了,"他毫无生气地说,"把他们轰出去。"

侍者抓住亨利的肩膀。亨利漫不经心地抬手抓住侍者的手腕,用力一扭。侍者的脸在那种蓝惨惨的光里变了颜色,那是一种我无法形容的颜色,但肯定不太健康。他发出一声低沉的呻吟。亨利松开手,对我说:"在桌上放一百美元。"

我掏出钱包,从两张百元大钞中抽出一张,那是我之前在莫雷纳城堡附近的银行取的,以备不时之需。甘德西瞪着那张钞票,朝大个子侍者做了个手势,他就把手捧在胸前,一路揉搓着走了。

"干什么用?"甘德西问。

"买下五分钟和你单独相处的时间。"

"真好笑。好,我同意。"甘德西拿起钞票,整齐地折好,放进马甲口袋里。然后他把双手放在桌上,用力撑起身子,摇摇晃晃地走了,没有看我们。

我和亨利随他穿过拥挤的桌子,来到餐厅的另一边,穿过护墙板上的一道门,进入一个狭窄阴暗的走廊。走到尽头处,甘德西打开一扇门,走进一间亮着灯的房间,站在那里替我们把着门,橄榄色的脸上带着严肃的微笑。我先走了进去。

当亨利从甘德西身前走进房间时,后者以令人惊讶的敏捷,从衣服里抽出一根闪亮的黑皮短棍,狠狠地给了亨利的脑袋一下。亨利一头栽倒在地。甘德西关上房门,就他的身材而言,堪称神速。他靠在门上,左手拿着短棍,右手中突然出现一支沉甸甸的黑色左轮小手枪。

"有趣吧?"他礼貌地说,咯咯地笑了起来。

接下来发生的一幕我没有看清。前一刻,亨利还趴在地上,背对着甘德西。下一刻,抑或只是同时,什么东西来了个鲤鱼打挺,甘德西发出一声咕哝。我随即看到亨利满头粗硬金发的脑袋埋在甘德西的肚子上,两只大手抓住甘德西毛茸茸的手腕。接着,亨利完全直起身子,甘德西被抛到空中,平衡在亨利的脑瓜顶上,嘴巴张得老大,脸变成了绛紫色。接着,亨利抖了抖身子,看上去只是轻轻一抖,只听一声巨响,甘德西的后背狠狠砸在地上,躺在那里大口喘气。接着,钥匙在门锁中一转,亨利背靠着门站在那里,左手拿着短棍和手枪,同时急不可待地摸索着口袋里的威士忌。这一切发生得如此之快,我靠在墙边,感到胃部一阵恶心。

"一个小丑,"亨利拖着长腔说,"一个喜剧演员。等我松松皮带。"

甘德西翻了个身,极为痛苦地慢慢爬起来。他摇晃地站在那里,一只手在面前上下挥舞,衣服上全是土。

"这根短棍,"亨利说着给我看了看那根黑色的棒子,"他拿这个打我来着,是不是?"

"怎么,亨利,你不知道?"我问。

"我只想确认一下,"亨利说,"没人可以这么对待一个叫艾切尔博格的人。"

"好了,你们这些小子想怎么样?"甘德西突然问道,没了意大利口音。

"我告诉过你我们想要什么,大饼脸。"

"我想我不认识你俩,"甘德西说着小心地弯下腰,坐在一张破旧办公桌旁的木椅子上。他擦了擦脸和脖子,摸了摸身上的其他地方。

"你打错主意了,甘德西。几天前,一个住在卡隆德莱特公园的女士丢了一串有四十九颗珍珠的项链。小偷干的,难度不大。我们公司要承担一点那些珠子的保险费。还有,我要拿回那张一百元钞票。"

他走到甘德西面前，甘德西飞快地从口袋里取出那张折好的钞票，交给他。亨利把钞票给了我，我放回钱包里。

"我想我没听说过这件事。"甘德西小心翼翼地说。

"你用短棍打了我，"亨利说，"你给我仔细听好。"

甘德西摇了摇头，畏畏缩缩地说："我不养小偷或抢劫犯。你们误会我了。"

"仔细听着，"亨利声音低沉地说，"你可能听到过风声。"他用右手的两根手指拎着那根黑色短棍，在身前轻晃着。那顶略小的帽子仍然戴在他的后脑勺上，尽管有些皱巴巴的。

"亨利，"我说，"今晚似乎光是你在忙了。你觉得这样公平吗？"

"好吧，你来训训他，"亨利说，"揍胖子最有趣了。"

这时，甘德西的脸色正常了一些。他死死地盯着我们。"保险公司的人，嗯？"他将信将疑地问。

"你说对了，大饼脸。"

"你们找过梅拉科力诺吗？"甘德西问。

"哈，"亨利吼道，"一个小丑，一个——"但我突然打断了他。

"等一下，亨利，"我说，然后转向甘德西，"梅拉科力诺是个人吗？"我问他。

甘德西惊讶地睁大了眼睛。"当然——是个人。你不认识他啊？"他那野李子一般的黑眼睛里升起阴暗的疑云，但转瞬即逝。

"打电话给他。"亨利说,指了指那张破烂办公桌上的电话。

"电话坏了。"甘德西若有所思地拒绝了。

"短棍也坏了?"亨利说。

甘德西叹了口气,在椅子上转动了一下肥胖的身体,将电话拉到面前。他用染了墨水的手指拨了一个号码,等待着。过了一会儿,他说:"乔?我是卢。两个保险公司的人正在处理一桩卡隆德莱特公园的项目……对……不,是珍珠……你没听到风声吗?好吧,乔。"

甘德西挂上电话,又在椅子上转过来。他用困倦的眼睛打量着我们,"没消息。你们在为哪家保险公司工作?"

"给他张名片。"亨利对我说。

我再次掏出钱包,从中抽出一张我的名片。这是一张镂刻的名片,上面只有我的名字。于是我用口袋里的铅笔在名字下面写道:莫雷纳城堡公寓,富兰克林大道,靠近伊瓦尔街。我给亨利看了看,然后交给甘德西。

甘德西读了一遍名片,默不作声地咬着指头。他的表情突然一亮,"你们最好去见见杰克·劳勒。"他说。

亨利死死地瞪着他。甘德西的眼神此刻明亮、坚定、真诚。

"他是谁?"亨利问。

"经营企鹅俱乐部的。在日落大道上——8644号之类的。如果有人能查出珍珠的事来,非他莫属。"

"谢了,"亨利平静地说,他瞥了我一眼,"你相信他吗?"

"这么说吧,亨利,"我说,"我认为他不太可能说真话。"

"哈!"甘德西突然叫道,"一个小丑!一个——"

"闭嘴!"亨利吼道,"这是我的台词。消息可靠吗,甘德西?关于这个杰克·劳勒。"

甘德西奋力点头。"消息可靠,绝对可靠。凡是上流社会碰过的东西,杰克·劳勒都要插手。但他不容易见到。"

"这你不必担心。谢了,甘德西。"

亨利将黑色短棒扔到房间的角落里,打开一直握在左手里的手枪枪膛。他卸下子弹,然后弯下腰,把枪往地板上一滑,直到它滑到桌子下面不见了。他随意地抛了会儿子弹,然后任由它们掉在地板上。

"再见,甘德西,"他冷冷地说,"少管闲事,如果你不想到床底下找鼻子的话。"

他打开门,我们迅速走了出去,畅通无阻地离开了"蓝潟湖"。

我的车停在离街区不远的地方。我们坐进车里,亨利将胳膊搭在方向盘上,忧郁地望着前方的挡风玻璃。

"你怎么想,沃尔特?"他终于问道。

"如果你问我的意见,亨利,我认为甘德西先生在胡编乱造,只是为了打发我们。此外,我觉得他不相信我们是保险公司的人。"

"我也这么觉得,还有一点,"亨利说,"我估计根本没有名叫梅拉科力诺或者杰克·劳勒的人。这个甘德西拨了个空号,装模作样地打了一通电话。我应该回去把他的胳膊和腿卸下来。他妈的死胖子。"

"这是我们能想出的最好的主意了,亨利,而且我们竭尽所能了。现在我建议我们回我的公寓,想想别的办法。"

"顺便一醉方休。"亨利说着发动汽车,从路边开走了。

"我们也许可以小酌一番,亨利。"

"啊!"亨利吼道,"缓兵之计。我应该回去,砸了那个地方。"

他把车停在了一处十字路口，尽管当时没有红绿灯。他将威士忌酒瓶举到嘴边。他正在喝时，一辆车从后面上来，撞到了我们的车，但撞得并不严重。亨利呛了一口，放下酒瓶，衣服上溅了一些酒。

"这个城市越来越挤了，"他吼道，"一个人喝口酒都会被聪明的猴子撞到手肘。"

我们的车没有向前走，后面车里的人一个劲儿地按喇叭。亨利一把推开门，下了车，然后又回来。我听到一阵喧闹，高嗓门的那个是亨利的声音。过了一会儿，他回来了，钻进汽车，继续开走了。

"我本该把他的脸撕下来，"他说，"但我心软了。"他飞快地开完好莱坞至莫雷纳城堡公寓剩下的路程。我们上楼进到我的房间，手拿大玻璃杯坐下。

"我们最好喝上一夸脱半的烈酒，"亨利一边说一边看着他之前放在桌上的两瓶酒，旁边还有两个空瓶，"这样我们应该就能想出办法了。"

"亨利，要是不够的话，卖酒的地方还有很多。"我愉快地喝干了我那杯酒。

"你似乎是个正经的家伙，"亨利说，"为什么说话总是这么逗？"

"我好像没办法改变我的说话风格，亨利。我的父母恪守新英格兰的新教徒传统，可我就是没办法用那种方式讲话，即便在大学也不行。"

亨利试着消化这番话，但看得出，它沉甸甸地坠在他的肚子里。

我们又谈了一会儿甘德西和他颇为可疑的建议，这样过了大概半个小时。这时，我桌上的白色电话突然铃声大作。我快步走过去，希望是埃伦·麦金托什打来的，希望她已经消了气。结果却是一个陌生男人的声音，很干脆，有一种令人不快的金属质感。

"你是沃尔特·盖奇？"

"我是盖奇先生。"

"好吧，盖奇先生，我知道你想在黑市上找某件珠宝。"

我紧紧握着话筒，转过身，朝亨利做了个鬼脸，但他正心事重重地又给自己倒了一大杯老种植园牌威士忌。

"的确如此，"我对着电话说，尽力让声音保持平静，虽然我的兴奋已经难以抑制，"如果你说的珠宝是指珍珠的话。"

"一串四十九颗，老兄，价格是五千美元。"

"简直荒谬，"我倒吸一口气，"五千美元买这些——"

那个声音粗鲁地打断了我。"你听到了，老兄。五千美元。伸出手来，数数手指。不多不少。考虑考虑吧，我会再打电话来。"

电话干巴巴地挂断了，我颤抖着把话筒放回支架，浑身发抖地回到椅子上坐下，用手帕擦了擦脸。

"亨利,"我用低沉而紧张的声音说,"奏效了,但太奇怪了。"

亨利将空酒杯放到地板上。这是我第一次见到他把空酒杯放下,没再倒酒。他用那双严肃的、一眨不眨的绿眼睛紧紧地盯着我。

"是吗?"他轻声说,"什么奏效了,孩子?"他用舌尖慢慢地舔了舔嘴唇。

"我们在甘德西那里做的事奏效了,亨利。一个男人刚给我打了电话,问我是否正在黑市上寻找珍珠。"

"老天啊,"亨利撅起嘴唇,轻轻地吹了声口哨。"那个该死的意大利佬还真有两下子。"

"不过开价是五千美元,亨利。这就很难解释了。"

"啊?"亨利的眼睛鼓起来,眼珠仿佛快要挣脱眼眶了。"五千美元买那个赝品?这家伙疯了吧。你说过,也就值两百美元。这家伙就是个吸血的臭虫。五千美元?呵呵,五千美元够我买足够的假珠子,铺满大象的餐车了。"

我能看出亨利充满疑惑。他默默地将我们的杯子倒满酒,我们越过酒杯瞪着对方,"沃尔特,你打算怎么办?"他在一段漫长的沉默后问道。

"亨利,"我坚定地说,"只有一件事可做。埃伦·麦金托什的确是私下里跟我说的。她并未得到潘鲁多克夫人的明确许可,告诉我有关珍珠的事。我想我应该尊重她的隐私。但现在埃伦正在生我的气,不想跟我说话,因为我喝了不少威士忌,尽管我的表达和思维仍然清晰。现在出现了一个比较奇怪的情况,我想,无论如何应该咨询一下这家的亲朋好友。当然,最好是干过大买卖的人,还要懂珠宝。亨利,眼下就有这么一个人,明天早上我就去拜访他。"

"天啊,"亨利说,"这么一大套话,你用九个字就能说清,老兄。这个家伙是谁?"

"此人名叫兰辛·加勒莫尔先生,他是第七大街的加勒莫尔珠宝公司的总裁。他是潘鲁多克夫人的老友——埃伦经常提起他——实际上,正是这个人为她弄到的这串赝品。"

"但这个家伙会走漏风声的。"亨利反对道。

"我不这么认为,亨利。我认为他绝不会做任何令潘鲁多克夫人难堪的事。"

亨利耸了耸肩。"赝品就是赝品,"他说,"你拿它变不出什么新花样?就算珠宝公司的总裁也不行。"

"对方要价这么高,其中必有蹊跷,亨利。我能想到的唯一理由就是敲诈。坦白地说,让我独自处理这件事有点儿麻烦,因为我对潘鲁多克的家庭背景了解不多。"

"好吧,"亨利说着叹了口气,"如果这是你的直觉,你就跟随它好了,沃尔特。而我最好吹着小风回家睡觉,好保持体力应付之后的累活,如果有的话。"

"你不介意在这里过一夜吧,亨利?"

"谢了,伙计,但我回旅馆也很好。我只要把这瓶多余的猫尿带走,帮我入眠就好了。我可能上午会接到家政公司的电话,然后就得刷个牙去卖苦力了。我猜我最好换身行头,好跟人民群众打成一片。"

说着,他走进浴室,没过多久就穿着他自己那套蓝色哔叽西装出来了。我让他开我的车,但他说他那个街区不安全。不过他倒是同意穿上他之前穿的那件风衣,小心翼翼地把没开瓶的威士忌塞进口袋里,热情地握了握我的手。

"等一下,亨利。"说着我掏出钱包,展开一张二十美元的钞票。

"这是什么意思?"他咆哮道。

"你现在暂时没工作,亨利,而且你今晚干得非常出色,虽说目前的结果令人困惑。你应该得到报酬,而我也负担得起这点小意思。"

"好吧,谢了,伙计,"亨利说,"不过算我借你的。"他的声音沙哑而激动,"需要我早上打电话给你吗?"

"务必打给我。我还想到了一件事。你是不是应该换一家旅馆?假设,不是由于我的错误,警方知道了这桩窃案。他们不会怀疑到你吧?"

"见鬼,他们肯定会反复盘问我几小时,"亨利说,"但他们能得到什么呢?我又不是软柿子。"

"当然,这由你决定,亨利。"

"好啊。晚安,伙计,别做噩梦。"

然后他就走了,我突然感到非常沮丧和孤独。对我来说,亨利的陪伴是鼓舞人心的,尽管他的言语十分粗鲁。他是个不折不扣的男子汉。我用剩下的威士忌给自己倒了一大杯,心情抑郁地一饮而尽。

在酒精的作用下,我产生了一种难以抑制的冲动,想不计一切代价地给埃伦·麦金托什打电话。我来到电话前,拨了她的号码。过了很久,一个迷迷糊糊的女佣接了电话。然而,当埃伦听到我的名字后却拒绝来接电话。这让我更加沮丧,几乎浑然不觉地把剩下的威士忌喝光了。随后,我倒在床上,沉入断断续续的梦乡。

急促的电话铃声吵醒了我,我看到早晨的阳光洒在房间里。九点钟了,所有的灯还亮着。我爬起来,感到身体僵硬乏力,因为我还穿着晚礼服。但我还是个身体健康、情绪稳定的人,不像我预想的那么糟。我走过去拿起电话。

亨利的声音说:"感觉怎么样,伙计?我宿醉得跟螃蟹似的。"

"还不坏,亨利。"

"家政公司来电话说了工作的事。我最好过去瞧瞧。我晚点过来?"

"好的,亨利,务必要来。十一点我应该就办完昨晚跟你提过的那件事回来了。"

"还接到过那人的电话吗?"

"还没有,亨利。"

"收到。回见。"他挂了电话。我去冲了个冷水澡,刮了胡子,穿好衣服。我穿了一套棕色商务西装,喝了些楼下咖啡店送上来的咖啡。我还让服务生把公寓里的空酒瓶清走了,给了他一美元辛苦费。喝完两杯黑咖啡后,我的精神再次振奋起来，于是我开车前往市中心的加勒莫尔珠宝公司，它在西七街有家巨大而光鲜的商店。

这又是一个阳光明媚的早晨，在这样的好日子里，事情想必会进展顺利。

谁知兰辛·加勒莫尔先生果然不易见到，我迫不得已告诉他的秘书，这件事与潘鲁多克夫人有关，而且事关机密。这条口信传进去后，我立刻就被带进一间有长长镶板的办公室，加勒莫尔先生站在尽头的大办公桌后面。他向我伸出一只瘦长的、粉色的手。

"盖奇先生？我想我们没见过面，对吗？"

"没有，加勒莫尔先生，我想我们没见过面。我是埃伦·麦金托什小姐的未婚夫——至少截至昨天晚上还是。您大概认识她，她是潘鲁多克夫人的护士。我来找您是为了一件非常敏感的事，在我开口之前有必要请您保密。"

他大约七十五岁，又高又瘦，举止得体，保养得不错。他有一双冷冷的蓝眼睛，但笑容亲切。他打扮得相当年轻，穿着一套灰色的法兰绒西装，领口上别了一朵红色康乃馨。

"我定过一个规矩，有些事从来不打保票，盖奇先生，"他说，"我一向认为这几乎算一个是非常不公平的要求。但如果你说这件事涉及潘鲁多克夫人，而且的确非常敏感和机密，我愿意破一次例。"

"的确如我所说，加勒莫尔先生。"我说道，随后毫无隐瞒地把整件事和盘托出,甚至连前一天喝了太多威士忌这种事都没遗漏。

听完我的讲述后,他好奇地打量我。那只精致的手拿起一支老式的白色鹅毛笔,用羽毛缓缓地搔着右耳。

"盖奇先生,"他说,"难道你猜不出来他们为什么对那串珍珠索价五千美元吗?"

"如果您允许我猜测的话,对于这么一件具有如此私人性质的事情,我大概可以贸然提出一种解释,加勒莫尔先生。"

他把白色羽毛转到左耳边,点点头说:"说吧,孩子。"

"那些珍珠实际上是真的,加勒莫尔先生。您是潘鲁多克夫人的老友——说不定还是青梅竹马的恋人。当她把那串珍珠,她的金婚礼物,交给您卖了,因为她迫切需要钱去慷慨助人时——您没有卖掉珍珠,加勒莫尔先生。您只是假装卖了它们。您从自己的腰包里,拿出两万美元给她,同时把真的项链还给了她,谎称它们是在捷克斯洛伐克制作的赝品。"

"孩子,你的脑袋瓜比你的言谈聪明得多,"加勒莫尔先生说。他站起身,走到窗前,把精致的窗帘拉到一边,低头望着第七大街上熙熙攘攘的街景。他回到桌边坐下来,露出一丝怀念的微笑。

"你几乎都说对了,盖奇先生,真是令人难堪,"他叹了口气,"潘鲁多克夫人是一个非常骄傲的女人,否则我只要向她提供一笔两万美元的无担保贷款就可以了。我碰巧也是潘鲁多克先生产业的共同管理人。我知道，按照当时金融市场的行情，除非不理性地变卖产业，否则根本无法筹措到足够的钱，照顾那些亲戚和随从。所以潘鲁多克夫人变卖了她的珍珠——按照她的想法——但她坚持不让任何人知道这件事。而我做了你刚才猜测的事。这不重要。我能负担这样的举动。我一生未婚，盖奇，大家认为我是个有钱人。实际上，当时那些珍珠根本卖不到我给她的一半价钱，或是它们今天所值的价钱。"

我垂下眼睛，唯恐这位善良的老先生会因我的直视而尴尬。

"所以，我认为我们最好还是筹措五千美元，孩子，"加勒莫尔先生随即又语气轻快地补充道，"这个价钱很低了，尽管被窃的珍珠远比切割的宝石更难交易。如果我能信任你，你认为你能承担这个任务吗？"

"加勒莫尔先生，"我语气坚定但平静地说，"对你来说，我完全是个陌生人，而且只是一介凡夫俗子，但我以我对已经去世的、备受尊敬的父母的记忆向您保证，我绝不会胆怯懦弱。"

"好，你很有血性，孩子，"加勒莫尔先生和蔼地说，"我不担心你会偷走这笔钱，因为我对埃伦·麦金托什小姐和她男朋友的了解可能比你估计得要多一点。此外，那些珍珠是上了保险的，当然，是以我的名义。其实我应该让保险公司处理这件事。但你和你那位有趣的朋友到目前为止似乎干得不错，我相信做事应该有始有终。这个亨利一定是个了不起的人。"

"他有些粗鲁,但我已经非常喜欢他了。"

加勒莫尔先生又把玩了一会儿他的白色鹅毛笔,然后拿出一本很大的支票簿,开了一张支票。他小心地吸干墨水,隔着桌子递给我。

"如果你拿到了珍珠,我会让保险公司把钱还给我,"他说,"如果他们喜欢我的声音,就不会有麻烦。银行就在街角,我会等着他们的电话。如果他们没打电话给我,你可能无法兑现支票。小心点,孩子,别受伤。"

他又一次跟我握手。我犹豫着说:"加勒莫尔先生,您对我的信任比任何人都多。当然,除了我的父亲。"

"我现在就像个傻子,"他带着一抹奇怪的微笑说,"我已经很久没有听到有人像简·奥斯汀的小说那样说话了,一听到,我就变成了傻瓜。"

"谢谢您,先生。我知道我的语言有些古板。我可以斗胆请您帮我一个小忙吗,先生?"

"什么忙,盖奇?"

"埃伦·麦金托什小姐现在和我有些疏远,我想请您给她打个电话,告诉她我今天没有喝酒,而且您还委托给我一件非常微妙的任务。"

他大声笑起来。"我很乐意,沃尔特。我知道她是可以信赖的,我会告诉她事情的原委。"

接着,我便告了辞,拿着支票来到银行。出纳员怀疑地看着我，然后从柜台后消失了很久，最后才点出一叠百元大钞，一脸不情愿的表情，就像那些钱是他自己的。

我将那叠钞票放进口袋后说："麻烦给我一卷两角五分的硬币。"

"一卷两角五分的硬币，先生？"他的眉毛一挑。

"没错。我用它们付小费。不用说，我希望它们是卷好的，这样方便带回家。"

"噢，明白。请给我十美元。"

我接过那卷粗硬的硬币，放进口袋里，然后开车返回好莱坞。

亨利正在莫雷纳堡的大厅里等我，粗糙有力的手来回转着帽子。他脸上的皱纹看上去比昨天更深，我注意到他的呼吸里有股威士忌味。我们上楼来到我的公寓，他急切地转身看我。

"运气如何，伙计？"

"亨利，"我说，"在我们进一步开始今天的工作之前，我希望你清楚地知道我没有喝酒。我看到你已经喝过了。"

"只是提提神，沃尔特，"他有点懊悔地说，"我去应聘那份工作，还没赶到就泡汤了。有什么好消息吗？"

我坐下来，点上一支烟，平静地看着他。"亨利，我不知道是不是应该告诉你。不过在你昨晚对付了甘德西之后，不告诉你似乎有点小气了。"我又犹豫了一会儿，亨利注视着我，捏着他左臂上的肌肉。"珍珠是真的，亨利。我得到指令，继续这笔交易。现在我的口袋里就装着五千块现金。"

我简要地告诉了他事情的来龙去脉。

他惊讶得难以用语言形容。"天哪！"他叫道，嘴巴张得老大，"你是说你从加勒莫尔那里拿到了五千美元——就这么拿到了？"

"正是如此，亨利。"

"孩子，"他真诚地说，"你有一张人畜无害的脸蛋，还会花言巧语，能让很多人像把钱交给警察一样地交出来。五千块——从一个生意人那里——就这么拿到了。哎呀，跟你比我就是猴子的舅舅，蛇的老爸，女子俱乐部午餐里的蒙汗药。"

就在这时，就像有人看到我回来一样，电话铃再次响起，我跳起来去接。

那正是我等待的声音，但并不是最渴望听到的那个。"早上考虑得怎么样了，盖奇？"

"清楚多了，"我说，"如果能保证我得到礼遇，我准备推进这笔交易。"

"你是说你拿到钱了？"

"此刻就在我的口袋里。"

那个声音好像缓缓地舒了口气。"你会拿到珍珠的，没问题——如果我们拿到那笔钱，盖奇。我们在这行里干了很久了，不会失信。假如我们不讲信用，消息很快就会传开，以后就没人再和我们玩了。"

"是的，这个我明白，"我说，"你接着说怎么办吧。"我冷冷地补充道。

"仔细听好，盖奇。今晚八点整，你来太平洋帕利赛德。知道在哪儿吧？"

"当然。日落大道马球场西边的一个小型住宅区。"

"没错。日落大道从那儿直接穿过。那里有一家药店——开到九点。今晚八点整到那里等电话。一个人。听好了，盖奇，一个人。不准带警察，不准带壮汉。那里是偏远的郊区，我们有办法让你去我们想要你去的地方，也知道你是不是一个人。全都听明白了吗？"

"我又不是白痴。"我顶了一句。

"别用假钞，盖奇。我们会核实的。别带枪。你会被搜身，我们有足够的人手从各个角度监视你。我们认识你的车子。别要花招，别自作聪明，别犯错误，就不会有人受伤。这是我们做生意的规矩。钱是什么样的？"

"都是一百美元的钞票，"我说，"其中只有一些是新币。"

"好极了。那么八点见。放聪明点，盖奇。"

电话在我耳边挂断，我也挂上电话。几乎与此同时，电话又响了起来。这回是我最想听到的声音。

"噢，沃尔特，"埃伦喊道，"我之前对你太刻薄了！请原谅我，沃尔特。加勒莫尔先生把一切都告诉我了，我怕极了。"

"没什么可怕的，"我温柔地说，"潘鲁多克夫人知道了吗，亲爱的?"

"她不知道,亲爱的。加勒莫尔先生叫我不要告诉她。我是在第六大街的一个商店里打电话的。哦,沃尔特,我真的很害怕。亨利会跟你一起去吗?"

"恐怕不行,亲爱的。一切都安排好了,他们不允许那样做。我必须独自前往。"

"哦,沃尔特!我好害怕。我受不了这么提心吊胆。"

"没什么好怕的,"我安慰她道,"只是个简单的交易。而且我也不算胆小鬼。"

"但是,沃尔特——哦,我会试着勇敢些,沃尔特。你能答应我一件很小很小的事吗?"

"不喝酒,亲爱的,"我坚定地说,"滴酒不沾。"

"噢,沃尔特!"

我们又说了些类似的话。别人对这些可能毫无兴趣,可我却感到非常愉快。最后,我们互相道别,我答应一见完那些骗子就立刻给她电话。

我转过身,发现亨利正痛饮他刚从口袋里掏出的一瓶酒。

"亨利!"我厉声喊道。

他越过酒瓶看着我,脸上是粗野而坚定的表情。"听着,伙计,"他用低沉而硬朗的声音说,"我光听你说就知道这是个陷阱。杂草丛生的荒郊野外,你一个人去,他们会给你几闷棍,抢走你的钱,把你扔在那里——而珍珠还在他们手里。

这可不行，伙计。我说——绝对不行！"他几乎是吼出了最后几个字。

"亨利，这是我的使命，我必须去做。"我静静地说。

"哈！"亨利嗤之以鼻，"我说不行。你是个疯子，但你也是个好人。我说不行。威斯康辛艾切尔博格家的亨利·艾切尔博格——事实上，我不妨说是密尔沃基艾切尔博格家的亨利·艾切尔博格——说不行。而且他用两只拳头说话。"他又就着酒瓶灌了口酒。

"你喝个烂醉肯定帮不上忙。"我不高兴地说。

他放下酒瓶看着我，粗犷的脸上写满惊讶。"喝醉，沃尔特？"他的声音轰隆隆地抗议道，"你说我喝醉了？艾切尔博格家的人喝醉了？听着，孩子。我们现在没有那么多时间。你要想看我喝醉，大概需要三个月。等什么时候你有三个月的时间，加上大约五千加仑的威士忌和一个漏斗，我会很乐意抽时间让你看看艾切尔博格喝醉了是什么样。你不会相信的。孩子，到时候，这个城市除了几根柱子和一堆烂砖头，什么都没有了，但在这当中——老天，如果我再跟你混久一点就知道英语怎么讲了——在这当中，一片寂静，也许方圆 50 英里[①]之内没有活人，亨利·艾切尔博格会躺下来对着太阳微笑。喝醉，沃尔特。不是醉得酒气冲天，甚至不是乡村俱乐部的醉法。但你可以用'喝醉'这个词，我不会觉得受辱。"

---

① 1 英里约为 1.61 千米。

他坐下来继续喝酒。我忧郁地瞪着地板,无话可说。

"不过,"亨利接着说,"那是以后的事了。现在我只是在吃药。就像人们说的,要没有一点疯疯癫癫,我就不是我了。我就是喝酒喝大的。我要跟你去,沃尔特。那地方在哪儿?"

"在海滩附近,亨利,你不能跟我去。如果你一定要喝醉——那你就喝醉吧,但是你不能跟我去。"

"你有辆大车,沃尔特。我可以躲在后面的地毯下。小菜一碟。"

"不行,亨利。"

"沃尔特,你是个好人,"亨利说,"我要跟你一起去钻这个圈套。闻闻这从酒桶里出来的味道,沃尔特。我看你有点虚弱。"

我们争论了一小时,我的头都大了,而且开始感到极度紧张和疲倦。就在那时,我犯下了一个可能是致命的错误。我没经住亨利的诱惑,喝了一小口威士忌,纯粹是为了治疗不适感。这让我感到轻松多了,于是我又喝了一大杯。那天早上,我只喝了咖啡,前晚也只吃了一点。过了一小时,亨利又出去买了两瓶威士忌回来,而我像小鸟一般雀跃。现在,所有困难都烟消云散了,我发自内心地同意亨利躲在汽车后面的地毯下,陪我共赴鸿门宴。

我们愉快地喝到两点,那时我开始感到昏昏欲睡,于是躺到床上,陷入沉沉的梦乡。

7

再次醒来时,天几乎已经黑了。我从床上坐起来,心里一阵惊慌,同时感到一阵刺痛穿过太阳穴。然而,才六点半而已。我一个人在公寓里,拉长的影子悄然划过地板。桌上的那排威士忌空瓶令人恶心。亨利·艾切尔博格则不见踪影。我本能地感到惶恐,但几乎马上又感到羞愧。我快步走向挂在椅背上的西装,手伸进胸口内侧的口袋里。钞票还原封不动地放在那里。犹豫片刻之后,我带着一丝隐秘的愧疚掏出钞票,慢慢地数了一遍。一张不少。我收起钞票,想嘲笑自己对他如此缺乏信任,接着我打开灯,走进浴室,用冷热水交替冲了个澡,直到头脑相对清醒了一些为止。

洗完澡后,我正要穿上干净的内衣,门锁突然转动了起来,亨利·艾切尔博格走了进来,腋下夹着两个包好的酒瓶。他望着我,在我看来,充满真诚的关爱。

"像你这样睡一觉就好的人是真汉子,沃尔特,"他钦佩地说,"我偷偷拿了你的钥匙,免得吵醒你。我得去弄点吃的,再买些酒。我独自喝了一些,我告诉过你,这是有悖原则的,但今天是个大日子。不过，我们现在开始要放松点，喝点酒。在一切结束前，我们可不能神经紧张。"

他一边说一边拆开一瓶酒的包装，给我倒了一小杯。我感激地喝下去，血管中立刻涌起一股暖流。

"我打赌你去检查口袋里的那叠钱了。"亨利笑着对我说。

我感到自己脸红了，但没有开口。"好了，伙计，你做得对。不管怎么说，你又对亨利·艾切尔博格了解多少呢？我刚才还干了点别的事。"他的手伸到背后，从屁股口袋里掏出一把短柄自动手枪，"如果这些家伙想动粗，"他说，"我买了五美元的枪子儿，它们可不介意动动粗。而且艾切尔博格家的人从不会失手。"

"我不喜欢这样，亨利，"我严肃地说，"这不符合约定。"

"去他娘的约定，"亨利说，"那些家伙拿到钱，周围又没有警察。我要去看着他们交出珍珠，不会脚底抹油。"

看得出与他争辩毫无用处，于是我穿好衣服，准备离开公寓。我们又各自喝了一杯酒，然后亨利把一整瓶酒放进口袋，我们这才离开。

在通往电梯的走廊里，他低声解释道："我叫了辆出租车等在外面，一会儿好跟着你，以防那些家伙有同样的主意。你可以绕过几个安静的街区，这样我就能看出来是否有人跟着你了。但更大的可能性是，他们在快靠近海滩时才跟踪你。"

"这肯定花费了你一大笔钱，亨利，"我对他说，在等电梯上来时，我又从钱包里掏出一张二十美元的钞票递给他。他不情愿地接过来，最终还是折好塞进了口袋。

按照亨利的建议，我在好莱坞大道北边的几条坡路上兜了几圈。之后我听到身后传来出租车明白无误的喇叭声。我在路边停下车。亨利从出租车里出来，付了车费，然后钻进我的车里，坐在我的身边。

"查清楚了，"他说，"没人跟踪。我就这么缩在座位底下，你最好在哪儿停车买些吃的，要是我们得和那些流氓来硬的，肚子里有货很重要。"

于是我向西开去，下坡转到日落大道，在一家拥挤的汽车餐厅停下。我们坐在吧台前，吃了简单的煎蛋卷和黑咖啡，然后继续上路。当我们到达贝弗利山时，亨利又让我在几条住宅区的街道上绕来绕去，他则小心翼翼地透过后窗观察动静。

最终，对情况完全满意后，我们才驾车返回日落大道，平安无事地穿过贝沙湾和韦斯特伍德的外围，几乎开到了里维埃拉马球场。在这里，下面的山谷中有一片僻静之地，名叫曼德维尔峡谷。亨利让我沿着山坡爬了一小段路，然后停下来。我们喝了一点他瓶子里的威士忌，然后他爬到汽车后座，将庞大的身躯蜷在地上，盖上地毯，自动手枪和酒瓶放在地上方便拿到的地方。这一切完成之后，我继续启程。

太平洋帕利赛德的居民好像休息得很早。当我到了那个或许可以称为商业中心的地段时，除了银行旁边的药房，其他店铺都关门了。我停好车,亨利还安静地躲在后面的地毯下面,只当我站到黑暗的人行道上时,才留意到小声咕嘟喝酒的声音。我走进药房,看到店里的时钟显示七点四十五分。我买了一包香烟,点燃一支,在敞开的电话亭边站好。

药剂师是个红脸大汉,年龄不详。他将小收音机的音量调得很大,正收听某个愚蠢的广播剧。我告诉他调低音量,因为我正等一个重要的电话。他照做了,但态度并不文雅,然后立刻退到药店后面,透过一扇小玻璃窗恶狠狠地看着我。

就在药房的时钟显示八点差一分时,电话亭里传来刺耳的铃声。我匆忙走进去,把门紧紧关上,拿起话筒,有点不由自主地发抖。

还是那个冷酷的、带有金属质感的声音。"盖奇?"

"我是盖奇先生。"

"你照我说的做了?"

"对,"我说,"钱就在我的口袋里,只有我一个人。"我不喜欢睁眼说瞎话的感觉,即便对方是个小偷,但我也只好勉为其难。

"那么,听好。沿着你来的路,往回走 300 英尺,在消防站旁有个加油站,刷着红绿白三色,已经关门了。在它旁边,往南有一条土路。沿着这条路走 $3/4$ 英里,你会看见一道 4 乘 4 英尺的白篱墙,几乎就横在路上。你的车可以从左侧挤过去。调暗车灯,通过那里,继续沿着小山往下开,你会来到一片长着鼠尾草的谷地。把车停在那里，关掉车灯，然后等着。明白了吗？"

"完全明白，"我冷冷地说，"一定遵照你的指示。"

"还有，伙计。半英里之内都没有人家，附近也肯定不会有人。你有十分钟赶到那儿。从现在开始，已经有人监视你了。尽快赶过去，而且要一个人——不然你只会白跑一趟。不要点火柴或者光片，不要用手电筒。上路吧。"

电话挂断了，我离开电话亭。我前脚走出药房，那个药剂师后脚就冲向他的收音机，把音量调到震耳欲聋的程度。我钻进汽车，调了个头，按照指示沿着日落大道往回开。亨利依旧躺在车后，像坟墓一样安静。

我现在非常紧张，可我们带来的所有酒都在亨利那里。我很快就开到了消防站，透过前面的窗户可以看到四个消防员在打牌。我向右转进土路，经过红绿白三色的加油站，几乎一瞬间，夜色就变得格外沉寂。尽管我的汽车发出低沉的轰鸣，但我还是可以听见四面八方传来的蟋蟀和树蛙的叫声，以及从附近水塘传来的某只孤独牛蛙刺耳的呱呱声。

道路先是下沉，后又抬起，远处有一扇黄色窗户。接着在我前面，在没有月光的漆黑夜色中，一道模糊的白篱墙幽灵般地出现在路中央。我注意到边上的缺口，于是调暗车灯，小心地驶过去，又向下经过一小段颠簸的山路，来到一片椭圆形的谷地上，四周环绕着低矮的灌木丛，到处散落着空酒瓶、易拉罐和片片废纸。然而，在这个夜深人静的时刻，这里完全是被遗弃的样子。我停下车，关掉引擎和车灯，双手放在方向盘上，一动不动地坐在那里。

我没听到身后传来亨利的声音。我大概等了有五分钟，虽然感觉像是过了更久，但周围没有任何动静，只有异常的寂静和孤独。我感到心情低落。

最终，我身后传来一阵微弱的声响。我回过头，看到亨利苍白模糊的脸庞正从地毯下面窥视我。

他声音沙哑地低声问道："有什么动静吗，沃尔特？"

我使劲朝他摇了摇头，他再次用地毯遮住脸。我又隐约听见一声喝酒的咕噜声。

整整十五分钟过去了，我才敢动上一动。这时，等待的紧张已经令我身体僵硬。所以我大胆地推开车门，踏到凹凸不平的地上。什么都没有发生。我慢慢地来回走动，双手插在口袋里。时间就这样一分一秒地流逝。半个多小时过去了，我已经感到不耐烦。我走到汽车的后窗处，轻声朝车内说话。

"亨利，我看我们是被如此拙劣的手段给耍了。我很担心这只是甘德西先生的一个低劣的恶作剧，为了报复你昨晚的举动。这里一个人都没有，而且只有一条进来的路。我看这里不像我们预期会面的地方。"

"狗娘养的，"亨利低声回答，黑暗的车内又响起一阵咕嘟声。接着一阵窸窣声，他从地毯下面钻了出来。车门顶着我的身体打开了，亨利的脑袋伸了出来。他的眼睛尽其所能地四下打探。"坐在脚踏板上，"他低声说，"我要出去。如果他们在灌木丛里监视我们，只会看到一颗脑袋。"

我按照亨利说的做了，竖起衣领，压低帽檐。亨利像影子一般悄无声息地下了车，无声地关上车门，站在我前面，观察目力所及之处。我可以看到他手上枪管的微弱闪光。我们就这样僵了十多分钟。

然后亨利发怒了，将小心谨慎抛到了九霄云外。"被骗了！"他咆哮道，"你知道这是怎么回事吗，沃尔特？"

"不知道，亨利。"

"这是个试探，就是这么回事。来时的路上这些王八蛋监视了你，看你有没有守规矩，然后他们又在药店监视了你。我跟你赌一对白金的自行车车轮，你在那里接到的是一个长途电话。"

"是的，亨利，既然你这么说，我相信一定是的。"我伤心地说。

"好啦，孩子，那些流氓甚至都没有出城。他们坐在家中有毛绒衬里的痰盂旁，把你当孙子耍。明天那个家伙会再给你打电话，说目前一切正常，但他们不得不小心谨慎，今天晚上可以改到圣费尔南多山谷见面。考虑到他们要应付额外的麻烦，价码也涨到一万美元。我应该回去，把甘德西的脖子扭过来，塞进他的左裤腿里。"

"好了，亨利，"我说，"我毕竟没有完全按照他们说的去做,因为你坚持要跟我一起来。也许他们比你想象的聪明一些。我想,现在最好的办法就是回城,希望明天还有再试一次的机会。你一定要向我保证不再插手。"

"有病!"亨利愤怒地说,"没有我跟着,他们玩弄你就像猫玩弄金丝雀一样。你是个好人,沃尔特,可你知道的答案还不及小婴儿莱罗伊①多。这些家伙是小偷,他们手上有一串珍珠,如果处理得好能给他们带来两万美元的收益。他们想尽快出手,但还是会尽可能地榨取所有利益。我应该马上回去找那个肥猪甘德西。我对付那个笨蛋的手段可多了,有的还没发明出来呢。"

"好了,亨利,不要动粗。"我说。

"哈,"亨利咆哮道,"那些家伙太让人来气了。"他的左手将酒瓶举到嘴边,解渴般地痛饮起来。之后,他的声音低了几度,听起来平和多了,"还是喝酒吧,沃尔特,聚会搞砸了。"

"也许你是对的,亨利。"我叹了口气,"我承认,在整整半个小时里,我的胃像秋天的落叶一样抖个不停。"

于是我大胆地站到他身边,尽情地灌了几口火辣辣的烈酒。我瞬间就振作了起来。我把酒瓶递给亨利,他小心地放在脚踏板上。他站在我身旁,用宽大的手掌上下抛着自动短枪。

"我根本不用工具就能对付那帮家伙。见鬼去吧!"他手臂一扬,手枪便被抛进了灌木丛中,落地时发出一声闷响。

---

① 莱罗伊是20世纪30年代的一位童星,成名时只有十六个月大。

他从车旁走开,双手叉腰,抬头望着夜空。

我走到他身边,借着微弱的光亮,注视着他转过去的面孔。一种奇怪的忧伤涌上心头。我认识亨利的时间很短,但我已经非常喜欢他了。

"好吧,亨利,"我最后开口道,"下一步怎么办?"

"我想,打道回府吧,"他沮丧地慢慢说道,"喝个痛快。"他双手握拳,慢慢地甩了甩,然后转身面对我:"是的,没有别的事可做了。回家吧,孩子,这是我们唯一能做的事。"

"未必如此,亨利。"我轻声说。

我从口袋里掏出右手。我的手很大。右手里握着一卷那天早上从银行换来的两毛五美分的硬币。我握着硬币的手变成了一只很大的拳头。

"晚安,亨利,"我轻声说,同时使出浑身力气挥出一拳。"你打过我两拳,亨利,"我说,"我还有一记重拳没有还你!"

但是亨利没有听我说话。我的拳头带着硬币的重量狠狠打中了他的下巴。他的双腿一软,像被抽掉了骨头一样,身子向前直挺挺地倒下去,倒地时擦过了我的衣袖。我赶紧闪到一旁。

亨利·艾切尔博格一动也不动地躺在地上,像橡胶手套一样绵软无力。

我有点悲伤地低头看着他,等着他动一动,但是他连一块肌肉都没动。他静静地躺在那里,完全失去了意识。我把那卷硬币放回口袋，弯下腰仔细搜查他的身体，把他像一袋肉那样翻来翻去。我花了很长时间才找到珍珠，它们缠绕在他左脚脚踝上，外面套着袜子。

"好了，亨利。"我最后一次对他说，尽管他已经听不见了。"你是一位绅士，虽然你也是个小偷。今天下午你有十几次机会把钱拿走，什么也不留给我。你刚才手上有枪时也可以把钱抢走，但就连那个想法也让你难受。你把枪扔了，我们是一对一，没有帮手，没有干扰，即使到那时，你还是犹豫了，亨利。事实上，亨利，我想对一个成功的小偷来说，你犹豫得有点太久了。但是作为一个有体育精神的人，我只是对你更加敬佩。再见，亨利，祝你好运。"

我掏出钱包，抽出一张百元钞票，小心翼翼地放进我之前看到亨利塞钱的口袋里。然后我回到车上，对着酒瓶喝了口酒，又把瓶塞塞紧，将酒瓶放在他的身旁，方便他的右手去拿。

我确信他醒来时用得上。

回到公寓时,已经十点多了,但我立刻走向电话,打给埃伦·麦金托什。"亲爱的,"我叫道,"我拿到珍珠啦。"

透过电话,我听到她深呼吸的声音。"哦,亲爱的,"她的声音紧张而兴奋,"你没受伤吧?他们没伤害你吧,亲爱的?他们拿了钱就放你走了?"

"没有'他们',亲爱的,"我骄傲地说,"加勒莫尔先生的钱完好无损,是亨利一个人干的。"

"亨利!"她以一种奇怪的声音喊道,"但是我以为——马上过来,沃尔特·盖奇,告诉我——"

"我的呼吸里有威士忌味儿,埃伦。"

"亲爱的!我知道你需要它。马上过来。"

于是我再次下楼来到街上,匆匆赶往卡隆德莱特公园,不一会儿就到了潘鲁多克夫人的府邸。埃伦来到外面的门廊接我,我们在黑暗中拉着手轻声交谈,因为整栋房子的人都睡觉了。我尽可能简洁地把我的故事讲了一遍。

"但是,亲爱的,"她最后说道,"你怎么知道是亨利干的?

我以为亨利是你的朋友。还有电话上的这个声音——"

"亨利曾经是我的朋友,"我带着些许悲伤说,"正是这点毁了他。至于电话上的声音,那是小把戏,很容易安排。亨利有几次离开我去安排这件事。只有一个小地方让我产生了怀疑。我把写了公寓名的私人名片给了甘德西后,亨利需要通知他的同伙,说我们与甘德西碰了面,给了他我的名字和地址。因为当我想出这个愚蠢,或者也许不那么愚蠢的主意——即拜访某个著名黑道人物,说我们想赎回珍珠时,亨利有了一个机会。他可以让我以为,之所以有那通电话,是因为我们找了甘德西谈话,并告诉了他我们的困难。但是,既然第一个打到我公寓的电话是在亨利有机会跟同伙说我们见过甘德西之前,所以这里面显然有鬼。

"这时,我想起有辆车从后面撞了我们的车,亨利跑回去教训那个司机。当然,撞车是故意的,亨利故意制造了这个机会,而他的同伙就在那辆车里。于是亨利一边假装对他大吼大叫,一边传达了必要的信息。"

"但是,沃尔特,"埃伦听完这个解释有点不耐烦,"这是件很小的事。我真正想知道的是你是怎么判断亨利拿了珍珠的?"

"你告诉我是他拿的,"我说,"你当时非常肯定这一点。亨利是个很有耐心的人。他的风格就是把珍珠藏到某个地方,根本不担心警察会对他怎么样。他会换个工作,或许过了很久之后才把珍珠拿回来,不动声色地离开这里。"

埃伦在黑暗的门廊上不耐烦地摇摇头。"沃尔特，"她厉声说道，"你在隐瞒什么事情。你不可能这么确定。除非你确定无疑，你也不会对亨利下这么狠的手。我太了解你了。"

"好吧，亲爱的，"我谦虚地说，"确实还有另外一个小小的暗示，那种聪明人会忽视的愚蠢细节。如你所知，我不使用那种常规的公寓电话，我不希望被律师之类的人打扰。我用的电话是私人线路，号码也没有登记在黄页上，但是亨利的同伙却打了那部电话，而亨利在我的公寓里待了很久，我故意没给甘德西先生那个号码，因为我没指望甘德西先生会打来。从一开始，我就相信是亨利拿了珍珠，我想的只是怎么让他把珍珠交出来。"

"哦，亲爱的，"埃伦大叫着搂住我，"你真勇敢，我真的认为你其实很聪明，虽然方式有些奇特。你相信亨利爱上了我吗？"

但我对这个话题没有任何兴趣。我把珍珠交给埃伦保管，尽管夜色深沉，我还是立刻开车前往兰辛·加勒莫尔先生的宅邸，告诉了他事情的经过，并把钱还给了他。

几个月之后，我很高兴地收到一封火奴鲁鲁[①]寄来的信，信纸用的是一种十分廉价的牌子。

---

① 火奴鲁鲁：美国夏威夷州的首府。

好吧，伙计，星期天你给我的那一拳就是那笔钱，我没想到你有这个胆量，当然也就没做好准备。但那也是一件好事，整整一个星期，每次刷牙我都会想起你。真遗憾，我不得不滚蛋，因为你是个好人，虽然有点傻乎乎的。我现在想和你大醉一场，而不是在这里擦拭油阀，大老远地寄来这封信。我有两件事想让你知道，两件事都光明正大。我确实深深地爱上了那位高挑的金发女郎，这也是我离开那个老太太的主要原因。当一个男人被一个女人迷得晕头转向时，他就会产生一些古怪的想法，而偷珍珠就是其中之一。他们就那么把珍珠扔在面包盒上，这简直是犯罪，而我在吉布提给一个法国佬打过工，知道珍珠和雪球的区别。但是当我们在灌木丛中单独在一起时，我心软了，下不了手。告诉那位金发女郎，你有一枚戒指，而我向她问好。

你一如既往真诚的，
亨利·艾切尔博格（化名）

另外：你知道吗，那个给你打电话的混球，想把你塞进我背心口袋里的一百美元分走一半。我只好狠狠地修理了他一顿。

你的，
亨·艾（化名）

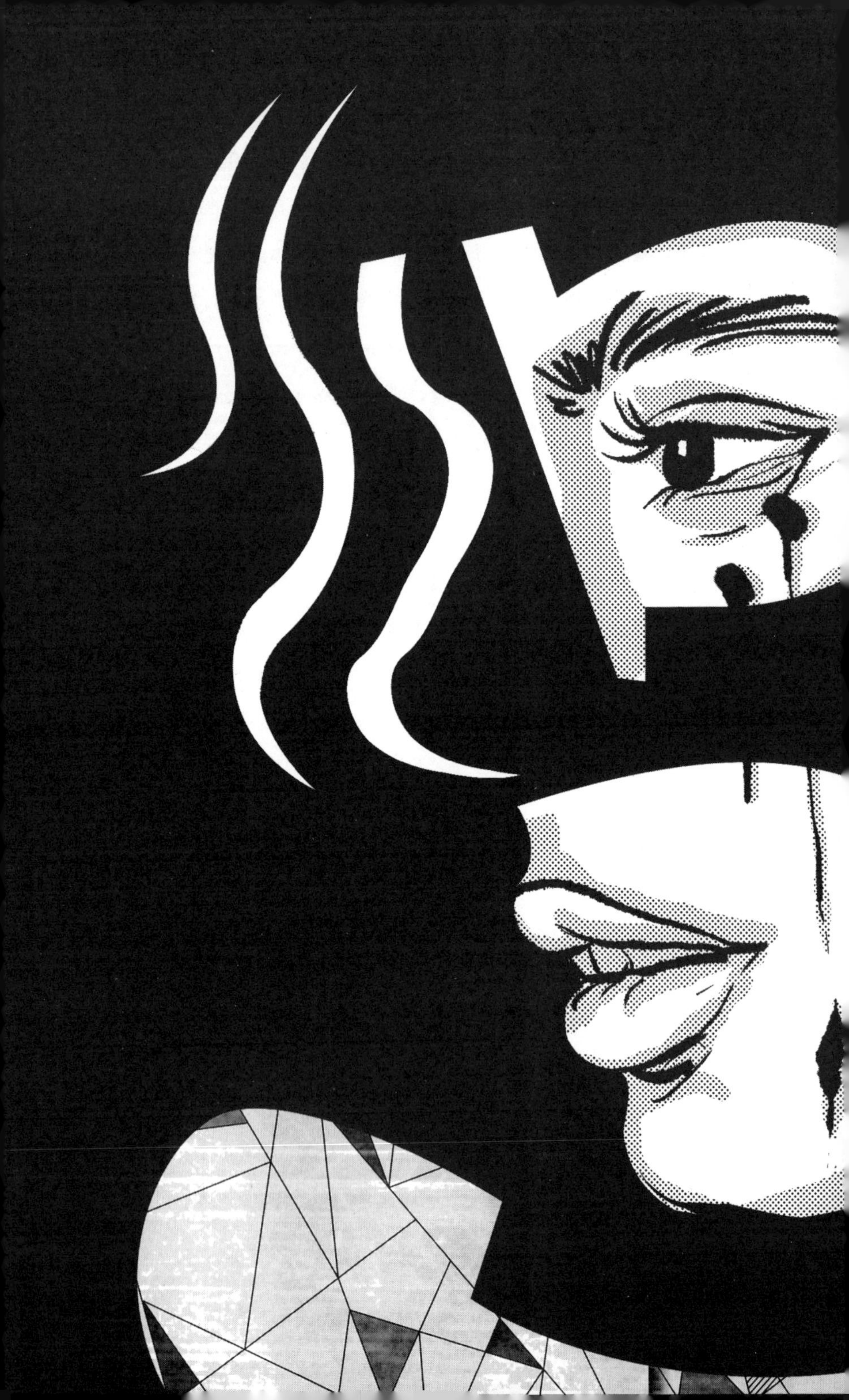

麻烦是我的饭碗

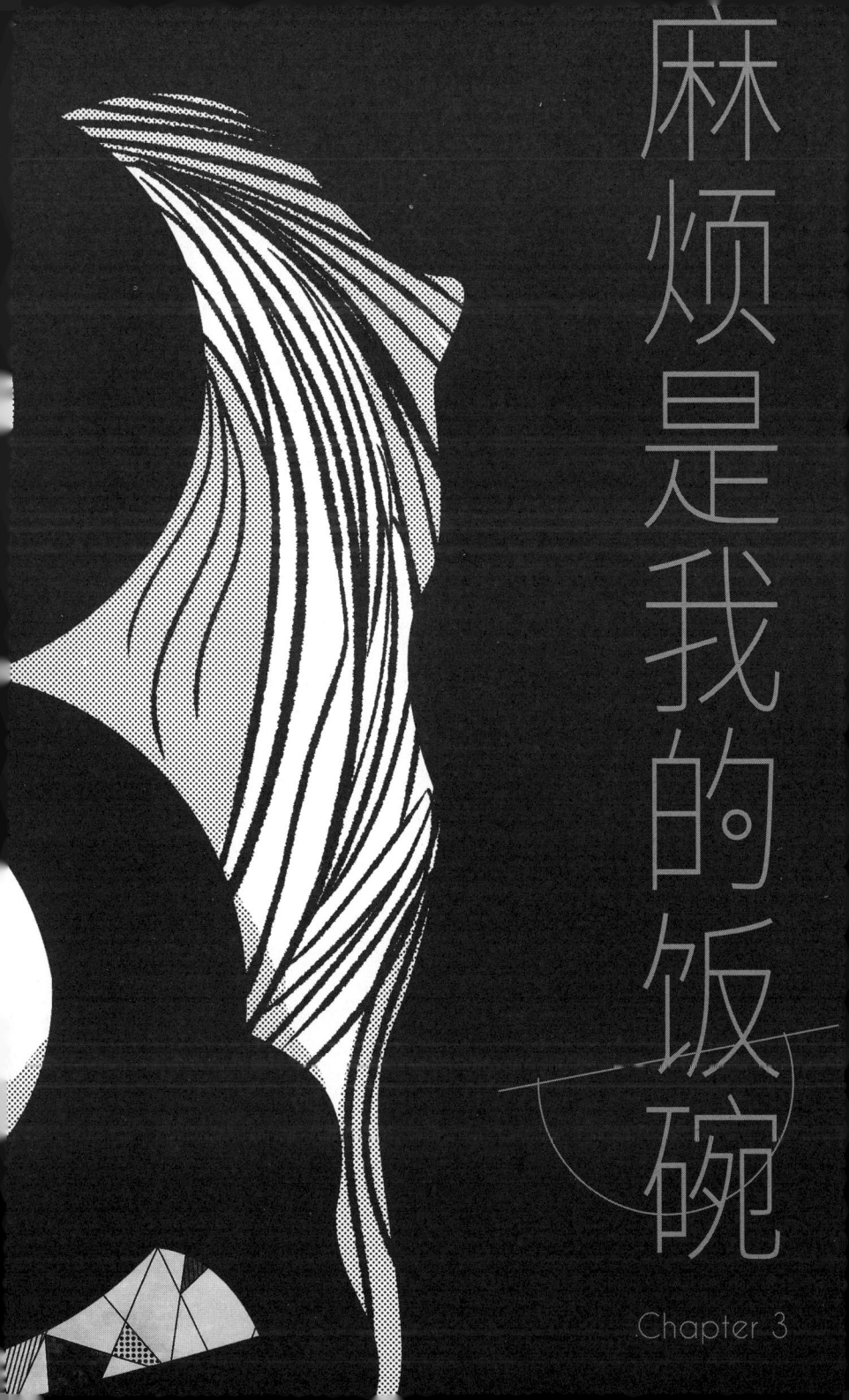

Chapter 3

1

　　一脸浓妆的安娜·哈尔西是个体重 240 磅[1]的中年妇女。她穿一身黑色的定制套装,眼珠像亮闪闪的黑鞋扣,脸蛋软得如同两坨牛油,颜色也相差无几。她坐在一张黑色玻璃桌后,桌面看上去就像拿破仑的墓碑。她抽着烟,黑色烟嘴有收起来的雨伞那么长。她说:"我需要一个男人。"

　　我看着她掸落的烟灰落在明亮的桌面上,片片烟灰在从窗口吹进来的气流中卷曲、滚动。

　　"我需要一个相貌英俊的男人,能勾搭上一位格调高雅的夫人。但他也要足够强壮,能跟一辆推土机过招。我需要一个擅长逢场作戏的高手,又像弗雷德·艾伦[2]一样能说会道,甚至更胜一筹。他要是被运啤酒的卡车撞了头,会觉得那是长腿美人用长棍面包捅了他一下。"

---

[1] 约为 108 千克。
[2] 弗雷德·艾伦(1894—1956):美国著名喜剧演员。

"小事一桩,"我说,"你需要的是纽约洋基队、罗伯特·多纳特①,还有游艇俱乐部的小伙子。"

"你就行,"安娜说,"稍微拾掇一下。一天二十美元,外加开销。我已经好多年不'拉皮条'了,但这次的事我不在行。我对侦探这行很看好,挣钱但风险又不会太大。让我们看看格拉迪斯对你的印象吧。"

她调转烟嘴,用烟嘴头戳了一下巨大的黑色铬质信号盒上的按键。"亲爱的,进来把安娜的烟灰缸倒了。"

我们等待着。

门开了,一个高挑的金发女郎踱步进来,衣品比温莎公爵夫人还上档次。

她优雅地穿过房间,清空安娜的烟灰缸,拍了拍她的胖脸蛋,含情脉脉地瞥了我一眼,又走了出去。

"我觉得她脸红了,"门关上后安娜说,"看来你够帅。"

"她是脸红了——可我约了达里尔·扎努克②吃晚饭,"我说,"别瞎扯了。到底什么情况?"

"是对付一个女孩。一个红发女孩,目光撩人。她是一个赌徒的诱饵,已经勾搭上了一个有钱人家的公子。"

"我要怎么对付她?"

安娜叹了口气。"菲利普,我猜这活儿有点残忍。如果她

---

① 罗伯特·多纳特(1905—1958):英国男演员,曾获奥斯卡最佳男演员奖。
② 达里尔·扎努克(1902—1979):美国著名电影制片人。

有任何前科,你就挖出来,扔到她脸上。如果她没有——这种可能性更大,毕竟她出身不错——那就由你定夺。你偶尔也有些点子,不是吗?"

"我已经忘了上次有点子是猴年马月了。赌徒是谁?有钱人又是何许人也?"

"马蒂·埃斯特尔。"

我从椅子上站起来,随即又想到一个月都没什么生意了。我需要这笔钱。

我又坐了下来。

"当然,你可能惹上麻烦,"安娜说,"虽然我没听说过马蒂在光天化日下干掉过谁,但他也不是吃素的。"

"麻烦是我的饭碗,"我说,"如果我接的话,二十五美元一天,二百五十美元保底。"

"我总得赚点吧。"安娜哼哼道。

"好吧,城里有的是卖苦力的。很高兴看到你气色这么好。再见,安娜。"

这次我站了起来。我的命虽不值几个钱,但这点钱还是值的。马蒂·埃斯特尔是个厉害的狠角色,有厉害的帮手和后台。他的地盘在西好莱坞,日落大道上。他不轻易动粗,但一旦动起来,就会有我好看的。

"坐下,成交,"安娜冷笑道,"我就是个可怜悲催的老女人,试图经营一家高级侦探所却一无所有,只有这一身肥肉和一把老骨头。你就拿走我最后一个子儿,嘲笑我吧。"

"那个女孩是谁?"我重新坐下来。

"她的名字叫哈丽特·亨特里斯①——还真是名副其实呢。她住在埃尔米拉诺,北西克莫大街1900号街区,非常高档的地段。父亲1931年破产,从办公楼的窗户跳了下去。母亲也去世了。未成年的妹妹远在康涅狄格州的寄宿学校。这些信息或许能提供个切入点。"

"是谁挖出的这些信息?"

"委托人得到一堆票据的影印件,是他公子签给马蒂的,数额高达五万美元。那位公子 —— 他是老头的养子 —— 不承认签过这些票据,小孩儿都这样。于是委托人找了一个叫阿波加斯特的家伙,此人好像一副很懂行的样子。他说好,然后做了些调查,但他太胖了,和我一样干不了跑腿的活儿,现在他退出了。"

"但我还是可以找他谈谈?"

"有何不可?"安娜点了点下巴上的肥肉。

"这位委托人 —— 有名字吗?"

"小子,你运气不错。你可以见到他本人 —— 现在。"

她又戳了一下信号盒上的按键。"亲爱的,让基特先生进来。"

"那位格拉迪斯,"我问,"她有固定男友吗?"

"你别打格拉迪斯的主意了!"安娜就差朝我吼了,"我

---

① 亨特里斯:原文为 Huntress,有女猎手之意。

办她的离婚案子,每年能赚一万八千美元。任何想动她一根手指的人,马洛,都已经火化了。"

"她总有金盆洗手的一天吧,"我说,"我为什么不能追她?"

开门声掐灭了这场对话。

我在镶木板的会客室里没见到他,因此他一定是等在私人办公室里。可他一点都不享受。他快步走进来,迅速关上门,从马甲里抽出一块薄薄的八角形铂金怀表,怒气冲冲地瞅了一眼。他身材高大,一头浅色金发,穿一件款式年轻的条纹法兰绒西装,翻领上插着一支小小的粉红色玫瑰花苞。他有一张冷若冰霜的脸,眼袋略垂,嘴唇略厚。他挂着一根乌木手杖,上面镶有银质把手,脚踝上围着鞋套。他看上去有六十岁,但我猜他的实际年龄还要大出十来岁。我不喜欢他。

"二十六分钟,哈尔西小姐,"他冷冷地说道,"我的时间很宝贵。因为珍惜时间,我才能挣到这么多钱。"

"好吧,我们正想办法帮您省下一大笔钱,"安娜慢条斯理地说。她也不喜欢他。"抱歉让您久等了,基特先生,可您想见见我挑上的侦探,我得把他请来。"

"他看起来不像是我想要的类型,"基特先生嫌弃地瞟了我一眼,"我更想要一位绅士——"

"你不是'烟草路①'上的那位基特先生吧?"我问道。

---

① 指欧斯金·考德威尔 1932 年的小说《烟草路》,描绘了美国贫穷的白人佃农生活,其中一位主人公名叫基特·莱斯特。

他缓缓地向我走来，半举着手杖，冰冷的双眼像爪子一样要把我撕碎。"你在侮辱我，"他说，"我——我这种身份的人。"

"等一等。"安娜开口道。

"等个屁，"我说，"这位先生说我不是绅士。他这种身份的人或许觉得说这种话没关系，虽然我也不清楚他到底是什么身份——但我这种身份的人可不吃这套。他没这个资格。当然，除非他是无意的。"

基特先生一怔，怒视着我。他又掏出怀表看了看。"二十八分钟了，"他说，"我道歉，年轻人，我无意冒犯你。"

"那好啊，"我说，"我早知道你不是'烟草路'上的基特先生。"

这话又差点把他激怒，但他忍住了。他还不确定我说这话的意图。

"趁我们都在，有几个问题请教，"我说，"你愿意给这个叫亨特里斯的姑娘一点钱——作为补偿吗？"

"一分不给，"他厉声道，"凭什么要给？"

"算是某种惯例吧。假设她嫁给了你家公子。他能有多少钱？"

"目前他每月从他母亲、我已故妻子名下的信托基金里能拿到一千美元，"他垂下头，"等到了二十八岁，钱会比这多得多。"

"那你就不能怪人家姑娘动心了，"我说，"现在就是这种时代。马蒂·埃斯特尔那边呢？有什么解决方案了吗？"

他把灰色的手套揉成一团，手背上暴起青筋。"那笔债收不回来了。是一笔赌债。"

安娜疲倦地叹了口气，往桌上弹了弹烟灰。

"当然，"我说，"赌徒不会让人不付账就开溜的。毕竟你儿子赢了，马蒂会给他钱。"

"我对这个不感兴趣。"瘦高男人冷冷地说。

"是啊，但你想想看，马蒂坐在那儿拿着五万美元的票据，一个子儿都兑不到。他晚上怎么睡觉啊？"

基特先生看上去若有所思，"你是说，有暴力的可能？"他暗示的口吻近乎优雅。

"难说。他经营一个高档场所，吸引了不少电影界人士，他要考虑自己的名声。他被人坑了，可他人脉很广。任何事都有可能发生 —— 哪怕在离马蒂很远的地方。他可不是浴室里的防滑垫。有人踩到他头上，他会站起来，动动手脚。"

基特先生再次看了看怀表，脾气变得暴躁。他啪的一声合上怀表，放回马甲里。"这些是你操心的事，"他厉声说，"地区检察官是我的私人朋友，如果这事超出你的能力 ——"

"是啊，"我对他说，"但你还是屈尊到我们这儿来了。哪怕这位地区检察官就在你的马甲口袋里 —— 和那块怀表在一起。"

他扣上帽子，戴上一只手套，用手杖敲了敲鞋边，走到门口,打开门。

"我要的是结果,我为结果付费,"他冷冷地说,"我给钱痛快。有时甚至出手相当大方,尽管我并不以大方著称。我想我们都理解对方了。"

接着,他差不多是眨了下眼睛,走出门去。大门经过气垫缓冲,轻轻关上了。我看了看安娜,咧嘴一笑。

"他挺可爱的,不是吗?"她说,"真希望这种人多一点,能凑够鸡尾酒具的八件套。"

我从她那里弄到二十美元 —— 作为开支。

3

我要找的阿波加斯特，全名叫约翰·D.阿波加斯特，他在靠近伊瓦尔大街的日落大道上有间办公室。我在电话亭里给他打了个电话。接电话的声音稍显油腻，发出轻轻的呼哧声，好像这个人刚赢了吃馅饼大赛。

"约翰·D.阿波加斯特先生？"

"嗯。"

"我叫菲利普·马洛，是一名私家侦探，现在正负责你之前调查过的一桩案子。委托人叫基特。"

"嗯？"

"我能过来跟你聊聊这个案子吗——吃完午饭后？"

"嗯。"他挂了电话。我猜他并非健谈之人。

我吃了午饭，开车过去。他的办公室在伊瓦尔大街东边，一栋老式的两层建筑里，门面的墙砖刚刚粉刷过。临街一层是几家店铺和一家餐馆。入口处有一条宽敞笔直的楼梯通往二楼。住户名录下方写着：约翰·D. 阿波加斯特，212号房。我上了楼，来到一个宽敞笔直与大街平行的走廊上。右边敞开的门口站着一个穿工作服的男人，额头上绑着一面圆形镜子。看到我后，他退了几步，一脸狐疑。他回到自己的办公室，关上了门。

我朝走廊的另一头走，大约走到一半时，看到远离日落大道那侧的一扇门上写着：约翰·D. 阿波加斯特，可疑文件审查员、私家侦探。请进。门一推就开了，里面是一间没有窗户的小型接待室，摆着几把安乐椅，几本杂志，两个铬质烟灰缸架。房间里有两盏落地灯和一盏吊灯，全都亮着。地上铺着厚实而廉价的新地毯，另一侧的门上写着：约翰·D. 阿波加斯特，可疑文件审查员，非请莫入。

我打开外面那扇门，蜂鸣器响了，直到门关上才停，但没发生任何情况。等候室里空无一人，里面的那扇门关着。我走过去，隔着门板倾听——里面没有谈话声。我敲了敲门。没有回应。我试了下把手，拧开了。于是我拉开门，走了进去。

房间里有两扇朝北的窗户，两侧的窗帘拉得严严实实，窗台上落着灰尘。房间里有一张办公桌，两个文件柜，平淡无奇的地毯，平淡无奇的墙壁。左侧另一扇门的玻璃嵌板上写着：约翰·D. 阿波加斯特，可疑文件审查员，非请莫入。

我猜我是忘不了这个名字了。

房间很小。对于那只放在桌边，胖乎乎的手来说太小了。

那只手一动不动,握着一支短粗的铅笔,像木匠用的那种。手腕像光滑的盘子,没有汗毛。衬衫袖口从西装袖筒里伸出来,系着袖扣,但不太干净。剩下的袖筒垂在视线之外的桌下。桌子不到6英尺长,因此他不会太高。从我站的位置,只能看到那只手和那截袖筒。我悄声返回,穿过接待室,锁好门,确保无法从外面打开,然后关掉三盏灯,回到那间私人办公室,绕到桌子的另一侧。

他确实很胖,出奇的胖,比安娜·哈尔西还胖。以我的观察,他的脸有篮球那么大。即便是现在,脸色依然红润得令人愉悦。他跪在地板上,大脑袋抵着桌下放膝盖的锋利内角。平摊的左手下压着一张黄纸,肥硕的手指尽力张开,黄纸从指间露出来。他看起来像在尽力撑着地板,但其实没有。支撑他的是那一身肥肉。他的身子压在肥腿上,腿上的脂肪让他得以保持那个姿势——跪在那里,纹丝不动。把他推倒大概需要几个强壮的橄榄球后卫——尽管当时想这些有点不合时宜,但这个念头还是冒了出来。我吐了口气,擦了擦脖颈上的冷汗,虽说天气并不温暖。

他一头灰白头发,剪得很短,脖上的褶子就像手风琴一样多。他有一双小脚,胖子的脚大多如此。脚上穿着一双亮闪闪的黑皮鞋,并拢斜靠在地毯上,显得又整洁又恶心。他穿一套黑色西装,但需要干洗了。我俯身将手指探进他脖子上那坨探不到底的肥肉里。那里的某处也许有一条动脉,但我没摸到，而且他也用不上了。一块深色血迹，正在地毯上的两只浮肿的膝盖之间不断扩散。

我跪在一旁，抬起那只压住黄纸的短粗手指。手指很凉，但还不冰，软绵绵的，有点黏糊。那张纸是从便笺簿上撕下来的，要是上面留下了什么有用的信息就好了，可惜没有。上面只有一些模糊而无意义的符号，不是文字，甚至都不是字母。他中枪后曾试图写下什么——也许他以为自己写下了什么——但他费尽全力留下的只是几笔涂鸦。

这时他倒下了，胖手还压着那张纸，按在地板上，另一只手握着短粗的铅笔，躯体陷在肥硕的大腿之间，就这么一命呜呼了。约翰·D. 阿波加斯特，可疑文件审查员，非请莫入。倒真够非请莫入的。他只在电话里对我"嗯"了三声。

此刻，他就在眼前。

我用手帕擦拭了门把手，关掉接待室的灯，留着外间的门，以便从外面锁住。我穿过走廊，走出大楼，离开街区。据我所知，没人看到我离开。

据我所知。

三

安娜告诉过我，埃尔米拉诺位于北西克莫大街1900号街区。那地方占据了街区的大部分。我将车停在装饰华美的前院附近，走向通往地下车库入口的淡蓝色霓虹灯。我沿着有栏杆的斜坡，走进一个敞亮的车库，冷飕飕的空气中停着闪亮的汽车。一个身材修长、肤色较浅的黑人，穿着一尘不染的蓝袖口制服，从一间玻璃办公室里走出来。黑发梳得和乐队指挥一样一丝不乱。

"忙吗？"我问他。

"有时忙，有时闲，先生。"

"我有辆车停在外面，需要掸掸土。五美元怎么样？"

这个办法不管用。他不是那种人。他那双栗色的眼睛变得深邃又疏远，"先生，这可真是笔好生意。我能问问还有别的事吗？"

"有件小事。哈丽特·亨特里斯小姐的车在吗？"

他看了一眼。我注意到他的目光掠过那排亮闪闪的汽车，停在一辆淡黄色的敞篷车上。那车扎眼得就像门前草坪上有个茅厕。

"是的，先生。她的车在。"

"我想知道她的门牌号以及怎样不经过大堂上楼。我是私家侦探。"我给他看了看徽章。他看了，但没被打动。

他微微一笑，我见过最微小的笑容。"先生，五美元对一个打工仔来说不算少，但要是让我冒着丢饭碗的风险，那可就差一点了——大约差从这里到芝加哥那么多。我建议你省下这五美元，先生，按照正规方式进去。"

"你真是个棒小伙儿，"我说，"等你成年了想干什么——当一个5英尺高的架子？"

"我已经成年了，先生。我今年三十四岁，婚姻幸福，有两个孩子。午安，先生。"

他转过身。"好吧，再见，"我说，"原谅我满嘴的威士忌酒气，我刚从比尤特山里出来。"

我沿着斜坡往回走，顺着大街走到本该先去的地方。我或许早该明白，在埃尔米拉诺这样的富人区，五美元外加一枚徽章什么都买不到。

那个黑人现在说不定正在给办公室打电话呢。

大楼是一栋巨大的白色灰泥建筑，具有摩尔风格，前院挂着已经磨损的大灯笼，种着高大的椰枣树。入口位于L形的内角处,要上几级大理石台阶,再穿过一道拱门,上面装饰着加利福尼亚式或碗碟式的马赛克。

一名门卫为我拉开门,我走了进去。大堂倒也没有洋基队球馆那么大。地上铺着淡蓝色的地毯,下面是海绵橡胶垫,踩上去很软,让人想躺下来打滚。我跋涉到前台,将一只胳膊肘放在桌上。一个苍白瘦弱的职员瞪着我,唇边的小胡子长得能缠住你的指甲。他一边玩着胡子,一边望着我身后的一只阿里巴巴油壶,那玩意儿大到能装下老虎。

"亨特里斯小姐在吗?"

"我该怎么通报?"

"马蒂·埃斯特尔先生。"

这样做并不比我在车库的表演效果更好。他身子向左,倚在了什么东西上。前台尽头处的一扇蓝色的镀金门开了,一个浅褐色头发的壮汉走了出来,马甲上还沾着雪茄灰。他心不在焉地靠着桌子一端,瞪着那个阿里巴巴油壶,仿佛在琢磨它是不是个痰盂。

前台提高了嗓门。"你是马蒂·埃斯特尔先生?"

"他派来的。"

"两者还是有点区别吧?是否可以问一下您的尊姓大名,先生?"

"你可以问,"我说,"但我可以不答。上面这么交代的。抱歉我这么倔,还说了一堆废话。"

他不喜欢我的无礼。他不喜欢与我有关的一切。"恐怕我不能替你通报,"他冷冷地说,"霍金斯先生,有件事能听听你的意见吗?"

那个浅褐色头发的男人将目光从油壶上移开,沿着桌子溜到能对我施以老拳的范围内。

"什么事,格雷戈里先生?"他打了个哈欠。

"去死吧你俩,"我说,"连同你们的女友在内。"

霍金斯咧嘴一笑。"到我的办公室来,老兄。看看能否帮你解决。"

我跟着他走进那个他刚钻出来的狗洞,里面足够容纳一张小桌子、两把椅子、一只齐膝高的痰盂,还有一盒打开的雪茄。他的屁股往桌上一坐,冲我和蔼地一笑。

"不顺是吧,老兄?我是这里的管家。有事说吧。"

"有时候我觉得很顺,"我说,"有时候我觉得像在耍铁铲①。"我掏出钱包,给他看了看徽章,还有执照的小号影印件。

"又是个侦探,哈?"他点点头,"你一开始就该来找我。"

"那当然。只是我从没听说过你。我想见见这位叫亨特里斯的姑娘。她不认识我,但我有事找她,不会吵到别人。"

他往旁边挪了挪,将雪茄叼在嘴角。他看着我右边的眉毛。"开什么玩笑?干吗要去讨好楼下的黑人?你有经费?"

"可能吧。"

---

① 原文为"play it like it like a waffleiron",对应前文"play smooth"。

"我是好人,"他说,"但我也得保护客人。"

"你的雪茄快没了,"我看了看烟盒里的九十多支雪茄,拿起两支,闻了闻,然后放回去,顺便将一张折好的十美元钞票塞到底下。

"真好,"他说,"我们一定会相处得很愉快。你想怎样?"

"告诉她,我是马蒂·埃斯特尔派来的。她会见我的。"

"被投诉的话,工作就保不住了。"

"不会的。我身后有大人物罩着。"

我刚要伸手拿回我的十美元,就被他一把推开。"我冒次险。"他说,他拿起电话,打给814号房,嘴里哼着小调,声音就像一只患病的奶牛。突然,他的身子往前一倾,脸上绽开一朵花,声音清脆流淌。

"亨特里斯小姐?我是霍金斯,管家。霍金斯。是的……霍金斯。当然,你见过很多人,亨特里斯小姐。是这样的,我办公室里有一位先生想要见你,他带了埃斯特尔先生的口信。没有你的允许,我们不能让他上来,因为他不肯透露姓名……是的,霍金斯,负责安保,亨特里斯小姐。是的,他说你不认识他,但他看上去不像坏人……好的,非常感谢,亨特里斯小姐。这就放他上楼。"

他放下电话,轻轻地拍了拍。

"你就差点背景音乐了。"我说。

"你可以上去了,"他出神地说,然后神情恍惚地把手伸进雪茄盒，抽走那张折好的纸币。"女神，"他温柔地说，"每次想到那娘们儿，我就得到外面绕楼一圈。走吧。"

我们又回到大堂，霍金斯带我来到电梯处，示意我进去。电梯门关上时，我看到他走向门口，大概是绕楼去了。

电梯里铺着地毯，挂着镜子，是间接照明。电梯像温度计中的水银一样缓缓上升。门轻声打开，我踩着地毯上的毯绒，来到814号房门前。我按了一下旁边的小按钮，里面发出叮咚的声响，接着门开了。

她穿着一条淡绿色的羊毛裙，斜戴一顶小帽，好像一只蝴蝶翩翩栖息在耳朵上。她的眼间距较宽，中间留下了思考空间。眼睛是天青石般的蓝色，头发是暗红色，仿佛一团得到控制但仍在燃烧的烈火。她身材很高，用可爱来形容并不恰当。她化着恰到好处的浓妆，一支香烟正对着我，上面装有约3英寸长的烟嘴。她的样子虽不冷酷，但像是对一切答案都已成竹在胸，并且知道哪些有朝一日或许用得上。

她冷冷地打量我。"好吧，有什么口信，小棕眼睛？"

"我要进来，"我说，"我从不站着讲话。"

她漠然一笑。我绕过那只烟头，走进一个狭长的房间，里面有很多精致的家具，很多窗户，很多窗帘，很多家什。屏风后面燃着炉火，瓦斯炉上放着一大块原木。温暖的炉火前有一张漂亮的玫瑰色长沙发，前面铺着一张东方丝绸地毯。旁边的矮凳上放着苏格兰威士忌、调酒棒和一桶冰块——一切都让人感到宾至如归。

"你最好来一杯,"她说,"手上没有一杯酒的话,你大概也不能讲话。"

我坐下来,伸手去拿威士忌。那个女孩坐在一把高扶手椅上,跷起二郎腿。我想到霍金斯正在绕楼一周。我多少能够体会到他的意思了。

"所以你是马蒂·埃斯特尔派来的。"她说,拒绝了我为她倒酒。

"从没见过他。"

"我猜到了。你想要什么花招,小无赖?马蒂一定很想听听你是怎么打着他的旗号招摇撞骗的。"

"我的脚在颤抖。那你为什么让我上来?"

"好奇。我随时都在恭候你这样的家伙。我从不躲避麻烦。你是个条子,对吧?"

我点了支烟,点了点头。"私家侦探。我想提出一个小小的交易。"

"提吧。"她打了个哈欠。

"多少钱能让你放过小基特?"

她又打了个哈欠。"你的话 —— 太没意思了,我实在无可奉告。"

"别吓我。实话实说,你要多少钱?还是说这样问你觉得受了侮辱?"

她笑了。笑得很美。牙齿很可爱。"我现在是个坏女孩，"她说，"我不必开口要，他们就会送过来，上面还系着丝带。"

"他家老头有点不好对付。听说他的水很深。"

"水又不值钱。"

我点点头，又喝了口酒。上好的威士忌。事实上，堪称完美。"他的意思是你一个子儿也拿不到。你会被泼一身脏水。你会左右为难。但我不想事情发展到那个地步。"

"但你在为他工作。"

"听着很可笑，是吧？或许有更明智的做法，但我目前还没想出来。你要多少钱——或者说，你要吗？"

"五万美元如何？"

"五万美元给你，五万美元给马蒂？"

她大笑起来。"好啦，你应该明白马蒂不喜欢我掺和他的生意。我只是在考虑自己这边。"

她的二郎腿换了个方向。我又往酒里加了块冰。

"我想的是五百。"

"五百什么？"她一脸疑惑。

"美元——不是劳斯莱斯500。"

她大笑起来。"你在逗我。我本该叫你滚，但我喜欢小棕眼睛。温暖的小棕眼睛，金黄的瞳孔。"

"别浪费时间了。我身无分文。"

她微微一笑，在唇间插上一支新的香烟。我走过去为她点上。她抬头凝视我的眼睛，眼神里闪着火花。

"说不定我已经有钱了。"她轻声说。

"说不定这就是他之前雇那个胖子的原因——这样你就没法让他团团转了。"我又坐下来。

"谁雇了哪个胖子？"

"老基特雇了一个叫阿波加斯特的胖子。他在我之前负责这个案子。你不知道？他今天下午被人干掉了。"

我故意轻描淡写，好让她大吃一惊，但她没什么反应，嘴角依然挂着一丝挑衅的笑意。她的眼神也没有变化，只是微微叹了口气。

"这事和我有关吗？"她平静地问。

"我不知道。谁杀了他也不清楚。他死在办公室里，中午或稍晚一点。可能与基特的案子无关，不过那样就太凑巧了——刚好在我接手这个案子，有机会与他面谈之前。"

她点点头。"我明白了。你觉得马蒂会做这种事。当然，你报了警？"

"我当然没报。"

"伙计，你泄露了一个重要信息。"

"是啊。不过我们还是一起商量个价钱吧，低点最好。因为不管警察对我做什么，他们对你和马蒂·埃斯特尔只会做得更多，只要他们知道了这件事——假如他们知道的话。"

"有点勒索的意思，"女孩冷冷地说，"我想可以这么说吧。"

别玩过火了,小棕眼睛。顺便一问,你叫什么名字?"

"菲利普·马洛。"

"好,菲利普,听着,我曾经上过社会名人录。我的家庭很体面。是老基特毁了我父亲——手段合理合法,但是那种卑鄙小人的伎俩——他毁了我父亲,他自杀了,我母亲死了,我还有个妹妹在东部上学,也许我没那么在意是靠何种方式赚钱养她。说不定有一天我还要'照顾'老基特——即便我不得不通过和他儿子结婚来实现这一点。"

"继子,收养的,"我说,"没有血缘关系。"

"那也一样会狠狠地戳痛他,伙计。而且再过几年,那个男孩就会有一大笔钱,到时我可以做得更狠——即便他确实在酗酒。"

"小姐,你在他面前不会这么说。"

"不会吗?看看你后面,侦探。你耳朵不灵,该掏掏耳屎了。"

我一跃而起,迅速转身。他站在离我约4英尺的地方。他之前肯定是从某个房间里出来的,轻手轻脚地走过地毯,而我一直忙着耍小聪明,根本没听到动静。他身材魁梧,一头金发,穿着一套粗布运动西装,开领衬衫上系着一条围巾。他的脸色发红,两眼放光,但聚不住焦。就时间来说,他醉得有点太早了。

"趁你还能走路,快滚,"他嘲讽道,"我都听见了。哈丽怎么说我都没意见,我喜欢。快滚,否则我打掉你的狗牙,让你咽下去。"

女孩在我身后笑起来。我不喜欢这样。我朝这个大个儿金发男孩走近一步。他的眼睛眨了眨。别看他个头不小,却是个容易对付的废物。

"揍他,宝贝,"女孩在我身后冷冷说道,"我喜欢看这些硬汉下跪求饶。"

我回头朝她送了个秋波。这是个错误。他可能发狂了,但他还是能打中一堵不会跳的墙。我正回头看时,他一拳打中了我。那样被打到很疼。那一拳使足了力气,正中我的下颌骨后端。

我向侧面打了个趔趄,想要迈腿却滑倒在丝质地毯上,来了个狗吃屎。我的脑袋可不比撞上的家具硬。

恍惚之间,我看到他的红脸悬在上方,带着胜利者的嘲讽。我想我为他感到了一丝难过——即便在那样的时刻。

黑暗袭来,我昏了过去。

三

　　醒来时，窗外的光线穿过房间，刺痛了我的双眼，后脑隐隐作痛。我摸了摸，感觉那里黏糊糊的。我像一只进了陌生房间的猫，慢慢地挪动身体。我跪在地上，伸手去够长沙发旁矮凳上的威士忌，竟然奇迹般地没有打翻。之前摔倒时，我的脑袋撞上了利爪般的椅子腿。那一下可比小基特的拳头厉害得多。我感到下巴隐隐作痛，但那点痛还没到能写进日记的程度。

　　我站起身，喝了一大口威士忌，环顾四周。没什么可看的。房间里空空荡荡，只有寂静和香水的余韵。有一种香水，只有快消散时你才会注意到，就像树上的最后一片叶子。我又摸了摸脑袋，用手帕碰了碰黏糊糊的伤口，确定不值得大惊小怪，于是又喝了一口酒。

　　我坐下来，把酒瓶放在膝盖上，听着远处传来的车流声。这是个挺不错的房间，哈丽特·亨特里斯小姐是个挺不错的姑娘。她交了几个坏朋友，但谁没有呢？我不该对这样的小事吹毛求疵。我又喝了一口酒。现在瓶里的酒下去不少。这酒入口顺滑，几乎不知不觉就咽了下去。它不像我自己喝的那些玩意儿，能把你的半个扁桃体都冲走。我又喝了几口酒，感觉脑袋清醒了些，整个人也好多了。我真想唱一首《丑角》①的序曲！是的，她是个好姑娘。如果她自己付房租，那她干得可以说相当不错了。我支持她。她棒极了。我又喝了一些她的威士忌。

酒瓶里还剩一半。我轻轻摇了摇，将它塞进外套口袋里，随手戴上帽子，然后离开。我成功走到电梯前，没撞到走廊两侧的墙壁。我下了楼，走出电梯，来到大堂。

霍金斯，那个房管，又靠在桌子一头，瞪着阿里巴巴油壶。另外那个职员依旧用嘴巴蹭着他那可爱的小胡子。我对他微笑，他也对我微笑。霍金斯对我微笑，我也对霍金斯微笑。大家都棒极了。

我第一次走了正门，给了门卫一点小费，飘然走下台阶，沿着步道走到大街上，找到我的车。加利福尼亚的黄昏匆匆而至。这是一个美好的夜晚。西方的金星明亮得像街灯，像生命，像亨特里斯小姐的双眸，像一瓶苏格兰威士忌。这倒提醒了我。我掏出那个扁形酒瓶，小心地拔出木塞，塞回去，然后又放回口袋里。瓶里还有足够的酒，能支撑到我回家。

我一路闯了五个红灯，所幸运气不错，没人逮我。我差

---

①《丑角》(Pagliacci)：意大利歌剧作曲家莱翁卡瓦洛于1892年创作的歌剧。

不多将车停在公寓门口，差不多挨着路肩。我坐电梯上到我的楼层，开门时遇到了一点麻烦，于是我喝了口酒，帮自己解决了问题。我插进钥匙，打开房门，走进房间，摸到电灯开关。我又喝了口我的"灵药"，以免耗尽体力。然后，我来到厨房，弄了些冰块和姜汁汽水，准备真正的痛饮。

公寓里有股奇怪的味道——但一时说不出是什么——像是某种药味。不是我留下的，出门时也没有这味道。但我明显感觉到了。我准备从厨房开始找，不过只走到了半路。

他们从立墙式折叠床旁边的更衣室里走了出来，几乎是肩并肩——两个人——拿着枪。高个子咧嘴笑着，帽檐压得很低，一张倒三角脸，到下巴处变成了尖儿，好似一张方片 A 的下半段。他有一双水灵灵的黑眼睛，鼻子没有一点血色，像是白蜡做的。他拿着一支柯尔特护林者手枪，枪管很长，瞄准器卸掉了。这意味着他对自己的枪法很有信心。

另一个小子长得有点像狻犬，一头粗硬的红发，没戴帽子，两眼无神，但水汪汪的，蝙蝠耳，小脚上穿着一双脏兮兮的白色运动鞋。他拿着一支自动手枪，对他来说有点重，但他看上去很喜欢举着它。他张着嘴巴，呼哧带喘，我刚才察觉到的那股气味，正是从他嘴里喷出的气流——薄荷糖的味道。

"举起手来，混蛋。"他说。

我举起双手。除此之外别无选择。

那个矮个子从侧面绕到我身边。"说，我们不能逍遥法外。"他讥笑道。

"你们不能逍遥法外。"我说。

高个子继续大大咧咧地笑着,鼻子看上去依旧像是白蜡做的。矮个子在我的地毯上吐了口痰,"呸!"他走近我,斜着眼,拿手枪挑逗我的下巴。

我躲开了。一般来说,在这种情况下,我只能忍气吞声,但我当时的状态可比一般情况要好。我如入无人之境,连人带枪把他们料理了。我扼住矮个子的喉咙,将他猛拉过来,用力一撞,一手抓住他那只握枪的小手,将枪打落在地。没费吹灰之力。除了他的口气,其余全都完美。他骂骂咧咧地喷着唾沫星子。

高个子站在那里,充满敌意地看着我,但没有开枪。他一动不动,眼神中露出一丝焦虑。我这么觉得,只是没工夫确认。我来到矮个子身后,一边制住他,一边弯腰捡起他的枪。这是一招臭棋。我本该掏出自己的枪才对。

我将他一把推开,他踉跄了一下,撞到椅子上摔倒了,腿还在地上乱踢着。高个子大笑起来。

"枪上没有撞针。"他说。

"听着,"我正色道,"我刚喝了一半上好的威士忌,正打算找地方一醉方休。别浪费我的时间。你们想干吗?"

"枪上真的没有撞针,"蜡鼻子说,"不信试试。我从来不让弗里斯基带着上膛的家伙。他太冲动了。你身手不错,伙计。

我可以这么评价你。"

弗里斯基坐起来,又朝地毯上吐了口痰,哈哈大笑。我将自动手枪的枪口对着地板,扣动扳机。它发出干干的咔嗒声,但从拿枪的手感看,里面似乎有弹匣。

"我们没有恶意,"蜡鼻子说,"这次没有,不代表下次也一样。谁知道呢?说不定你是个识相的人。别插手小基特的事,这就是我要说的。懂吗?"

"不懂。"

"不听话是吧?"

"不是不听话,是不明白。谁是小基特?"

蜡鼻子没被逗乐。他轻轻晃了晃那支长筒点二二手枪。"你该去修修脑瓜了,伙计。你的门也得修修。弗里斯基吹口气就打开了,太简单了。"

"这我知道。"

"把枪给我。"弗里斯基喊道。他从地上爬起来,但这次却冲向了他的同伴,而非我。

"别闹,笨蛋,"高个子说,"我们只是传个话,不是来崩他的。至少今天不是。"

"去你的吧!"弗里斯基咆哮一声,想从蜡鼻子手里夺回那把点二二手枪。蜡鼻子轻而易举地将他扔到一旁。这个小插曲让我有机会将那把大自动手枪换到左手,用右手抽出我的鲁格半自动手枪。我向蜡鼻子扬了扬我的枪。他点点头,似乎并不在意。

"他的父母死了,"他悲伤地说,"我就让他跟着我混。除非他咬你,否则不用理他。我们马上走。你知道我们的意思了。别管小基特的事。"

"你面对的是一把鲁格手枪,"我说,"这位小基特是谁?也许在你们走之前,我们应该叫警察来。"

他疲倦地一笑。"先生,我带着这把小口径手枪可不是装门面的。你要是觉得能制住我,那就试试。"

"好吧,"我说,"你认识一个叫阿波加斯特的人吗?"

"我见过的人太多了,"他再次露出疲倦的微笑,"也许认识,也许不认识。再见吧,老兄。听话。"

他走向门口,半侧着身子,这样我就始终在他的射程之内,而他也在我的射程之内。这只是谁先开枪、谁能打准的问题,是到底值不值得开枪的问题,是喝了这么多温暖的威士忌后我还能否打中任何东西的问题。我放他走了。我觉得他不像杀手,但我可能错了。

那个矮个子趁我没注意,又冲向我。他一把夺过我左手的大自动手枪,飞蹿到门口,又朝地毯上吐了口痰,然后溜走了。蜡鼻子跟着他——瘦长脸,白鼻子,尖下巴,一脸疲倦。我永远忘不了他。

他轻轻地关上门,而我傻傻地站在那里,拿着枪。我听见电梯上来又下去,最后停住。我仍然站在原地。马蒂·埃斯特尔不太可能雇这么两个小丑去吓唬任何人。我试图思考，但得不出结论。我想起还剩下半瓶威士忌，就回去找它开会了。

过了一个半小时，我感觉棒极了，但仍然想不出个所以然，只是困得睁不开眼。

我在椅子上昏睡过去，这是个糟糕的错误。当刺耳的电话铃声将我吵醒时，我感到头痛欲裂，嘴里好像塞着两条法兰绒毛毯，脑后和下巴都有瘀伤。肿块不会比一个亚基马[①]苹果更大，但却很痛。我感觉糟透了，像一条被截肢的大腿。

我爬向电话，挣扎着坐到旁边的一把椅子上，拿起话筒。电话那头的声音冷得像冰锥。

"马洛吗？我是基特先生。我们今早见过。也许我对你的态度有点生硬。"

"我现在也有点生硬。你儿子给了我下巴一拳。我是说你的继子，或者你的养子——不管怎么称呼他。"

"他既是我的继子，也是我的养子。真的吗？"他听上去来了兴致，"你在哪儿见到他的？"

"在亨特里斯小姐的公寓里。"

"哦，我懂了。"他的声音突然温和起来，冰锥融化了，"非常有趣。亨特里斯小姐说了什么？"

"她很开心，开心他揍了我的下巴。"

"我懂了。那他为什么要揍你的下巴呢？"

[①] 亚基马：位于华盛顿州，是印第安人的居留地。

"她把他藏在屋里，他听到我们的谈话，然后就火了。"

"我懂了。我一直在想或许应该给她一些钱 —— 当然，不会太多 —— 好让她合作。我是说，如果我们能确保她合作的话。"

"她说要五万美元。"

"这恐怕不 ——"

"别跟我开玩笑，"我吼道，"五万美元。五万。我给她开价五百 —— 只是为了耍她一下。"

"你对整件事好像都抱有一种相当轻率的态度，"他大声说道，"我不习惯这种态度，我也不喜欢。"

我打了个哈欠。我才不在乎他喜不喜欢。"听着，基特先生，我是个游手好闲的高手，但对工作也会一丝不苟。这个案子有些不同寻常的地方。比如，刚刚就有两个枪手把我堵在公寓里，让我别插手小基特的事。我不明白何必如此紧张？"

"老天！"他听起来十分震惊，"我想你最好马上来我家，跟我讲一下情况。我派车去接你。你能马上来吗？"

"能。不过我可以自己开车。我 ——"

"不。我派司机开我的车去接你。他叫乔治，你可以放心。他大概二十分钟后到你那里。"

"好吧，"我说，"给我留点时间喝我的晚餐。让他把车停在肯摩尔街角，富兰克林大楼对面。"我挂了电话。

我用冷热水冲了个澡，换上干净衣服，感觉体面了一些。

为了换换心情,我喝了几杯酒精度不高的饮料,穿上一件轻便外套,下楼来到街上。

车已经等在那儿了。我能看到它停在半个街区外的小路上,张扬得就像新店开业。两只车头大灯像子弹头火车的前灯,两只琥珀色雾灯固定在前挡板上,一对侧灯有普通车灯那么大。我走到车旁,一个男人从阴影中走出来,手腕利落地一抖,将烟头甩向身后。他个头很高,身材魁梧,肤色黝黑,头戴大檐帽,上身穿着俄式束腰军服,配一条武装皮带,下身穿着闪亮的护腿和及膝短裤,就像穿着马裤的英国军官一样精神。

"马洛先生吗?"他用戴着手套的食指碰了碰帽顶。

"是的,"我说,"稍等。别告诉我这就是老基特的车。"

"其中一辆。"一个冷酷甚至有点无礼的声音回答。

他打开后门,我钻进车里,陷入车座,乔治回到驾驶位,启动这辆大车。它驶离路边,转过街角,声音就像纸币在钱包里发出脆响。我们向西驶去,好似随波漂流,却又路过了一切。我们穿过好莱坞的心脏,开过西区,来到日落大道,穿过纸醉金迷的世界,驶入凉爽安静的贝弗利山区。在这里,马道将大路分开。

我们沿着山麓,加速爬上贝弗利山,看到远处大学楼群的灯光,然后向北驶入贝沙湾。我们开始沿着狭长的街道爬行,两侧是没有人行道和大门的高墙。公馆的灯光柔和地刺透刚刚降临的夜色。万籁俱寂。只有轮胎在水泥路上轻轻的隆隆声。车再次左转，我瞥见一块写着"卡尔维洛车道"的牌子。开到一半时，乔治开始甩开方向盘，以便左转进入两扇12英尺宽的铁门。这时，意外发生了。

铁门内突然亮起一对车灯，响起刺耳的喇叭声。随着马达轰鸣，一辆汽车加速冲向我们。乔治身子一挺，手腕将方向盘一转，一脚急刹车，顺势摘下右手手套，动作一气呵成。

那辆车开了过去，车灯摇曳着。"他妈的醉鬼。"乔治回头骂道。

可能是。醉鬼会开车去各种地方喝酒。只要可能。我身子一滑，溜到座位底下，从腋下掏出鲁格手枪，伸手拔出门锁芯。我将车门推开一条小缝，让它那样敞着，然后探头向窗外望去。车灯打在我的脸上，我迅速低下头，等光线移开后才又抬起头。

另一辆车猛地停下来。车门突然打开，里面蹦出一个人，挥着手枪大吼。我听到声音就知道是谁了。

"举起手来，杂种！"弗里斯基冲我们尖声喊道。

乔治把左手放在方向盘上，我将车门开得更大。那个矮个子在街上上蹿下跳，嚷个不停。除了引擎声，从他跳下来的那辆小型深色汽车里，没有传出任何别的动静。

"这是拦路抢劫！"弗里斯基喊道，"你们这俩王八蛋，出来，给我站好！"

我踹开车门，准备出来，鲁格手枪藏在身侧。

"你自找的！"矮个男人喊道。

我迅速低头——快如闪电。他手里的枪喷出火舌。显然有人给它安了撞针。车窗在我脑后炸开了。透过余光——在那千钧一发的一刻，其实已经没有余光可言——我看到乔治做了一个行云流水的动作。我举起鲁格手枪，正要扣动扳机，身后传来一声枪响——是乔治。

我没有继续开枪。现在不需要了。

那辆深色汽车跟跄着蹿出去，狂怒地开下山，呼啸远去，只留下路中央的矮个男人，在墙面反射的光线下，兀自荒诞地跌跌撞撞。

某种深色液体顺着他的脸往下流。他的枪掉在水泥地上，弹了几下。接着小腿一软，倒向一旁，滚了几下，然后突然之间，不动弹了。

乔治"呀"了一声，闻了闻自己的枪口。

"好枪法。"我从车里出来，站在那儿看着那个矮个男人——一个身子蜷缩的无名小卒。在侧面的车灯下，他那双脏兮兮的白色运动鞋闪着微光。

乔治走到我身旁。"为什么是我，老兄？"

"我没有开枪。我看到你从身后拔枪的动作，真够帅呢。"

"谢谢，伙计。他们肯定是在等杰拉德先生。通常在这个时候，我送他从俱乐部回家。他每次都一身酒气，打牌输得一塌糊涂。"

我们走到矮个子跟前,低头望着他。也没什么可看的,只不过是个死了的小男人,脸上有个大窟窿,周围都是血。

"把那些该死的灯关掉,"我大声说,"让我们快点离开这里。"

"房子就在街对面。"乔治的口气随便得就像刚刚击中的是老虎机里的一枚镍币,而不是一个人。

"要是你喜欢自己的工作,那就别让基特家知道这事。你应该明白这点。我们可以回到我的住处,重新再来一遍。"

"我明白,"他一边语气严肃地说,一边跳回他的大车里。他关掉雾灯和侧灯,我坐到前面副驾驶的位置上。

我们往山上开,翻过山头。我回头看了看破碎的车窗,是车最后面的那块小玻璃,并不防弹,上面缺了一大块。花点时间的话可以修好,但会留下证据。我觉得这不打紧,但也许未必。

到了山顶,一辆豪华大轿车与我们错身而过,向山下驶去。车内亮着灯,好像点亮的橱窗一般,映照出一对正襟危坐的老夫妇,一副皇家气派。男士穿着晚礼服,戴着白围巾和大礼帽。女士穿着裘皮大衣,珠光宝气。

乔治漫不经心地开过去,加大油门,快速向右拐进一条幽暗的街道。"有几家不错的餐厅全都完蛋了,"他慢吞吞地说,"我打赌他们甚至都没去报道。"

"是啊,让我们回家喝一杯吧,"我说,"我从没真正喜欢过杀人。"

三

我们坐在那里，喝着哈丽特·亨特里斯小姐的威士忌，越过杯沿望着对方。乔治摘下帽子，看上去很精神。他有一头深褐色的鬈发，牙齿干净洁白。他呷了一口酒，嘴里同时还叼着一支烟，炯炯有神的黑眼睛闪着冷光。

"耶鲁的？"我问。

"达特茅斯学院，这你也管？"

"我什么都管。这年头大学教育有什么用？"

"三顿饭加一套制服。"他慢吞吞地说。

"小基特是个什么样的人？"

"一个金发大汉，高尔夫球打得不错，觉得自己挺招女人喜欢，酒喝得很凶，但还没吐到地毯上过。"

"老基特是个什么样的人？"

"他身上没有五分钱的话——才可能给你一毛钱。"

"啧啧，你可是在说你老板呢。"

乔治咧嘴一笑。"他小气得很,就连摘个帽子脑袋都会吱吱响。但我总是冒险。也许这就是为什么我只能当人家的司机。这威士忌不错。"

我又倒了一杯酒,瓶子里的酒没了。我又坐下来。

"你认为那两个枪手是冲着杰拉德先生去的?"

"为什么不是?我通常在那个时间开车送他回家。除了今天。他宿醉得厉害,很晚才出门。你是个侦探,你知道是怎么回事,不是吗?"

"谁告诉你我是侦探的?"

"除了侦探,没人会问这么多该死的问题。"

我摇了摇头。"嗯,我问了你六个问题。你老板对你很信任。肯定是他告诉你我是侦探的。"

这个肤色黝黑的男人点点头,抿嘴一笑,然后呷了口酒。"整个计划显而易见,"他说,"汽车一转弯驶进私家车道,那俩小子就开始动手。但不知怎的,我觉得他们没打算杀谁,不过是想吓唬吓唬人。只是那个矮个子是个疯子。"

我看了看乔治那对好看的、像马鬃一样有光泽的黑眉毛。

"感觉马蒂·埃斯特尔不会找那样的帮手。"

"当然。也许这正是他找那样帮手的原因。"

"你很聪明。我们会合得来。不过打死那个小混混有点麻烦。你打算怎么办?"

"不怎么办。"

"好吧。如果他们找到你,要查你的枪——假如你还留着那把枪,虽说这不太可能——我觉得可以用抢劫未遂的理由搪塞过去。只是有一件事。"

"什么?"乔治微笑着问。他喝完了第二杯酒,把酒杯放到一旁,点了一支烟。

"晚上很难从前面辨别一辆车。哪怕所有灯都开着。那车也可能是某个访客的。"

他耸耸肩,点点头。"但如果是恐吓就说得通了。因为基特一家会听说这件事,老基特能猜到那些家伙是谁——以及他们为什么要这么做。"

"见鬼,你真的很聪明。"我钦佩地说。这时,电话铃响了。

是个英国男管家的声音,说话非常简洁清晰。他说如果我是菲利普·马洛先生的话,基特先生想和我通话。他马上接过电话,声音冷得像结了霜。

"我必须说,你遵守指令还真是不慌不忙,"他咆哮道,"还是说我的司机——"

"是的,他到这里了,基特先生,"我说,"但我们遇上了点麻烦。乔治会跟你说。"

"年轻人,当我想要别人做什么事情时——"

"听着,基特先生,我这一天过得很不容易。你儿子揍了我下巴一拳,我摔倒,碰伤了脑袋。等我跌跌撞撞、行尸走肉地回到公寓,又有两个持枪的家伙,让我不要插手基特的案子。我竭尽全力,但力不从心,你用不着再吓我。"

"年轻人——"

"听着,"我严肃地说,"你要是想一切说了算,那你就自己上场。你也可以省下一大笔钱,雇一个唯命是从的点头虫。我必须按自己的方式做事。今晚有条子找你吗?"

"条子?"他尖声重复道,"你是说警察吗?"

"当然——我是指警察。"

"我为什么要见警察?"他几乎是咆哮道。

"半小时前,你家门口有具死尸。死尸,你懂吧?他个头不大。你要是看他不爽,可以把他扫进簸箕里。"

"我的上帝!你是认真的吗?"

"是的。还有呢,他朝我和乔治开了枪。他认识这辆车。他肯定是被安排来对付你儿子的,基特先生。"

一阵带着倒刺儿的沉默。"我记得你刚才说的是死人,"基特先生冷冷地说,"现在你又说他朝你开枪。"

"那是他还没死的时候,"我说,"乔治会跟你说的。乔治——"

"你马上到这儿来!"他在电话另一头吼道,"马上,听到了吗?马上!"

"乔治会跟你说的。"我轻声说,然后挂了电话。

乔治冷冷地看着我。他起身戴上帽子。"好吧,伙计,"他说,"也许哪天我能让个温柔的家伙接你的电话。"说完他朝门口走去。

"只能这样。这取决于他。他必须做出决定。"

"傻瓜,"乔治回头说,"不要浪费口舌了,侦探。你对我说的任何话都是在错误的地方发出的噪音。"

他打开门,走出去,又把门关上。我仍然坐在那里,拿着话筒,张着大嘴,里面只有舌头和一股苦涩的味道。

我走到厨房,晃了晃那瓶威士忌,但它依旧空空如也。我打开一瓶黑麦威士忌,喝了一大口,觉得味道发酸。有什么事情困扰着我,让我烦躁不安。我有一种感觉,在彻底解决这件事之前,我只会更加烦躁。

他们肯定与乔治错身而过了。我听见电梯刚停止下降就又上升。走廊里传来坚定的脚步声,越来越重,接着是拳头砸门的声音。我走过去打开门。

一个穿着棕色衣服,一个穿着蓝色衣服,两个都人高马大,肌肉发达,一脸不耐烦。

穿棕色衣服的家伙伸出一只满是雀斑的手,把帽子往脑后推了推:"你是菲利普·马洛?"

"对。"我说。

他们不动声色地把我赶回房间。蓝衣男子关上门。棕衣男子的手里握着一枚盾形徽章,给我瞅了一眼上面黄金和珐琅的闪光。

"芬利森,中央凶案组探长,"他说,"这位是希博德,我的搭档。我们很严肃,别跟我们开玩笑。我们听说你耍了耍枪。"

希博德摘下帽子,掸了掸花白的头发,悄无声息地溜进厨房。

芬利森欠身坐在一把椅子上,用大拇指轻轻弹着下巴。指甲像冰块一样方正,像芥末膏一样泛黄。他的年纪比希博德大,但不如他英俊。他像个混得不太好的老警察,一脸邋遢相。

我坐下来。"耍了耍枪是什么意思?"

"就是开枪打人。"

我点上一支烟。希博德从厨房里出来,走进立墙式折叠床后面的更衣室。

"我们知道你是个有执照的私家侦探。"芬利森语气沉重地说。

"没错。"

"拿来。"他伸出手。我把钱包给他,他翻了翻,还给我。"带着枪?"

我点点头。他伸手要。希博德走出更衣室。芬利森嗅了嗅那把鲁格,啪地推出弹匣,清空子弹。他握着枪,让一束光线从弹仓开口处向上穿过后膛尾部。他低头看了看枪口,眯着眼睛。他把枪交给希博德。他也如法炮制地看了看。

"我不认为开过枪,"希博德说,"很干净,但不是那么干净。不太可能在一小时内清理过。有点灰尘。"

"没错。"

芬利森捡起掉在地毯上的子弹,将子弹塞进弹匣,又将弹匣啪地装回枪里。他把手枪递给我。我插回腋下。

"今晚去哪儿了?"他言简意赅地问。

"别告诉我剧情,"我说,"我只是个龙套演员。"

"聪明的家伙,"希博德干巴巴地说。他又掸了掸头发,拉开桌子抽屉,"发生了件有趣的事,适合报纸专栏。我喜欢这么玩——用我的皮革短棒。"

芬利森叹了口气。"今晚出去过吗,侦探?"

"当然。一直进进出出。怎么了?"

他忽略了我的问题。"你去哪儿了?"

"出去吃饭了。还打了一两个工作电话。"

"在哪儿?"

"抱歉,先生们。每笔生意都有机密。"

"也有同伴,"希博德说着拿起乔治的酒杯闻了闻,"刚走——不到一小时。"

"你鼻子还没这么灵。"我刻薄地说道。

"坐着大凯迪拉克兜过风?"芬利森深吸一口气,继续说道,"西洛杉矶方向?"

"坐着克莱斯勒兜过风——藤蔓大街方向。"

"也许我们最好直接逮捕他。"希博德盯着自己的指甲说。

"也许你们最好跳过这套逼供的把戏，告诉我你们到底想要什么。我和警察处得不错——除非他们表现得好像法律只适用于平头百姓。"

芬利森审视着我。我的话对他没起任何作用。希博德的话也一样。他已经有了主意，他死死守着这个主意，就像紧紧抱着一个生病的孩子。

"你认识一个叫弗里斯基·拉文的小流氓吗？"他叹了口气。"以前玩碰瓷，发现自己可以逃过处罚，于是就干了十二年。带着把枪，行事简单。不过今晚七点半左右歇菜了。歇菜时身体冰凉——头上还有个窟窿。"

"从没听说过他。"我说。

"你今晚干掉谁了没？"

"那我得看看笔记本。"

希博德彬彬有礼地向前欠了欠身，"你想吃大嘴巴子吗？"他问。

芬利森的大手一挥。"行了，小希，住嘴。听着，马洛。也许我们错了。我们说的不是谋杀。也可能是正当防卫。这个弗里斯基·拉文今晚在贝沙湾的卡尔维洛道上死了。横尸街头。没有目击者。所以我们想了解情况。"

"好吧，"我咆哮道，"这跟我有什么关系？让那个调音师别再烦我。他穿得人模狗样，指甲也不脏，但他太装腔作势了。"

"去你妈的。"希博德说。

"我们接到一个有趣的电话,"芬利森说。"你就是这么进入视野的。我们可不会滥用职权。我们想找一把点四五口径的手枪。哪种型号还不确定。"

"他很聪明。他把弹壳扔在列维家的栅栏下面了。"希博德揶揄道。

"我从来不用点四五的手枪,"我说,"需要那种枪的人,还不如用大铁镐。"①

芬利森气鼓鼓地瞪着我,玩着手指。他深吸一口气,突然缓和了态度,"没错,我就是个傻瓜,"他说,"别人扯掉我的耳朵,我都没注意到。我们别闹了,谈点正经的吧。"

"西洛杉矶警察局接到匿名电话后,发现了弗里斯基的尸体。他死在一栋大宅外面,大宅属于一个叫基特的人,旗下拥有多家投资公司。他不会雇用弗里斯基这样的人,所以他没什么嫌疑。仆人们没听到任何动静,同一街区其他四栋宅邸里的仆人也没听到动静。弗里斯基躺在大街上,脚被车碾过,但致命的是脸上的那一枪,点四五的子弹。西洛杉矶警察局还没开始调查,就有人打电话到中央警局,告诉凶案组如果他们想知道是谁杀死的弗里斯基·拉文,不妨去问一个叫菲利普·马洛的私家侦探,还提供了详细地址等信息,然后就匆匆挂断了。"

---

① 点四五口径手枪所用的子弹是一种圆钝的重弹头,比一般手枪的子弹大很多。

"好了,打电话的家伙给我们提供了线索,我压根不认识什么弗里斯基,但我问了鉴别科的人,他们当然有他的资料。就在我开始调查案子时,西洛杉矶那边来了消息,情况描述似乎非常吻合。我们一核实,发现就是同一个人,警长让我们来这里拜访一下。于是我们就来拜访了。"

"现在你们来了,"我说,"要喝一杯吗?"

"如果喝一杯的话,我们可以搜查这里吗?"

"当然。那是个好线索 —— 我是指那通电话 —— 如果你花六个月左右的时间去挖。"

"我们早就想过这点,"芬利森吼道,"干掉那个小混混的嫌疑人可能有一百个,其中的三分之二可能会觉得嫁祸给你正合适。那三分之二的人正是我们感兴趣的。"

我摇了摇头。

"完全没想法,嗯?"

"只有耍贫嘴的想法。"希博德说

芬利森笨拙地站起来。"好吧,我们得四处看看。"

"也许我们应该带一张搜查令。"希博德用舌尖舔了舔上嘴唇。

"我不用对这家伙动手,是吧?"我问芬利森,"我的意思是,我就这么忍着性子,由这家伙插科打诨,合适吗?"

芬利森望着天花板,干巴巴地说:"他老婆前天离开了他。他就是想出口恶气,就像他自己说的那样。"

希博德刷地一下白了脸，用力掰着指关节。他哼笑一声，站了起来。

他们开始搜查。拉开又关上抽屉，瞅瞅书架后面，看看坐垫底下，放下折叠床，翻查电冰箱和垃圾桶。他们忙活了十分钟，终于受够了。

他们回来再次坐下。"真是疯了，"芬利森疲惫地说，"可能是某人从黄页上挑了你的名字。一切皆有可能。"

"现在我要去喝那杯酒了。"

"我不喝酒。"希博德咆哮道。

芬利森双手捧着肚子。"孩子，又不是用大盆盛酒。"

我倒了三杯酒，把两杯放到芬利森旁边。他喝了半杯，望着天花板。"我还有另一起谋杀案，"他若有所思地说，"是你的同行，马洛。日落大道上的一个胖子，名叫阿波加斯特。听说过他吗？"

"我以为他是鉴定笔迹的专家。"

"你在泄露案情。"希博德冷冷地警告他的同伴。

"当然，案情早就登在晨报上了。阿波加斯特中了三枪，我们要找的手枪是点二二口径。你知道哪个瘪三用这种枪吗？"

我紧紧握着酒杯，慢慢地喝了一大口。我觉得蜡鼻子不像个危险分子，但这种事可说不准。

"我知道，"我缓缓说道，"一个叫艾尔·泰斯罗尔的杀手。但他在福尔松。他用的是柯尔特护林者手枪。"

芬利森喝完一杯酒，又将第二杯酒一饮而尽，然后站起来。希博德也满脸怒色地站起来。

芬利森打开门。"走吧，小希。"他们走了出去。

我听见走廊上响起脚步声，电梯叮当作响。楼下的一辆汽车发动起来，呼啸着驶入夜色。

"这样的小丑是不会杀人的。"我大声说道，尽管看上去是他们干的。

我等了十五分钟，再次出门。其间电话铃声大作，但我没去理它。

我开车前往埃尔米拉诺，兜了好几圈，确保没人跟踪我。

六

　　大堂里一切如旧。我缓步走向前台，蓝色地毯依旧在撩拨我的脚踝。依旧是那个脸色苍白的管理员，正把钥匙交给两个穿着粗花呢衣服的马脸女人。他看到我后再次把身体重心移到左脚上。柜台尽头的小门弹开，弹出好色的胖子霍金斯，嘴里还叼着同样的雪茄烟蒂。

　　他快步走过来，这次给了我一个热情的微笑，还拉住我的胳膊。"正想见你呢，"他咯咯地笑道，"我们上楼待会儿。"

　　"出什么事了？"

　　"什么事？"他的微笑变得很宽，就像能进出两辆车的车库门。"没事，这边请。"

　　他把我推进电梯，用肥厚的嗓音欢快地说了声"八楼"。我们上去，出了电梯，沿着走廊走。霍金斯的手劲儿挺大，也知道怎么样抓得牢。我好奇心起来了，随他拉着。他按响亨特里斯小姐的门铃，房间里的大本钟跟着响起来，然后门开了。我看到一个戴着礼帽、穿着礼服、面无表情的家伙。他的右手插在外套的侧口袋里,礼帽下面是一对有疤的眉毛,眉毛下面的眼睛就像煤气罐的盖子一样死气沉沉。

他的嘴巴微微动了一下:"找谁?"

"老板的客人①。"霍金斯兴高采烈地说。

"什么公司?"

"让我也玩玩,"我说,"有限责任公司。把苹果给我。"

"哈?"那对眉毛耸了耸,下巴扬了起来。"我希望没人在耍我。"

"好了,好了,先生们——"霍金斯开口道。

礼帽男身后的一个声音打断了霍金斯。"出什么事了,比弗②?"

"他正炖着呢。"我说。

"听着,蠢货——"

"好了,好了,先生们——"同一句台词。

"没什么事,"比弗回头说,声音像绳子似的甩出去,"公寓保安带上来一个家伙,他说是您的朋友。"

"带这位朋友进来,比弗。"我喜欢这个柔和平静的声音,你能用一把三十英镑的锤子和一把冰冷的凿子把自己的名字刻在里面。

---

① 原文为 company,既有客人也有公司之意。
② 原文为 Beef。

"抬爪子进去。"比弗说完,站到一旁。

我们走进房间。我先进,霍金斯随后,然后比弗像扇门似的灵巧转身。我们鱼贯而入,一个贴一个,看上去一定像一块三层的三明治。

亨特里斯小姐不在房间里。壁炉里的木柴几乎就要熄灭了。空气中依旧飘着一股檀香味,还混合着烟草气息。

一个男人站在长沙发的一头,双手插在蓝色驼毛外套的口袋里,高高竖起的领子几乎碰到了黑色毡帽,外套上松松垮垮地挂着一条围巾。他一动不动,嘴上叼着香烟,烟雾袅袅。他个子很高,一头黑发,看似文雅,实则危险。他一言不发。

霍金斯缓步走向他。"埃斯特尔先生,这就是我跟你说的那个家伙,"胖子咕哝道,"今天早些时候来过,说是你派来的。差点骗了我。"

"给他十美元,比弗。"

礼帽男的左手不知从哪儿变出一张钞票,递到霍金斯面前。霍金斯红着脸接过去。

"完全没必要,埃斯特尔先生。那就多谢了。"

"滚吧。"

"啊?"霍金斯愣住了。

"听到了吧,"比弗恶狠狠地说,"要你马上滚蛋,懂吗?"

霍金斯挺直腰板。"我必须保护住客人。先生们,你们是知道的。这是我的工作。"

"对。滚。"埃斯特尔从牙缝里挤出这两个字。

霍金斯转身走了,动作又快又轻。门在他身后咔嗒一声关上。比弗回头看了看门,然后走到我身后。

"看他带家伙没有,比弗。"

礼帽男搜了搜我,拿走了那支鲁格。埃斯特尔漫不经心地看了一眼枪,又看了一眼我,眼神中充满冷漠的厌恶。

"菲利普·马洛,嗯?私家侦探?"

"是又如何?"

"某人要把某人的脸按到某人的地板上了。"比弗冷冷地说。

"呵,废话留到锅炉房去说吧。"我对他说,"今晚我受够硬汉了。我说了'是又如何',怎么着吧?"

马蒂·埃斯特尔看上去有点被逗乐了。"见鬼,冷静点。我必须照顾我的朋友,不是吗?你知道我是谁。好吧。我知道你跟亨特里斯小姐说了什么。我也知道你的一些事,而你并不知道我知道。"

"好吧。"我说,"这个蠢胖子霍金斯今天下午拿了我十美元才放我上来 —— 他很清楚我是谁 —— 他刚才又从你的铁人那儿拿了十美元,为此出卖了我。把枪还给我,再跟我说说你为什么要管我的闲事。"

"很多原因。首先,哈丽特不在家。我们在等她,因为一件已然发生的事。我不能再等了,得去俱乐部上班了。所以你这次来是为什么?"

"找小基特。今晚有人朝他的车开枪。从现在起,他需要有人保护了。"

"你以为我会做那种事?"埃斯特尔冷冷地问。

我走到橱柜前,打开柜门,找到一瓶苏格兰威士忌。我拧开瓶盖,从小桌上拿起一只玻璃杯,倒了一些酒。我尝了一口,味道不错。

我环顾四周,寻找冰块,可是没有。冰块早就融化在冰桶里了。

"我问了你一个问题。"埃斯特尔严肃地说。

"我听到了。我正在思考。答案是,我没想到会发生那种事——没想到。但它确实发生了。我就在那儿。我就在车里——而非小基特。他父亲派人接我过去谈事。"

"什么事?"

我没有故作惊讶。"你手上有那孩子欠你五万美元的票据。他要是出了什么事,对你可不妙。"

"我不那样考虑问题。如果他死了,我就拿不到钱了。老家伙不会付钱——这是显而易见的。但如果我等几年,我就可以管那孩子要。到了二十八岁,他就能从信托里拿到钱了。现在,他一个月只有一千美元,而且做不了主,因为钱还在信托里。懂吗?"

"所以你不会干掉他,"我喝了口威士忌,"但你可能想吓唬他一下。"

埃斯特尔皱了皱眉,将香烟扔进烟灰缸,注视着它的烟雾。过了一会儿,他拣起烟头,掐灭了它,摇了摇头。

"你要是做他的保镖,我得负担你的部分工资了吧?差不多。干我这行的人没法照顾到每件事。他是成年人,和谁交往是他自己的事。比如说,女人。一个漂亮姑娘难道不该从那五百万美元中分一杯羹吗?"

我说:"这主意好极了。你知道什么关于我的事,而我以为你不知道?"

他微微一笑。"你想告诉亨特里斯小姐什么事——是那起枪击事件吗?"

他又微微一笑。

"听着,马洛,不管是什么游戏,都有各种各样的玩法。我的玩法就是庄家抽成,因为这是我应得的。什么事会让我变得心狠手辣?"

我用手指转着一支没点的烟,试图用两根手指让它绕着玻璃杯转。"谁说你心狠手辣了?我听到的可都是夸你有多好。"

马蒂·埃斯特尔点点头,差点被逗乐。"我有很多信息源,"他平静地说,"当我在一个人身上投资了五万美元时,我总得对他有些了解吧。基特雇了一个叫阿波加斯特的人。他今天在办公室里被杀了——点二二手枪干的。这或许与基特的生意无关。但你去那里时有人跟踪了你,而你没有报警。这能让我们成为朋友了吗?"

我舔了舔杯沿，点点头。"好像可以了。"

"从现在起，不要再去打扰哈丽特了，明白吗？"

"好的。"

"那么，现在我们都非常理解对方了。"

"是啊。"

"很好，我要走了。把鲁格还给他，比弗。"

礼帽男走过来，把枪拍到我手上，力气大得能打断骨头。

"还不走？"埃斯特尔问我，一边走向门口。

"我想我还要再待一会儿，等霍金斯上来再管我要十美元。"

埃斯特尔咧嘴一笑。比弗面无表情地走过去，打开门。埃斯特尔走了出去。门关上了。房间里一片寂静。我闻着若有若无的檀木香味，一动不动地站在那里，环顾四周。

有人疯了。我疯了。大家都疯了。所有事情都拼不到一起。正如马蒂·埃斯特尔说的，他没有杀人的动机，因为那将毁掉他拿钱的计划。即便他有杀人的动机，蜡鼻子和弗里斯基也不像他会选择的人。我和警察的关系搞僵了，二十美元的经费已经花了十美元，我连从雪茄柜台上拿起钢镚儿的资本都不够了。

我喝完酒，放下杯子，在房间里走来走去，抽了第三支烟。我看了看表，耸了耸肩，感到一阵恶心。套房的里门关着。我走向小基特下午偷偷溜出来的那间屋子，打开门，看到一间刷成象牙白和玫瑰粉的卧室，里面有一张大双人床，铺着织花锦缎，床脚没有挡板。嵌入式梳妆台上摆着盥洗用品，在梳妆灯下闪闪发光。房间里亮着灯。门边桌上的小台灯也亮着。靠近梳妆台的一扇门里露出浴室瓷砖的清冷绿色。

我走过去，朝里看了看。镀铬的水龙头，玻璃淋浴间，架子上挂着绣有名字的浴巾，浴缸下的玻璃板上放着香水和浴盐，一切都那么美好而精致。亨特里斯小姐将自己照顾得很好。我希望她是自己付的钱。这与我无关——我只是希望如此。

我回到客厅，在门口停下，再一次欣赏地看了看四周。这次我发现了一些进门时就该注意到的东西。空气中残留着一股刺鼻的火药味，还没有完全消散。接着，我又注意到了别的事。

床被挪动过，床头抵在壁橱门边上，而壁橱门没有关紧，仅是靠床的重量顶住了。我走过去查看，走得很慢，走到一半时，我发现自己手上握着枪。

我抵在壁橱门上，没有动静，我又加了点劲儿，还是没有动静。我用脚将床推开，然后缓缓后退。

一个大块头狠狠地倒向了我。我本已经后退一步以防不测了。但接着，猝不及防地，他侧着身子滚了出来。我用力顶住门，让他不会倒下来，同时打量他。

他依然身材魁梧，一头金发，依然穿着一套粗布运动西装，开领衬衫上系着围巾，但脸色不再红润。

我又往后退,他从门后滚了出来,姿势有点像海浪中的游泳者,重重地砸在地板上,几乎是平躺着,眼睛还看着我。床头台灯的光线照亮了他的脑袋。粗布西装上有一片烧焦的血渍——大约在心脏的位置。所以他终究是拿不到那五百万了。谁也拿不到一分钱。马蒂·埃斯特尔也拿不到他的五万美元了。因为小基特先生死了。

我回头看了看他藏身的壁橱。此时橱门大开。衣架上挂着衣服,漂亮的女式衣服。他刚才一直靠在这些衣服上,可能举着双手,胸口还顶着一把枪。然后他就被一枪打死了,杀他的人要么时间紧迫,要么力气不够大,没能把橱门关上。再或者,那个人只是惊慌失措,把床拉过来顶住门,就这样离开了。

地板上有什么东西闪闪发亮。我捡起来,是一把点二五口径的小型自动手枪,女式的,雕刻精美的枪柄上嵌着白银和象牙。我把枪放进口袋里。这么做好像并不明智。

我没有碰他。他和约翰·阿波加斯特一样,甚至更死气沉沉。我任由门开着,侧耳倾听,然后快步穿过房间回到客厅,关上卧室门,照例擦拭了一下门把手。

门锁传来钥匙转动的声音。霍金斯又回来了,看我为什么还不出来。他用自己的总钥匙开了门。

他进来时,我正在倒酒。

他走进房间,站住不动,冷眼打量着我。

"我看见埃斯特尔和他的手下走了,"他说,"我没看见你出来,所以我上来看看。我必须——"

"你必须对客人的安全负责。"我说。

"是的,我必须对客人的安全负责。你不能待在这里,伙计。女主人没在时不行。"

"但马蒂·埃斯特尔和他的打手可以。"

他凑近了些,眼神中透着刻薄。也许他一向如此,只是我现在才清楚地注意到。

"想没事找事?"他问我。

"不想。大家各扫门前雪。喝一杯。"

"这不是你的酒。"

"亨特里斯小姐给了我一瓶。我们是朋友。马蒂·埃斯特尔和我也是朋友。大家都是朋友。你不想成为朋友吗?"

"你在忽悠我吧?"

"喝一杯,别计较了。"

我找到一只杯子,为他倒了酒。他端了起来。

"如果有人闻到,我就说是为了工作。"

"嗯嗯。"

他喝得很慢,细细品着。"上好的威士忌。"

"不会是你第一次喝吧?"

他刚要动怒,又突然放松下来。"见鬼,我看你就是喜欢拿人寻开心。"他喝完酒,放下杯子,用一块皱巴巴的大手帕按了按嘴，叹了口气。

"好了，"他说，"我们现在得走了。"

"准备就绪。我猜她一时半会儿也回不来。你看见他们出门了？"

"她和那个男朋友。是的，走了很久了。"

我点了点头。我们走向门口，霍金斯送我出了门，下了楼，离开公寓楼。但他没看到亨特里斯小姐卧室里的情况。我思考着他会不会再回去。如果他回去的话，那瓶威士忌多半会挡住他的脚步。

我钻进汽车，开车回家——打算给安娜·哈尔西打个电话。对我们来说，现在已经没有案子了。这次，我挨着路肩停下车。我的心情不再愉快。我坐电梯上了楼，打开门，按亮电灯。

蜡鼻子坐在我最好的那张椅子上，指间夹着一支尚未点燃的棕色手卷烟，瘦骨嶙峋的二郎腿上，稳稳地放着那把长长的护林者手枪。他在微笑。那可不是我见过的最迷人的微笑。

"好啊，伙计，"他拖着长音说，"你还没把门修好。就是关上了而已，嗯？"尽管他的声音拖得很长，却还是如死人一般。

我关上门，站在对面，看着他。

"是你杀了我的朋友。"他说。

他慢慢地站起来，慢慢地穿过房间，用点二二手枪抵住我的喉咙。他在微笑，可那笑盈盈的薄嘴唇却和他的蜡鼻子一样苍白呆板。他不动声色地伸出手，摸了摸我的外套，掏出鲁格手枪。我还是把它留在家里算了，反正城里的任何人都有本事把它从我身上拿走。

他走回去，又坐到椅子上。

"站稳了，"他近乎温柔地说，"放松，老兄，别乱动，好好站着。我们到了算总账的时候了。时间在倒数，我们就要上路了。"

我坐下来瞪着他。他真是一个怪人。我舔了舔发干的嘴唇。"你告诉过我，他的枪上没安撞针。"我说。

"是啊。他骗了我。那个小混蛋。我之前还叫你别管小基特的事。咱先不提那事了，我现在满脑子都是弗里斯基。疯了，是吧？操心那样一个傻瓜，整天罩着他，却让他一枪给人崩了。"他叹了口气，补充道，"他是我的小兄弟。"

"我没有杀他。"我说。

他的笑容大了些。他一直在微笑，现在嘴角向上拉得更开了。

"哦？"

他拉开鲁格的保险栓，小心翼翼地放在椅子的右扶手上，手伸进口袋，掏出的东西让我冷得像冰桶一样。

那是一个黑色的金属管，看上去很粗糙，约4英寸长，上面钻了很多小孔。他左手拿着护林者手枪，开始不紧不慢地把金属管拧在枪口上。

"消音器,"他说,"我猜你们这样的聪明人会认为,这是唬人的。我可不唬人——我能连开三枪。我清楚得很,我自己改装的。"

我又舔了舔嘴唇。"打一枪可以,"我说,"然后就卡住了。那玩意儿看起来像是铸铁的,可能会炸掉你的手。"

他露出蜡白的笑容,不慌不忙地拧着消音器,动作满怀爱意。最后他用力一拧,然后如释重负地往后一靠。"这宝贝不会。它里面装了钢丝绒,就像我说的,开三枪没问题,再开就得重新装了。另外,这枪的后坐力不强,不会卡住。你感觉还好吧?我希望你感觉还好。"

"感觉棒极了,你这个变态的虐待狂。"我说。

"过一会儿,我要你躺在床上。你不会有任何感觉。我很注意杀人的细节。我猜,弗里斯基也没什么感觉。你干得很利落。"

"你可别干傻事,"我嘲讽道,"那个司机用史密斯·维森点四四手枪杀了他。我连枪都没开。"

"呵呵。"

"好吧,你不相信我,"我说,"你为什么要杀阿波加斯特?杀他可没什么花样可言。他就死在了办公桌前,点二二,开了三枪,然后他就倒地了。他对你那个卑鄙小弟做过什么?"

他猛地抽出手枪,但笑容仍在。"你疯了,"他说,"这个阿波加斯特是谁?"

我跟他说了。我说得不慌不忙,小心翼翼,没放过任何细节。我跟他说了很多事。他开始有些隐隐的担忧。他眨眼看我，移开目光，又看向我，像一只蜂鸟般惴惴不安。

"我不认识任何叫阿波加斯特的人，老兄，"他慢悠悠说道，"从没听说过。而且我今天也没开枪杀过任何胖子。"

"你杀了他，"我说，"你还杀了小基特——在埃尔米拉诺那个女孩的公寓里。他的尸体正躺在那里。你为马蒂·埃斯特尔工作。他会对这起谋杀感到心痛的。来吧，杀了我，这样就三人行了。"

他的脸僵住了，笑容终于消失。现在他的整张脸都像白蜡一样。他张着嘴，喘着气，发出令人不安的声音。我能看到他的额头上渗出汗珠，微微闪光，我能感受到汗珠蒸发带给我的寒意。

蜡鼻子非常温柔地说："我根本没杀任何人，朋友。任何人。我不是受雇去杀人的。直到弗里斯基被杀之前，我根本没想过杀人。这是实话。"

我试着不去看那支护林者枪筒上的金属管。

他的眼底燃着一束火苗，一束小小的、微弱的、冒着烟的火苗。那束火苗似乎愈烧愈烈，显得愈加清晰。他低头看着脚下的地板。我四下寻找电灯开关，但距离太远。他再次抬头，开始慢慢地拧下消音器，随意地拿在手里，又装回口袋里，然后站起来，双手各拿着一支枪。然后他想到什么，又坐了下来，迅速将鲁格里的子弹退出，扔在地板上。

他轻轻地穿过房间,向我走来。"我猜今天是你的幸运日,"他说,"我要去个地方见个人。"

"我早知道今天是我的幸运日。我一直感觉很好。"

他灵巧地绕过我,来到门前,打开一道缝,然后准备从狭窄的门缝里钻出去。他再次露出笑容。

"我要去见个人。"他异常温柔地说,然后舔了舔嘴唇。

"还不行。"说话间我一跃而起。

他拿枪的手就在门边,快要伸出门外了。我用力一推门,而他没法把枪迅速抽回来,一时间进退两难。我用尽全力将他夹在门口。这真是疯狂之举。他本来放了我一马,我只需站着不动,让他离开即可。但我也想见一个人——而且我想先见到他。

蜡鼻子瞪着我,咒骂着,门边的手不断挣扎。我一转身,狠狠地给了他的下巴一拳,打得他一个踉跄。我又给了他一拳。他的脑袋撞在木头上。我听到砰的一声。我又给了他第三拳。我从没这么狠地揍过人。

这时,我往屋里退了一步,他倒向我,眼神空洞,两腿发软。我抓住他,将他的双手往身后一扭,任他倒在地上。我站在那里,喘着粗气,然后走到门边。他的护林者差不多就躺在门槛下。我捡起枪,放进口袋里——不是那个装着亨特里斯小姐手枪的口袋。他甚至都没发现这支枪。

他躺在地板上,显得十分瘦弱,仿佛没有重量,但我还是气喘吁吁。又过了一会儿,他把眼睛睁开,眨了眨,抬头望着我。

"贪婪的家伙,"他有气无力地咕哝道,"我为什么要离开圣路易?"

我铐上他的手腕,拖着他的肩膀进了更衣室,然后用一根绳子绑住他的脚踝。我让他躺在地上,略侧着身子,他的鼻子一如既往的惨白,眼睛现在空洞无神,嘴唇微微翕动,仿佛在自言自语。一个可笑的家伙,不算太坏,但也没有纯洁到会有人为他抹泪。

我收好鲁格,带着三把枪离开了。公寓楼外空无一人。

7

基特的宅邸坐落于一个占地九、十英亩①的小山上，是一座殖民风格的建筑，拥有粗大的白色廊柱、屋顶天窗、木兰花和一个四车位的车库。车道顶端是一片圆形停车场，停着两辆车——一辆是我坐过的庞大的"无畏号"战舰，另一辆是我曾经见过的浅黄色敞篷跑车。

我按下银币大小的门铃。门开了，一个穿着深色衣服的瘦高个儿冷眼向外打量我。

"基特先生在家吗？老基特先生。"

"请问你是哪位？"他的口音有点太重，像兑水的苏格兰威士忌。

"菲利普·马洛。我为他工作。也许我应该走仆人通道。"

他用手指勾了下衬衫的硬领，一脸不悦地望着我。"哦，可能吧。你可以进来。我去向基特先生通报。我估计他现在

---

① 1英亩约为4.04平方米。

正忙。烦请在门厅等候。"

"真够装的,"我说,"现在英国管家已经不这么说话了。"

"你很聪明是吧?"他咆哮道,声音仿佛来自大西洋彼岸的霍博肯。"在这儿等着。"说完他就走了。

我在一把雕花椅子上坐下,感到口渴。过了一会儿,管家像猫一样静悄悄地返回门厅,一脸不悦地朝我扬了扬下巴。

我们走过长长的走廊,尽头处突然开阔,没有穿过任何大门就进入一间宽敞的阳光房。管家在阳光房的另一头打开一扇大门,我从他身边走过,进入一间椭圆形房间。地上铺着椭圆形的黑白色地毯,中间摆着一张黑色的大理石桌,墙边放着硬邦邦的雕花高背椅,还有一面巨大的椭圆形凸透镜,让我看起来像是脑积水的侏儒。房间里有三个人。

司机乔治笔挺地站在我进门处的对面,穿着整洁的黑色制服,手里拿着大檐帽。哈丽特·亨特里斯小姐坐在最不舒服的那把椅子上,拿着半杯酒。老基特则正绕着椭圆形地毯的银边踱步,看上去镇定自若,实则内心慌乱。他的脸红红的,鼻子上血管鼓胀。他的双手插在丝绒便装的口袋里,里面是一件带褶衬衫,胸前别着一枚黑珍珠,系着黑色领结,脚上穿着漆皮牛津皮鞋,其中一只的鞋带散了。

他转身朝我身后的管家喊道:"出去,关上门!任何人来都说我不在家,明白吗?任何人!"

管家关上门，大概走开了，但我没听见声音。

乔治朝我冷冷地撇嘴一笑，亨特里斯小姐越过酒杯淡淡地看了我一眼。"你恢复得挺好啊。"她羞涩地说。

"你把我一个人留在你的公寓里很冒险，"我对她说，"我可能会偷走你的香水。"

"说吧，你来干什么？"基特冲我吼道，"原来你还是个挺不错的侦探。我派你去做一件秘密工作，你却直接跑到亨特里斯小姐那儿，把一切都告诉她了。"

"很有效，不是吗？"

他瞪着眼睛。他们全都瞪着眼睛。"你怎么知道的？"他吼道。

"我一看就知道她是个好姑娘。她到这儿来是想告诉你，她以前的想法不好，希望你别再担心。小基特先生在哪儿？"

老基特停下脚步，狠狠地瞪了我一眼。"我依旧认为你无能，"他说，"我儿子不见了。"

"我不为你工作。我为安娜·哈尔西工作。要抱怨的话，你应该找她。我是自己倒酒呢，还是你有个穿紫色西装的仆人替我效劳？还有，你儿子不见了是什么意思？"

"先生，要我把他扔出去吗？"乔治静静问道。

基特对着黑色大理石桌上的醒酒器、虹吸壶和玻璃杯摆了摆手，又开始绕着地毯踱步。"别傻了。"他厉声对乔治说。

乔治脸上一红，颧骨升起红晕，嘴唇显得僵硬。

我给自己调了杯酒，坐下来喝了一口，再次问道："基特先生，你儿子不见了是什么意思？"

"我付了你一大笔钱。"他朝我吼道，仍然怒气冲冲。

"什么时候？"

他突然驻足，再次看着我。亨特里斯小姐咯咯地笑了。乔治生气地拧着眉头。

"我儿子不见了 —— 你觉得我是什么意思？"他厉声说道，"我本来以为，即便是你，也该很清楚才对。没人知道他在哪儿。亨特里斯小姐不知道。我不知道。在他可能去的地方，也没人知道。"

"但我比他们聪明，"我说，"我 —— 知道。"

漫长的一分钟，所有人都一动不动。基特像金鱼似的瞪着我。那个姑娘也瞪着我，看上去一脸茫然。另外两个人只是瞪着我。

我看着她。"可以的话，能不能说说你出门后去了哪儿？"

她那深蓝色的眼眸非常清澈。"没什么好隐瞒的。我们一起出去 —— 坐的出租车。因为杰拉尔德的驾照吊销一个月了 —— 太多违章。我们去了海滩，就像你猜到的，为了换换心情。我承认自己不过是个骗子。但我并不真的想要杰拉尔德的钱。我想要复仇。因为这位基特先生毁了我的父亲。当然，他用的是合法手段，但结果是一样的。然而，我陷入了一种无法复仇的境地，我没办法当一个低贱的骗子。于是我让杰拉尔德去找别的女孩交往。他很生气,我们吵了起来。我叫停出租车,在贝弗利山下了车。他继续坐车走了。我不知道他去了哪儿。后来,我回到埃尔米拉诺,去车库开我的车来到这里。我想告诉基特先生,让他忘了整件事,别再费心找侦探调查我了。"

"你说你们坐的是出租车,"我说,"乔治为什么不替你们开车呢,如果杰拉尔德自己不能开车的话?"

我看着她,但话不是对她说的。基特冷冷地回答了我:"当然是因为乔治开车去办公室接我回家了。那时,杰拉尔德已经走了。这很重要吗?"

我转向他。"是的。接下来会很重要。房管霍金斯告诉我,杰拉尔德先生在埃尔米拉诺。他回去等亨特里斯小姐,霍金斯让他进了公寓。霍金斯能为你搞定这类小事——给他十美元就行。杰拉尔德先生可能还在那里,也可能不在。"

我继续注视着他们。要同时注视三个人很难。但他们都没动,只是看着我。

"好吧——我很高兴听到这个消息,"老基特说,"我之前还担心他跑去哪里买醉呢。"

"不,他没有去哪里买醉,"我说,"顺便一提,你给那么多地方打电话问他在不在,怎么就没给埃尔米拉诺打呢?"

乔治点点头。"我打了。他们说他不在。看样子是那个房管给接线女孩塞了小费让她不说。"

"他用不着这么做。她只需把来电转接过去,杰拉尔德不接就是了——这是很自然的。"我饶有兴致地细看老基特。对他来说,承受这些很难,但他必须承受。

他确实承受了。他先舔了舔嘴唇。"敢问为什么——这是很自然的?"他冷冷地问道。

我将酒杯放在大理石桌面上,靠墙站着,双手自然下垂。我仍然尽力让他们都处在我的视线之内——他们三个人。

"让我们稍稍回顾一下这件事,"我说,"我们都明白情况是怎样的。我知道乔治明白,尽管作为一个仆人,他不应该知道那么多。我知道亨特里斯小姐明白。你当然也明白,基特先生。那就让我们看看已经掌握的情况。我们有很多串不起来的事情,但我很聪明。不管怎样,我会将它们串起来。首先,马蒂·埃斯特尔有一叠票据影印件。杰拉尔德否认这些票据,基特先生则拒绝买单,但他找了一个叫阿波加斯特的笔迹鉴定专家,鉴定票据的签名的真伪。它们的确是真的。确实是杰拉尔德签的字。这个阿波加斯特可能还查了其他事情。这个我就不知道了,也没办法去问他。因为在我去见他的时候,他已经死了——中了三枪——正如我后来听说的——一支点二二手枪。是的,基特先生,我没有报警。"

这个满头银发的高个男子看上去异常震惊。他瘦削的身体像芦苇一样在抖动。"死了?"他低声说,"被杀了?"

我看了看乔治。乔治一动不动。我看了看那个姑娘。她安静地坐在那里，紧闭双唇，等待着。

我说："能将他的死与基特先生的案子联系起来的只有一个因素。他是被一支点二二手枪射杀的——而基特先生的案子中有人携带了一支点二二手枪。"

我仍然吸引了他们的全部注意力。他们沉默不语。

"至于他为什么被杀，我不知道。他对亨特里斯小姐和马蒂·埃斯特尔没有任何威胁。他胖得走路都困难。我猜他是聪明过头了。他接了一个鉴定笔迹的简单案子，却又继续从那里追查更多他不该查的东西。当他查出这些他不该查的东西后——他又做了他不该做的推论——甚至他可能试图进行小小的勒索。于是今天下午有人用一支点二二手枪灭了他。好吧，这个我能接受。我从来不认识他。

"接着，我去找亨特里斯小姐。跟那个爱占小便宜的房管周旋一番后，我终于见到了她。我们正聊天时，杰拉尔德先生悄悄从藏身处走出来，狠狠地揍了我下巴一拳。我摔倒在地，头撞到了椅子腿。等我醒来时，房间里空无一人。于是我就回家了。

"到了家，我发现一个带着点二二手枪的男人。和他在一起的是一个叫弗里斯基·拉文的蠢货，他不仅口臭，还拿着一支很大的枪。现在这些都不重要了，因为今晚他在你家门口被一枪毙命了，基特先生——他被杀是因为他想伏击你的车。警察知道这件事——他们来盘问过我——因为另一个家伙，就是带着点二二手枪的家伙，是这个小蠢货的大哥，他以为是我开枪打死了蠢货，就想找我报仇，但没有成功。这是第二起命案。

"现在我们来说第三起，也是最重要的一起。我返回埃尔米拉诺，因为对杰拉尔德先生来说，再去外面瞎转可不是个好主意。他好像有一些敌人。今晚弗里斯基·拉文开枪时，坐在车里的人本该是他——不过，当然啦，这只是移花接木。"

老基特白眉紧皱，一副迷惑不解之色。乔治看起来并不迷惑，而是面无表情，木讷得就像雪茄店里的印第安人。那个姑娘的脸色现在有点苍白，略显紧张。我继续讲述。

"回到埃尔米拉诺，我发现霍金斯让马蒂·埃斯特尔和他的保镖进了亨特里斯小姐的公寓等她。马蒂是想告诉她——阿波加斯特被杀了。她最好和小基特保持一段时间距离——等调查的风声过去再说。马蒂真是个老谋深算的家伙，远比你以为的还要深思熟虑。比如，他知道阿波加斯特，知道基特先生今早去了安娜·哈尔西的办公室，他还知道——可能是安娜告诉他的，她这么做我并不意外——我现在正调查这个案子。于是，他跟踪我到阿波加斯特的办公室又离开，然后他从警察朋友那里得知阿波加斯特被杀了，而我没有报案。他等我来到公寓，对我加以安抚。告诉我这些事后，他就走了，而我再次一个人留在亨特里斯小姐的公寓里。但这一次,我没来由地四处看了看。我发现了小杰尔拉德先生,在卧室的衣柜里。"

我快步走到女孩身边,手伸进口袋,掏出那支小巧精致的点二五自动手枪,放在她的膝上。

"见过这个吗?"

她的声音有一种莫名的紧张,那对深蓝色的眼睛却平静地看着我。

"对,是我的。"

"你把它放在哪儿了?"

"床头柜的抽屉里。"

"确定?"

她想了想。那两个男人都没动。

乔治的嘴角开始抽搐。她突然左右摇了摇头。

"不是,我现在想起来了,我拿出这支枪给人看过——因为我不太了解枪——然后就留在了客厅的壁炉上。事实上,我几乎可以肯定,我是这么干的。我给杰尔拉德看过这支枪。"

"所以,如果有人想对他动粗,他可能会从那儿拿到枪?"

她不安地点点头。"他在衣柜里——你这是什么意思?"她急促地小声问道。

"你明白什么意思。这个房间里的每个人都明白我的意思。他们知道我给你看这支枪的用意。"我从她身边走开,面对着乔治和他的老板。"当然,他死了。子弹穿过心脏——可能用的就是这支枪。这就是为什么枪会留在他身边。"

老基特迈了一步,停下来,靠在桌子上。我不确定他的脸色早就苍白了,还是一下子变得苍白。他直愣愣地看着那个女孩,一字一句地从牙缝中挤出几个字:"你这该死的凶手!"

"不可能是自杀吗?"我讥讽道。

他稍稍扭过头来,看着我。看得出这个想法引起了他的兴趣。他微微点了点头。

"不,"我说,"不可能是自杀。"

他不太喜欢我这么耍他。他的血气上涌,鼻子上的毛细血管暴突出来。女孩摸了摸膝上的手枪,轻轻地握住枪柄。我看到她的大拇指无声地滑向保险栓。她不太了解枪,但已经足够多。

"不可能是自杀,"我再次一字一顿地说道,"作为一起单独的事件——或许可能。但考虑到所有发生的事情就不可能了:阿波加斯特之死、这栋房子外的卡尔维洛车道上的枪击案、躲在我家的暴徒,还有那支点二二手枪。"

我再次伸进口袋,掏出蜡鼻子的护林者手枪。我随意地用左手掌心托着这支枪。"奇怪的是,我不觉得是这把点二二——虽然它刚好是那个枪手的。没错,我也制服了那个枪手。他正绑在我的公寓里。他想回来干掉我,但我说服了他。我可是个口才出众的家伙。"

"但你说得太多了。"女孩冷冷说道,稍稍举起了枪。

"亨特里斯小姐,杀他的是谁很清楚了,"我说,"只是动机与时机的问题。不是马蒂·埃斯特尔干的,也不是他派人干的,因为那样他就捞不到五万美元了。也不是弗里斯基·拉文的哥们儿干的,不管他受雇于何人,我不认为他的老板是马蒂·埃斯特尔。他不会去埃尔米拉诺活动,更不会进到亨特里斯小姐的公寓。不管干的人是谁,他必定能从中获利,而且还有机会进入作案地点。那么,谁会从中获利呢?再过两年,杰拉尔德就能从信托基金中拿到五百万。他只有拿到这笔钱后才能自由处置。如果他死了,他的自然继承人将得到这笔钱。谁是他的自然继承人呢?你们一定会大吃一惊。你们是否知道,在加利福尼亚和别的一些州,并不是所有州,一个人可以自行成为自然继承人?只要收养一个有钱但没有子嗣的人!"

这时,乔治按捺不住了。他的动作仍旧行云流水。他手中那支史密斯·威森手枪幽幽地闪着光,但他没有扣动扳机。那个女孩手中的迷你自动手枪先响了。鲜血从乔治粗大的棕手上喷了出来。史密斯·威森掉到了地上。他破口大骂。她不太了解枪——所知甚少。

"当然!"她冷峻地说,"如果杰拉尔德在的话,乔治可以毫无困难地进入公寓。他从车库进来,穿着司机的制服,没人拦他。他乘电梯上楼,然后敲门。杰拉尔德一开门,乔治就用这把史密斯·威森逼他退进房里。但他怎么知道杰拉尔德在公寓里?"

我说:"他肯定是跟踪了你们的出租车。离开我后,他整晚都不知去向。他有车。警察会查清楚的。乔治,你能分到多少好处?"

乔治用左手握住自己的右手腕,握得很紧,他的脸显得扭曲而残暴。他一言不发。

"乔治用史密斯·威森逼杰拉尔德退进房里,"女孩心力交瘁地说,"然后他看到我放在壁炉上的手枪。这就更省事了。他可以使用这支枪。他逼着杰拉尔德离开走廊,进入卧室,最后把他逼进衣柜里。在那里,他悄无声息、从容不迫地杀了他,而枪就丢在地板上。"

"乔治还杀了阿波加斯特。他用一支点二二杀了他,因为他知道弗里斯基·拉文的兄弟有一把点二二,他知道这个,是因为他之前雇了弗里斯基两兄弟去恐吓杰拉尔德——这样一来,杰拉尔德的死看起来就会像是马蒂·埃斯特尔所为。这也是为什么我今晚坐着基特的汽车被拉到这里——这样的话,那两个被人唆使的暴徒就能大显身手。如果我太不识相的话,甚至可以干掉我。只是乔治太喜欢杀人了。他干净利落地打死了弗里斯基。他打中了他的脸。这一枪打得很准,我认为他本来是想打偏的。怎么样,乔治?"

一阵静默。

最后,我看了看老基特。我一直等他自己拔枪,但他没有。他只是张着嘴巴,一脸惊愕地站在那里,靠着黑色大理石桌子,浑身颤抖。

"我的上帝!"他低声道,"我的上帝。"

"你的心里没有上帝——只有钱。"

门在我身后吱呀一响。我身子一转,但其实不必劳烦。一个硬邦邦的声音说:"举起手来,兄弟。"口音好似阿莫斯和安迪①。

那个管家,那个非常英国范儿的管家,站在门口,手里握着枪,双唇紧闭。女孩手腕一转,随手朝他开了一枪,打中了肩膀处。他杀猪般地惨叫了一声。

"滚开,这里没你的事。"女孩冷酷地说。

他撒腿就跑。我们可以听到脚步声。

"他快倒下了。"她说。

此刻,我右手握着鲁格,虽然和往常一样慢了半拍,但已经缓过神来。只见老基特扶着桌子,脸色灰白得就像铺路砖,腿在打软。乔治一脸冷笑地站在那里,用手帕裹住流血的手腕,望着老基特。

"让他倒下,"我说,"地狱才是他的归宿。"

---

① 阿莫斯和安迪(Amos and Andy)是1928年至1943年每周播出的广播情景喜剧。

他倒下了。脑袋一歪，嘴角一耷拉，侧着身子倒在了地毯上，然后滚了一下，膝盖蜷缩着。他的嘴角流了些口水，皮肤渐渐发紫。

"给警察打电话，天使。"我说，"我来盯着他们。"

"好吧，"她站起来说，"马洛先生，看得出你的私人侦探业务一定需要很多协助。"

我在那里待了整整一个小时，独自一人。房间中央摆着一张伤痕累累的桌子，另一张靠着墙。地毯上放着黄铜痰盂，墙上有警用扬声器。此外还有三只被拍死的苍蝇，一股冷雪茄和旧衣服味儿。房间里有两把硬质扶手椅，上面放着坐垫，还有两把没有坐垫的硬直背椅。电灯上落满灰尘，大概已经见证了柯立芝总统的首届任期。

门猛地被拉开，芬利森和希博德走了进来。希博德依旧衣冠楚楚又令人生厌，芬利森一脸鼠相，看起来老了一点，更加疲惫。他手里拿着一摞纸，在桌子对面坐下来，狠狠地瞪了我一眼。

"像你这样的家伙总会陷入麻烦，"芬利森刻薄地说，希博德靠墙坐下来，抬了抬帽子，露出眼睛，然后打了个哈欠，看了一眼他那崭新的不锈钢手表。

"麻烦是我的饭碗，"我说，"不然我怎么挣钱？"

"你隐瞒了这么多事，我们本该把你扔进牢里。接这个案子你挣了多少？"

"我为安娜·哈尔西工作，而她为老基特工作。估计我是挣不到这笔钱了。"

希博德朝我笑了笑。芬利森点燃一支雪茄，舔了舔一侧的裂缝，想把那里粘住，但吸的时候还是会漏烟。他将那摞纸隔桌推给我。

"签三份。"

我签了三份。

他收回去，打了个哈欠，揉了揉斑白的脑袋。"那老头中风了，"他说，"没有生命危险。但什么时候出来就不知道了。乔治·哈斯特曼，那个司机，他只是嘲笑我们。可惜他中枪了，不然我倒是想给他松松骨。"

"他很强悍。"我说。

"是啊。好了，你现在可以滚蛋了。"

我起身点点头，走向门口。"好吧，晚安，小伙子们。"

他们没搭理我。

我出了门，沿着走廊来到夜间电梯，下到市政厅大堂。我从春日街一侧走出去，走下一段长长的、空荡荡的阶梯，吹在身上的风冷飕飕的。在阶梯尽头，我点了一支烟。我的车还在基特家门外，于是我抬腿走向一辆停在街对面、半个街区外的出租车。突然，从一辆停着的车里传来一个尖锐的声音。

"过来一下。"

是一个男人的声音,生冷僵硬。是马蒂·埃斯特尔的声音。他坐在一辆大轿车里,前排坐着两个人。我走过去,后窗落下来,马蒂·埃斯特尔的一只手搭在车窗上,戴着手套。

"进来。"他推开车门。我上了车。我已经累到懒得争辩了。"斯金,开车。"

汽车在黑暗中向西驶去,街道近乎寂静,近乎空荡。夜晚的空气虽不清新,但很凉爽。我们翻过一座山,开始加速。

"警察都知道什么?"埃斯特尔冷冷地问。

"他们没告诉我。还没撬开司机的嘴。"

"在咱们这儿,你可没法给身家百万的人定罪。"那个叫斯金的司机头也不回地笑道,"也许现在我连那五万美元都摸不到了……她喜欢你。"

"是吗,那又如何?"

"离她远点。"

"我能得到什么?"

"你该问,如果不这么做的话,会有什么下场?"

"是啊,当然,"我说,"见鬼去吧,谢谢。我累了。"我闭上眼睛,靠在角落里,就这么睡着了。我有时会这样,在承受重压之后。

一只手摇着我的肩膀,把我摇醒了。车已经停了下来。

透过车窗，我看到了我的公寓楼。

"到家了，"马蒂·埃斯特尔说，"记住：离她远点。"

"为什么送我回家？就为了告诉我这些？"

"她让我出来找你。这就是你被放出来的原因。她喜欢你。我喜欢她。明白了吗？你不想惹出更多的麻烦吧。"

"麻烦是——"我刚要开口，又打住了。今晚我厌倦了这出戏码。"谢谢送我回来。此外还有一句话：去你妈的。"我转身走进公寓，上楼。

门锁仍是坏的，但这回没人等我。他们早就把蜡鼻子带走了。我敞着门，推开窗户，还是能闻到警察留下的雪茄烟蒂味儿。电话铃响起来，是她的声音。冷酷，有点生硬，对什么都无动于衷，又显得有点开心。她大概经历了太多事才变成这样。

"你好，小棕眼睛。平安到家了？"

"你哥们儿马蒂送我回的家。他让我离你远点。真心谢谢你，如果我还有心的话。但别再给我打电话了。"

"害怕了，马洛先生？"

"不，等我打给你，"我说，"晚安，天使。"

"晚安，小棕眼睛。"

电话咔嗒一声挂了。我放下话筒，关上门，放下床。我脱了衣服，上了床，在略有寒意的空气中躺了一会儿。

然后我爬起来，喝了一杯酒，冲了一个澡，继续上床睡觉。

他们最终还是撬开了乔治的嘴，但撬得还不够彻底。他说他们因为那个女孩起了争执，小基特抓起壁炉上的手枪，乔治跟他厮打时，枪走火了。当然，这一切看上去都有可能——在纸面上。他们没有把阿波加斯特的死归在乔治身上，也没归在任何人身上。他们一直没找到作案的那支枪，但那不是蜡鼻子的枪。蜡鼻子消失了——我再没听到过他的下落。他们没有动老基特，因为他的中风没有恢复。他只能躺在床上，由护士照顾着，告诉别人他是如何在大萧条中分毫未失的。

马蒂·埃斯特尔给我打过四次电话，叫我离哈丽特·亨特里斯远点。我有点同情这个可怜的家伙了。他的心都碎了。我和她约过两次会，还去过她家两次，喝了她的苏格兰威士忌。感觉还不错，只是我没有钱，没有行头，没有时间，也没有绅士风度。随后，她离开了埃尔米拉诺，我听说她去了纽约。

她离开时，我很高兴——尽管她并没有向我告别。

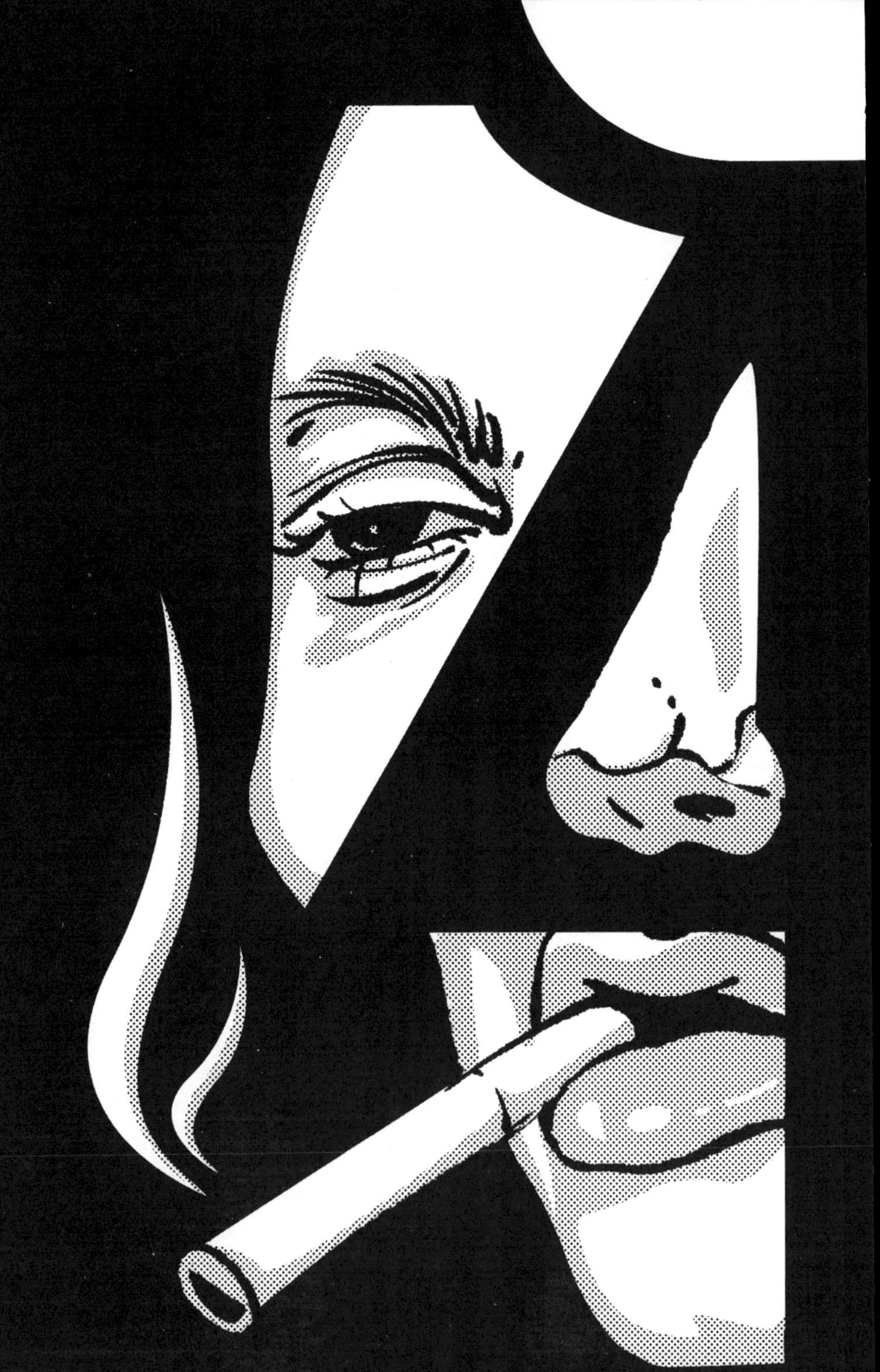

我会等候

。。。。

Chapter 4

凌晨一点，守夜的门房卡尔调暗了温德米尔酒店大堂里三盏台灯中的最后一盏。蓝色地毯黯淡了几分，墙壁也好像缩回了远方。椅子上是一些影影绰绰的闲人。角落里布满蛛丝般的回忆。

托尼·雷塞克打了个哈欠。他侧着头，听着从收音机室里传来的微弱的、咿咿呀呀的音乐声。收音机室就在大堂远端一道阴暗的拱门后。他皱起眉头。凌晨一点之后，那里应该是他的收音机室，里面不该有人。那个红发女孩搅乱了他的夜晚。

眉头舒展开来，一抹微笑浮现在他的嘴角。他——一个矮小、苍白、大腹便便的中年男人——放松地坐在那里，修长纤细的手指交叉放在表链上的驼鹿齿上。这修长纤细的手指属于一位手法敏捷的艺术家，指甲修剪整齐，泛着光泽，第一指节成锥形，指尖有点像刮片。漂亮的手指。托尼·雷塞克轻揉着它们，平静的海灰色眼睛中透着一丝平和。

眉头再次紧锁，是音乐惹恼了他。他站起来，带着一种不同寻常的优雅，动作无可挑剔，双手还交叉在表链上。上一刻他还轻松地靠着椅背，下一刻双脚已经稳稳地站在地上，一动不动，仿佛起身的动作只是一件被完美感知的事情，一种视线的错觉。

他穿着小巧、锃亮的皮鞋，优雅地踩着蓝色地毯，走到拱门之下。音乐声更大了，是那种热辣、狂放的爵士乐即兴演奏。声音太大了。红发女孩坐在那里，沉默地注视着大收音机柜上的纹饰，仿佛她能看到乐队带着职业性的笑容，汗水淌过他们的后背。她的双脚压在身下，蜷曲在一张长沙发上。房间里的靠垫似乎都集中在了沙发上。她小心翼翼地窝在里面，好像一枝花朵，裹在花匠的纸巾里。

她没有回头。她靠在那里，一只手握成小小的拳头，放在桃红色的膝盖上。她穿着一件罗纹丝绸睡衣，上面绣着黑莲花的花蕾。

"你喜欢古德曼[①]吗，克雷西小姐？"托尼·雷塞克问。

女孩缓缓转过眼睛。那里光线昏暗，但她紫罗兰色的眼眸近乎灼人。那双眼睛大而深邃，天真无邪。脸庞非常古典，但没有表情。

她一言不发。

[①] 本尼·古德曼（1909—1986）：美国单簧管爵士乐大师，被称为"摇摆之王"。

托尼微微一笑,手指在身体两侧弹钢琴般地移动,一个接着一个,感受手指的动作。"你喜欢古德曼吗,克雷西小姐?"他温柔地重复道。

"还不至于热泪盈眶。"女孩平淡地说。

托尼翘起脚尖,看着她的眼睛,那双深邃而空洞的大眼睛。果真如此吗?他俯身将收音机调成了静音。

"别误会我的意思,"女孩说,"古德曼会赚钱。如今,一个能合法赚钱的小伙子是值得尊敬的。不过我觉得这种爵士乐就像走了气的啤酒。我喜欢比较浪漫的音乐。"

"也许你喜欢莫扎特。"托尼说。

"继续,逗我乐乐。"女孩说。

"我没逗你,克雷西小姐。我认为莫扎特是古往今来最伟大的人——托斯卡尼尼[①]是他的代言人。"

"我还以为你是酒店保安。"她将头靠在枕头上,透过睫毛注视着他。

"给我放些莫扎特听听。"她又说。

"太晚了,"托尼叹了口气,"现在听不到了。"

她再次向他投以清澈的一瞥。"侦探先生,你是不是盯上我了?"她笑了起来,几乎没出声,"我做错什么了?"

托尼漫不经心地一笑。"没什么,克雷西小姐。你什么都

[①] 托斯卡尼尼(Toscanni):20世纪意大利指挥家,他的指挥艺术在世界上有着极大的影响。

没做错，但是你需要一点新鲜空气。你已经在酒店住了五天，一步都没出去过。何况你住的还是塔式阁楼房。"

她又笑起来。"用它给我编个故事听。我无聊了。"

"曾经有个女孩也住过你的套房。她在酒店里住了整整一周，跟你一样。我是说，根本没出去过。她几乎没跟任何人说话。你猜她后来干什么了？"

女孩一脸严肃地看着他："她逃单了。"

他伸出修长纤细的手，慢慢地翻过来，上下弹动手指，就像慵懒的波浪在翻滚。"错了。她叫人取来账单，付了账。她让服务员半小时后回来拿行李。然后，她从阳台跳了下去。"

女孩向前探了探身，眼神依旧严肃，一只手盖在桃红色的膝盖上。"你说你叫什么名字来着？"

"托尼·雷塞克。"

"听起来像个男仆。"

"是啊，"托尼说，"波兰人。"

"继续说，托尼。"

"所有的塔式阁楼房都有私人阳台，克雷西小姐。对于十四层来说，围栏太矮了。那是一个月黑风高的夜晚。"他做了最后一个手势，一个告别的手势，然后将手垂了下去，"没人看见她跳下去。但她砸到地上的声音，就像一把大手枪开了火。"

"你在编故事，托尼。"她的声音清澈干脆，近乎耳语。

他再次漫不经心地一笑。安静的海灰色眼睛简直要抚平她那波浪式的长发。"伊芙·克雷西,"他若有所思地说,"一个等待被光亮唤醒的名字。"

"等待一个又高又黑、一无是处的家伙,托尼。你不会想知道原因的。我曾经嫁给过他。我可能还会嫁给他。人一生中可能犯下许多错误。"她放在膝盖上的手慢慢张开,直到手指张到最大,然后又迅速攥成拳头。尽管光线昏暗,指关节依旧像打磨光滑的骨头一样发亮。"我耍过他,把他推到了很糟的境地——不是有意这样的。你不会关心这个。只是我亏欠了他一些东西。"

他轻轻俯下身,转动收音机旋钮。温暖的空气中温柔地响起了一支华尔兹舞曲。一支俗气的华尔兹,但仍然是华尔兹。他调高音量。一段阴影般的旋律从喇叭里流淌出来。由于维也纳已死,所有的华尔兹都蒙上了阴影。

女孩把手放在一旁,哼了三四个小节,突然停下来,将嘴巴紧紧闭上。

"伊芙·克雷西,"她说,"曾经身处光亮之中。在一家烂俗的夜总会里,一家低端夜总会。他们查抄了那里,从此光亮就消失了。"

他近乎嘲讽地朝她笑了笑。"克雷西小姐,你在的时候,那里可不是低端夜总会……老门房在酒店门前走来走去,胸前鼓鼓地挂满奖章,那时乐队就经常演奏这支华尔兹。《最卑贱的人》。埃米尔·杰宁斯①。你大概不记得这个了,克雷西小姐。"

"春天,美丽的春天,"她说,"是的,我没看过。"

他走开三步,又转过身来。"我得上楼去查房了。希望没有打扰你。你也该休息了。已经很晚了。"

俗气的华尔兹停了,收音机里传来一个人的说话声。女孩压过这个声音说:"你真的想过这样的事——阳台的事?"

他点点头。"我可能想过,"他轻声说,"现在不再想了。"

"不可能,托尼。"她的笑容像失去光泽的树叶,"过来再跟我聊聊吧。红头发的人是不会跳楼的,托尼。他们会死扛——然后凋谢。"

他严肃地看了她一会儿,然后踏着地毯走了。门房站在通向大堂的拱门下。托尼没朝那个方向看,但他知道那里有人。有人在他附近,他总能察觉到。他可以听到青草生长的声音,就像电影《青鸟》②中的那头驴。

门房急切地朝他努努下巴。制服领子上的那张宽脸汗津津的,显得十分激动。托尼走到他身边,与他一起穿过拱门,来到外面昏暗的大堂。

"碰到麻烦了?"托尼疲惫地问。

---

① 《最卑贱的人》是德国电影导演茂瑙的经典默片,埃米尔·杰宁斯是该片主演。他在片中饰演一个身穿制服的酒店门房。
② 《青鸟》(The Blue Bird):1918 年的一部美国电影,讲述两个小孩寻找代表幸福的青鸟的历险过程。1940 年翻拍,演员为秀兰·邓波儿。

"外面有个家伙要见你,托尼。他不肯进来。我正在擦大门玻璃,他走到我身边,一个高个子。他撇着嘴说'把托尼找来'。"

托尼说:"嗯哼,"望着门房淡蓝色的眼睛,"那人是谁?"

"阿尔,他说他叫阿尔。"

托尼的脸变得像面团一样毫无表情。"好。"他抬腿往外走。

门房拽住他的衣袖。"听着,托尼。你有仇人?"

托尼客气地一笑,脸上依旧像面团一样。

"听着,托尼。"门房紧紧抓着他的衣袖,"街上有一辆黑色的大轿车,在计程车的另一头。有个家伙站在汽车边上,一只脚踩在踏板上。那个跟我说话的家伙紧裹着深色风衣,领子竖到耳边。帽子压得很低,几乎看不到他的脸。他撇着嘴说'把托尼找来'。你没仇人,对吧,托尼?"

"除了高利贷公司,"托尼说,"滚吧。"

他沿着蓝色地毯向外走去,步履缓慢,有些僵硬。他走下三级浅浅的台阶来到大堂。大堂的一侧是三部电梯,另一侧是前台。只有一部电梯在运行。在敞开的电梯门边,夜班电梯员双臂交叉,穿着整洁的、镶有银边的蓝色制服,静静地站在那里。他是一个黝黑苗条的墨西哥人,名叫戈麦斯。一个新来的男孩,接手了夜班工作。

另一侧是前台,夜班服务员正优雅地靠在玫瑰色的大理石台面上。他是一个衣着整洁的小个子男人,留着一撇发红的小胡子，脸蛋红扑扑的，像涂了腮红。他盯着托尼，用指甲碰着胡子。

托尼朝他伸出僵硬的食指，另外三根手指紧紧握在手心里，拇指在那根僵硬的食指上来回弹着。服务员摸了摸另一侧的小胡子，显得很不耐烦。

托尼继续走过已经关门的黑漆漆的报摊和药房侧门，来到铜框玻璃门前。他停下来，深深地吸了口气，然后挺了挺肩膀，推开门，走进夜晚阴冷潮湿的空气中。

街上漆黑一片，静悄悄的。两个街区外的威尔希尔大街上车声隆隆，但没有人影，也没有异样。左边停着两辆出租车。司机并排靠在挡泥板上抽烟。托尼朝另一侧走去。那辆黑色的汽车停在离酒店大门三分之一个街区的位置，车灯昏暗。他快要走到车前时，才听到引擎轻轻的转动声。

一个高大的身影离开车身，朝他信步走来，双手插在深色高领风衣的口袋里。他的嘴边，有一支香烟闪着微弱的光，像一颗没有光泽的珍珠。

他们在相隔2英尺的地方停下来。

高个男人说："嗨，托尼，好久不见！"

"你好，阿尔，还好吗？"

"没什么可抱怨的。"高个男人正要把右手从风衣口袋里掏出来，突然停住了，轻声笑起来，"我忘了，我猜你不想握手。"

"那没什么意义,"托尼说,"握手。猴子也会握手。你在想什么,阿尔?"

"还是那个风趣的小胖子,嗯,托尼?"

"我想是的。"托尼眯起眼睛,感到喉咙发紧。

"喜欢现在的工作吗?"

"混口饭吃。"

阿尔又轻声笑起来。"你是个慢性子,托尼。我是个急性子。既然是混口饭吃,你就要保住饭碗。好吧。有个叫伊芙·克雷西的女孩住在你那家安静的酒店里。把她弄出来。要快,现在。"

"出什么事了?"

高个男人前后看了看街道。坐在后面车里的一个男人发出轻轻的咳嗽声。"她勾搭错了对象。对她自己没什么,但会给你招来麻烦。把她弄出来,托尼。你有大概一个小时。"

"当然。"托尼心不在焉地说。

阿尔从口袋里掏出右手,抵住托尼的胸口,懒洋洋地轻推了他一下,"我可不是逗你玩的,小胖兄弟。把她弄出来。"

"好的。"托尼的声音没有一丝起伏。

高个男人收回手去开车门。他打开车门,准备钻进去,好像一条瘦长的黑影。

接着,他停了下来,对车里的人说了句什么,又钻回车外。他回到托尼默默站着的地方,那双浅色的眼睛捕捉到街上一丝微弱的光线。

"听着,托尼。你向来不喜欢多管闲事。你是个好兄弟,托尼。"

托尼没说话。

阿尔凑近他,就像一道细长急切的阴影,风衣竖起的领子几乎碰到了耳朵。"这是件麻烦事,托尼。兄弟们很不开心,但我还是打算告诉你。这个克雷西嫁给了一个叫乔米·瑞尔斯的小伙子。瑞尔斯刚从昆丁监狱出来,两三天或者一周前。他因为过失杀人坐了三年牢。是那个女孩把他送进去的。有天晚上他醉酒驾车撞了一个老头,当时她在他身边。他不肯停车。她说了让他去自首之类的话。他没去自首。所以警察就抓了他。"

托尼说:"这太糟了。"

"千真万确,孩子。打听这些事是我的职责。这个瑞尔斯在监狱里夸口说这个女孩会等他,原谅并忘记一切。他一出狱就直接去找她。"

托尼说:"他跟你有什么关系?"他的声音干涩、僵硬,就像揉搓厚纸的噼啪声。

阿尔笑了起来。"兄弟们想见他。他在日落大道上的某个场子开了张赌桌,想出一套诡计。他和另一个小子卷走了五万美元。那家伙把钱吐出来了,但我们还要拿回乔米手上的两万五。有人给兄弟们钱,可不是让他们袖手旁观的。"

托尼前后看了看黑暗的街道。一个出租车司机弹出一个烟蒂,从车顶划过一条长长的弧线。托尼看着烟蒂落在地上,在人行道上溅起火花。他听着这辆大轿车引擎的轻响。

"我不想掺和这事,"他说,"我会把她叫出来。"

阿尔一边点头一边后退。"聪明小子。妈妈这些天好吗?"

"还行。"托尼说。

"转达我的问候。"

"光问候是不够的。"托尼说。

阿尔飞快地转身,上了车。车子在街上慵懒地调了个头,向街角驶去。亮起的车灯打在一面墙上,然后转过街角,消失不见。迟迟不散的尾气飘过托尼的鼻子。他转身走回酒店,进入大堂,径直走向收音机室。

收音机还开着,但那个女孩已经不在前面的长沙发上了。坐垫上还有她身体留下的凹陷。托尼伸手摸了摸,感觉余温尚存。他关掉收音机,站在那里,手掌贴着肚皮,缓缓地转动。然后他回到大堂,走向电梯,站在一个装着白色细沙的陶罐旁。服务员在前台一端的玻璃屏风后面忙活着什么。空气一片死寂。

电梯间很暗。托尼看了看中间那个电梯的仪表盘,指针指向十四。

"睡觉了。"他咕哝道。

电梯旁的门卫房敞开着,那个值夜班的小个子墨西哥人穿着便服走了出来。他用晒干的栗色眼睛瞟了托尼一眼。

"晚安,经理。"

"嗯。"托尼心不在焉地说。

他从马甲口袋里掏出一支带花纹的细雪茄,闻了闻。他慢慢地审视这支雪茄,在干净的手指间转动。雪茄的侧面有一道小裂痕。他皱了皱眉,将雪茄收了起来。

远处传来一阵响动,电梯仪表盘上的指针开始在铜制转盘上游走。电梯井里灯光闪烁,轿箱的笔直的线条照亮了下方的黑暗。电梯停下来,门开了,卡尔走了出来。

看到托尼时,他的目光一闪。他朝托尼走过去,脑袋歪向一边,粉红色的上嘴唇泛着薄薄的亮光。

"听着,托尼。"

托尼敏捷地伸出手,猛抓住对方的胳膊,反手一扭,然后多少有些随意地快步推着他下了台阶,来到昏暗的大堂,将他带到一个角落处。他放开对方的胳膊,喉咙再次发紧,连自己也不知道为什么。

"现在好了,"他沉着脸说,"你想说什么?"

门房伸手从口袋里掏出一张一美元的钞票。"他给了我这个,"他随口说道。闪动的眼睛望着托尼身后,飞快地眨了眨,"冰块和姜汁汽水。"

"别搪塞我。"托尼怒道。

"14B 的家伙。"门房说。

"让我闻闻你的口气。"

门房顺从地凑过来。

"酒精。"托尼厉声说。

"他给了我一杯酒。"

托尼低头看了看钞票。"没人住 14B。我的名单上没有。"他说。

"不,有人。"门房舔了舔嘴唇,眼睛眨了又眨,"一个又高又黑的家伙。"

"好吧,"托尼生气地说,"好吧。14B 住着一个又高又黑的家伙,他给了你一美元加一杯酒。然后呢?"

"他的腋下有枪。"卡尔眨着眼说。

托尼微微一笑,但他的眼睛像厚冰块一样闪着冷酷的光。"你送克雷西小姐回房的?"

卡尔摇摇头。"戈麦斯。我看见她上去了。"

"从我这里滚开,"托尼从牙缝里吐出这几个字,"还有,别再喝客人给的酒。"

他等到卡尔回到电梯旁的小屋并且关上门后才走。他悄无声息地迈上三级台阶,站到接待台前,看着遍布纹理的玫瑰色大理石,缟玛瑙笔架,皮质外框内崭新的登记卡。他抬起一只手,重重砸在大理石的台面上。服务员从玻璃屏风后面跳了出来,就像一只花栗鼠从洞里钻出来。

托尼从胸前口袋里掏出一张纸,平摊在桌上。"这上面没有 14B。"他用苦涩的声音说。

服务员彬彬有礼地捋了捋八字胡。"很抱歉。他办理入住的时候，你肯定出去吃晚饭了。"

"谁？"

"登记的名字是詹姆斯·沃特森，来自圣地亚哥。"服务员打了个哈欠。

"他找过谁吗？"

服务员哈欠打到一半，停下来望着托尼的头顶。"是的，怎么了？他打听了一个爵士乐队。怎么了？"

"聪明、机灵又幽默，"托尼说，"如果你喜欢这样的。"他在纸片上写了几个字，又塞回口袋里。"我要上楼去查房。还有四间塔式套房没租出去。打起精神来，小子。你快出溜到地上了。"

"我明白，"服务员慵懒地回答，然后把剩下的哈欠打完。"快点回来，老爹。我不知道该怎么打发时间呢。"

"你可以把嘴上的小粉毛剃了。"托尼说着朝电梯走去。

他打开一扇电梯门，里面一片漆黑。他打开厢顶大灯，上到十四层，关掉灯，走出电梯，关上门。除了正下面的那一层，这个中厅比其他的都小。电梯墙以外的墙上都有一扇蓝色镶板门。每扇门上有金色数字和字母组成的门牌，周围装饰着金色的花环。托尼走到 14A 前，把耳朵贴到门板上。他什么也没听到。伊芙·克雷西可能在床上睡着了，也可能在浴室里，或者在外面的阳台上。她也可能就坐在房间里，离门口几英尺的地方，呆望着墙壁。如果是这样，他就不用指望能听到任何声响了。他走到14B前，把耳朵贴到门板上。这次里面有响动，是一个男人的咳嗽声。只有咳嗽声，没有说话声。托尼按下门边小小的珠母贝按钮。

一阵不慌不忙的脚步声。透过门板传来一个粗重的声音。托尼没有作声，也没有发出任何响动。粗重的声音又重复了一遍问题。托尼轻轻地、带着几分恶意，再次按下门铃。

圣地亚哥的詹姆斯·沃特森先生，此刻应该打开房门，发出一声怒吼。但他没有。门后出现一阵沉默，宛如冰川般的寂静。托尼又把耳朵贴在门板上。全然的寂静。

他从钥匙串里找到那把万能钥匙，轻巧地插进门锁中，转动钥匙，把门推开了3英寸。他拔出钥匙，然后等在那里。

"好了，"那个刺耳的声音说，"进来看吧。"

托尼推开门，站在原地，客厅的灯光映出他的轮廓。那个男人身材高大，一头黑发，白皙的脸庞棱角分明。他拿着一把枪。从拿枪的姿势看，好像很懂枪的样子。

"进来。"那人拖着长腔说。

托尼走进房间，用肩膀把门顶上。他的手没有紧贴在身体两侧，灵活的手指弯曲又张开，脸上带着淡淡的微笑。

"沃特森先生？"

"有何贵干？"

"我是这里的保安。"

"笑死我了。"

这个身材高大、半帅不帅的白脸男人缓缓退进房间。房间很宽敞，和每个塔式房间一样，两面各有一个低矮的阳台，落地门通向这片小小的私人露天空间。一个镶板屏风立在一张漂亮的长沙发前，屏风后面是一个烧木柴的壁炉。在一把舒适的靠背椅旁边有一个酒店托盘，上面放着一只蒙上水汽的高脚杯。男人退向椅子，站在前面。那把发亮的大手枪垂下来，枪口对着地板。

"笑死我了，"他说，"我在这个破地方刚待了一小时，保安就上门来了。好的，甜心，去柜橱和浴室看吧。不过她刚走。"

"你还没看到她。"托尼说。

男人那张漂白过的面孔露出不解之色。粗重的声音几乎变成咆哮，"哦？我还没看到谁？"

"一个叫伊芙·克雷西的女孩。"

男人咽了口唾沫，把枪放在桌上的托盘旁。他向后一倒，坐到椅子上，动作僵硬，好像得了腰椎间盘突出。然后，他身子前倾，双手放在膝盖上，灿烂地咧嘴一笑。"所以说她来这儿了，嗯？我还没问起她呢。我是个谨慎的人。我还没问呢。"

"她已经来这里五天了，"托尼说，"在等你。她连一分钟都没走出过酒店。"

男人的嘴巴抽动了一下，会心一笑。"我在北边耽误了点时间,"他平静地说,"你知道的,看看老朋友。你好像知道我很多事情,侦探。"

"不错,瑞尔斯先生。"

男人猛地站起来,一把抓过枪。他身子前倾,握枪的手撑在桌子上,瞪着眼睛。"女人太多嘴了。"他的声音含混不清,好像嘴里含着一个软东西在说话。

"不是女人说的,瑞尔斯先生。"

"噢?"枪在硬木桌面上一滑,"有话直说吧,侦探。我懒得东猜西猜了。"

"不是女人说的,是男人说的。带枪的男人。"

冰川般的沉默又降临在两人之间。男人慢慢地挺直腰板,脸上洗掉了表情,但眼神中充满焦虑。托尼——这个五短身材、脸色苍白、安详友好的男人——俯身凑到男人面前。他的眼神如同林中泉水一样清澈。

"他们从来不缺干劲——那伙儿人,"约翰尼·瑞尔斯舔了舔嘴唇说,"从早到晚,他们都在工作。那家老字号从不歇业。"

"你知道他们是谁?"托尼轻声问。

"我也许猜九次,有十二次是对的。"

"爱找麻烦的小子们。"托尼冷冷一笑。

"她在哪儿?"约翰尼·瑞尔斯厉声问道。

"就在你隔壁。"

男人走到墙边,把枪留在桌上。他站在那里,打量着墙壁,然后伸手抓住阳台栏杆上的格架。当他松开手转过身时,脸上的表情变得柔和一些,目光也更加安详。他回到托尼身边,低头看着他。

"我下了一个赌注,"他说。"伊芙给我寄了一笔钱,我利用北边的关系赚了一笔。我是说现钱。爱找麻烦的小子们认为数目是两万五千美元。"他阴险地一笑"我能数出来的只有五百。让他们相信这个一定乐趣多多。我会这么做的。"

"你用那笔钱干什么了?"托尼冷漠地问。

"我从没有过那笔钱,侦探。别说了。我是世界上唯一相信这件事的人。那是场交易,我也被骗了。"

"我会相信。"托尼说。

"他们不常杀人,但是可以非常凶恶。"

"一群匪徒,"托尼突然轻蔑地说,"带枪的家伙。不过是一群匪徒。"

约翰尼·瑞尔斯伸手拿起酒杯,一饮而尽。他放下酒杯时,冰块一阵脆响。他拿起枪,放在手掌上掂了掂,然后枪口朝下,塞进衣兜里,盯着地毯。

"你为什么跟我说这些,侦探?"

"我想你也许可以放她一马。"

"要是我不呢?"

"我觉得你会。"托尼说。

约翰尼·瑞尔斯默默地点点头。"我能从这里出去吗？"

"你可以乘员工电梯去车库，然后租一辆车。我可以给你一张名片，交给车库的人。"

"你是个有趣的小个子。"约翰尼·瑞尔斯说。

托尼掏出一个磨损的鸵鸟皮钱夹，在一张名片上草草写了几笔。约翰尼·瑞尔斯看了看，然后拿着卡片站在那里，用它轻轻敲打拇指指甲。

"我可以带她一起走。"他眯起眼睛说。

"你也可以坐在篮子里兜风，"托尼说，"我说了，她已经来这儿五天了。有人看见了她。一个我认识的家伙找到我，让我把她弄出去。他告诉了我这一切是怎么回事，所以我让你离开。"

"他们一定很高兴，"约翰尼·瑞尔斯说，"他们会送你紫罗兰。"

"我休假的时候，会为此热泪盈眶的。"

约翰尼·瑞尔斯翻过手，凝视着手掌，"不管怎么样，我还是可以见见她。在我走之前。你说她就在隔壁？"

托尼转身，走向门口。他回头说道："别耽搁太久了，帅哥。我可能会改变主意。"

男人近乎温柔地说："据我所知，你现在可能在算计我。"

托尼没有回头。"这是你不得不冒的险。"

他继续走向门口，走出房间，小心轻柔地关上门。他又看了一眼14A，然后走进黑暗的电梯。他下到布草房那层，走出电梯,移走抵住员工电梯门的篮子。电梯门轻轻关闭,他扶着门,好让它不发出一点声音。走廊远处,管家房的门敞开着,里面透出光亮。托尼回到电梯,下楼来到大堂。

那个小个子职员正躲在玻璃屏风后面算账。托尼穿过大堂,转进广播室。收音机又打开了,声音很轻。她在那里,蜷曲在长沙发上。音箱对着她咿咿呀呀,那是一种模糊的声音,轻柔得分辨不出任何意义,仿佛林木间的沙沙低语。她缓缓转过头,向他微笑。

"查完房了?我完全睡不着。所以又下来了。可以吗?"

他微笑着点点头,坐到一把绿色的椅子上,轻拍着鼓起的缎面扶手。"当然可以,克雷西小姐。"

"等待是最难的工作,不是吗?我希望你能告诉收音机,说它听起来就像在掰一块椒盐饼干。"

托尼调了调收音机,没找到他喜欢的频道,又将它调回原处。

"现在,酒馆里的醉鬼是唯一的听众了。"

她又对他笑了笑。

"我不在这儿打扰你了,克雷西小姐。"

"我喜欢你在这儿。你是个可爱的小男人,托尼。"

他呆呆地看着地板,脊柱漾起一种感觉。他等着这种感觉消失。但它消失得很慢。他坐回去,再次放松下来,纤细的手指扣着表链上的鹿齿。他侧耳倾听。听的不是收音机——而是某种遥远的而不确定的声音,某种危险的声音。或许只是车轮转动，驶入奇怪夜晚的声音。

"没有人是彻头彻尾的坏蛋。"他大声说。

女孩懒洋洋地看着他。"话说回来，我看错过两三个人。"

他点点头。"是啊，"他审慎地表示赞同，"我猜这种情况也是有的。"

女孩打了个哈欠，深紫罗兰色的眼睛半闭着，身体又陷入靠垫中，"在这里坐一会儿，托尼。也许我能睡一小觉。"

"当然。也没什么事需要我干。简直不知道他们为什么要花钱雇我。"

她很快沉沉睡去，像个孩子。有十分钟的时间，托尼几乎屏住呼吸。他只是看着她，嘴巴微微张开，清澈的眼睛里有一种安静的痴迷，仿佛在注视着一座神坛。

接着，他小心翼翼地站起来，轻轻穿过拱廊，来到大堂入口的接待台。他站在那儿听了一会儿。他听见钢笔写字的声音。他绕过角落，来到一排装在小玻璃隔间里的酒店电话前，拿起一部电话，让夜班接线员接到车库。

电话铃响了三四声，一个小男孩般的声音响起："温德米尔酒店。这里是车库。"

"我是托尼·雷塞克。那个叫沃特森的家伙，我给了他一张名片。他走了吗？"

"当然，托尼。大概走了半小时了。记在你的账上吗？"

"是的，"托尼说，"我的客人。多谢。回见。"

他挂上电话，挠了挠脖子。他回到接待台，一只手拍了下台面。那个职员从屏风后面飘过来，脸上挂着迎客的微笑，一看到托尼，笑容就消失了。

"就不能让人好好工作吗？"他咕哝道。

"14B 的员工折扣是多少？"

服务员闷闷不乐地瞪着眼。"顶楼套房没有员工折扣。"

"做一个。那人已经走了。只在那儿待了一个小时。"

"好吧，好吧，"职员故作轻松地说，"所以这家伙今晚没付钱就溜了。"

"五美元能让你满意吗？"

"你的朋友？"

"不是。只是个做着美梦却没钱的醉鬼。"

"看来事情只能这样了，托尼。他是怎么出去的？"

"我带他坐员工电梯下去的。你当时睡着了。五美元能让你满意吗？"

"为什么？"

磨损的鸵鸟皮钱包被掏了出来，一张卷成小卷的五美元钞票滑过大理石桌面。"他身上只有这些。"托尼轻松地说。

职员收下那五美元，面露困惑。"你是老板，"他耸耸肩说。桌上的电话尖声响起来，他伸手去接。他听了一会儿，然后把电话推给托尼，"找你的。"

托尼接过电话，抱在胸前。他将嘴巴靠近话筒。那是个陌生的声音,有种金属的质感,有意让吐字显得没有特征。

"托尼?托尼·雷塞克?"

"我是。"

"阿尔的口信。听吗?"

托尼看着服务员。"行个方便,"他移开话筒说,服务员给了他一个浅浅的微笑,走开了。"说吧。"托尼对着电话说。

"我们和住在你酒店里的一个家伙有点事情要谈。他逃跑的时候被我们截住了。阿尔估计你会放他走,于是跟踪了他,把他堵在了街边。不太妙,出了点意外。"

托尼紧紧地握着话筒,汗水让太阳穴阵阵发凉。"继续,"他说,"我猜还有下文。"

"有一点。那家伙干掉了阿尔。翘辫子了。阿尔——阿尔让我跟你说再见。"

托尼重重地靠在桌上。嘴巴里发出声响,但没有意义。

"明白了吗?"金属质感的声音听起来不耐烦了,有点无聊了。"这家伙带着枪。他开枪了。阿尔没法再给任何人打电话了。"

托尼勉强拿稳话筒,底座在玫瑰色的大理石桌面上颤抖。他的嘴巴像打了死结一样紧紧地闭着。

那个声音说:"我们知道的情况就是这样,伙计。晚安。"电话干巴巴地挂断了,像一颗石子打在墙上。

托尼小心翼翼地把电话放回底座,以免发出任何声响。

他看了看紧握的左手,掏出一块手帕,轻轻擦拭掌心,然后用另一只手将手指展平。接着,他擦了擦额头。服务员再次从屏风后面绕出来,目光炯炯地看着他。

"我周五休息。告诉我那个电话号码怎么样?"

托尼冲他点点头,露出一个淡淡的、脆弱的微笑。他收起手帕,拍了拍装手帕的口袋。他转身离开前台,穿过大堂入口,走下三级小台阶,经过阴影重重的大堂和拱门,再次来到广播室。他走得很慢,好像走在有危重病人的房间里。他走到刚才坐过的椅子前,然后一寸一寸地低下身子坐进去。那女孩还一动不动地睡着,保持着一种蜷曲而放松的姿态——有些女人和所有猫都是这种睡法。在收音机模糊的咿呀声中,完全听不到她的呼吸声。

托尼·雷塞克靠在椅背上,双手握住麋鹿齿,安静地闭上眼睛。

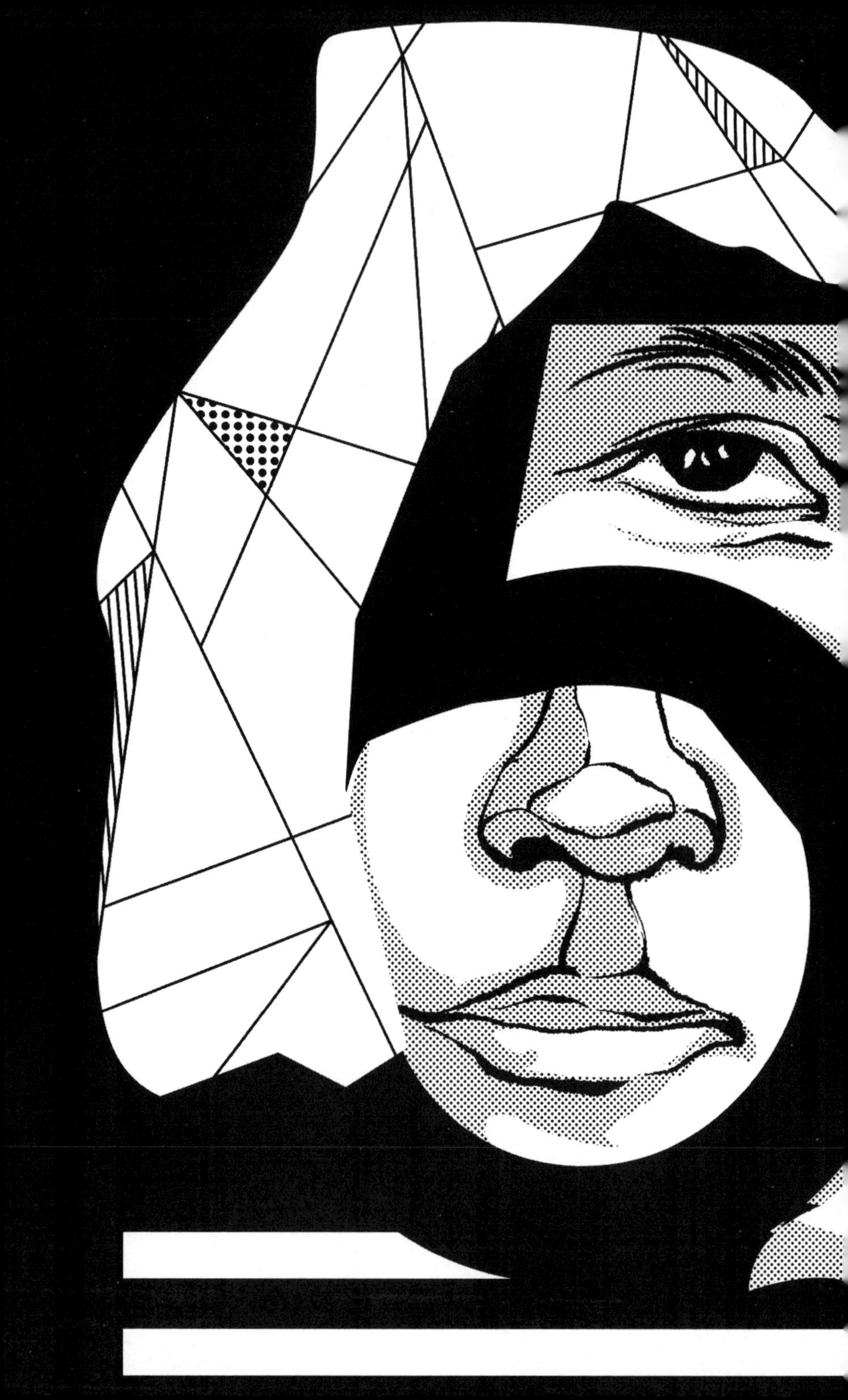

西班牙之血

Chapter 5

1

大个儿约翰·马斯特斯块儿大、肥胖、油腻。他长着剃得光溜发青的下巴和异常粗大的手指,每根指关节上都有凹坑。他梳着褐色的大背头,穿着酒红色、有口袋的西装,系着酒红色的领带,搭配棕黄色的丝绸衬衫。他衔着一支褐色大雪茄,上面有许多红色和金色的镶边。

他皱皱鼻子,又瞄了一眼自己的暗牌,尽量克制住笑容。他说:"戴夫,接着给我发牌——但可别给我'市政厅'。"

亮出的是一张 4 和一张 2。戴夫·奥格肃穆地看着桌子对面的这两张牌,又低头看看自己手里的牌。他又高又瘦,长脸颧骨分明,头发是湿润的沙土色。他的手心里拿着一摞牌,慢慢翻开最上面那张,甩到桌对面。那是一张黑桃 Q。

大个儿约翰·马斯特斯咧开大嘴,挥舞着雪茄,咯咯笑起来。

"给钱吧,戴夫。女人总算对了一次①。"他动作夸张地掀开暗牌。一张5。

戴夫·奥格彬彬有礼地一笑,身子没动。一阵压低的电话铃声在他身边响起。电话在那条遮住了尖顶高窗的丝质长窗帘后面。牌桌旁的茶几上放着烟灰缸。他拿出嘴里的香烟,小心地架在烟灰缸边上,然后伸手去拿窗帘后的电话。

他用手遮住话筒,声音冷酷,近乎耳语,听对方讲了很长一段话。他那双绿色的眼睛波澜不惊,瘦脸上没有任何感情。马斯特斯不安地扭动着,使劲咬着雪茄。

过了很久,奥格开口道:"好的,你会听到我们的消息。"他挂上电话,放回窗帘后面。

他拿起香烟,揪了揪耳垂。马斯特斯骂骂咧咧道:"老天,你怎么啦?给我十美元。"

奥格冷冷一笑,往后一靠。他伸手拿起酒杯,呷了一口,放下来,叼着香烟说话。他的动作缓慢,若有所思,近乎心不在焉。他说:"约翰,我们算是聪明人吧?"

"当然。整座城市都归我们,但这对我打牌可没什么帮助。"

"离选举只剩下两个月了,对吗,约翰?"

马斯特斯绷起脸看着他,从口袋里摸出一支新雪茄,塞进嘴里。

---

① 黑桃Q的图案是希腊女神雅典娜,在21点游戏中代表数字12。戴夫另一张牌是5。5加12等于17。在21点中是胜面比较大的牌。

"那又如何?"

"假设我们最难缠的对手现在出了事,这会是个好主意吗?"

"啊?"马斯特斯耸了耸眉毛。那对眉毛太浓密了,仿佛要靠整张脸的努力才能托起来。他冥思苦想了一会儿,"那就糟糕了——要是他们没有立刻逮到凶手。该死,选民会认为是我们干的。"

"约翰,你说的是谋杀,"奥格耐心地说,"我可没说谋杀的事。"

马斯特斯放下眉毛,拔掉一根从鼻孔里探出来的粗硬的黑鼻毛。

"好吧,有话快说!"

奥格笑了笑,吐出一个烟圈,看着它飘散成一缕青烟。

"我刚接了一个电话,"他非常轻柔地说,"多尼根·玛尔死了。"

马斯特斯探了探身。他的整个身体缓缓地靠向牌桌,几乎趴在了桌面上。当他的身体无法再向前探时,下巴上的肌肉伸出来,就像粗硬的铁丝。

"啊?"他粗声粗气地说,"啊?"

奥格点点头,冷静如冰。"但你说得没错,约翰,确实是谋杀。就在大约半小时前。在他的办公室里。他们不知道是谁干的——目前还不知道。"

马斯特斯沉重地耸了耸肩,身子往后一靠。他一脸蠢相地四下看了看,突然放声大笑。那笑声在两人所坐的炮塔般的小房间里轰鸣,漫到外面宽敞的客厅,回荡在由笨重的深色家具、足以照亮大街的落地灯、两排镶嵌着巨大金框的油画所构成的迷宫中。

奥格沉默地坐在那里。他慢慢将香烟碾在烟灰缸里,直到没有一丝火星,只有一团黑烟升起。他掸了掸骨节分明的手指,等待着。

马斯特斯止住了笑声,就和开始时一样突然。房间里鸦雀无声。马斯特斯似乎累了,他抹了一把他的大脸。

"我们必须做点什么,戴夫,"他静静地说道,"我差点忘了。我们得赶紧行动。这是炸弹。"

奥格又把手伸到窗帘后面,拿出电话,推过纸牌散乱的桌面。

"嗯——我们知道该怎么办,不是吗?"他镇定地说。

大个儿约翰·马斯特斯黯淡的棕色眼睛里闪出一丝狡黠的亮光。他舔了舔嘴唇,伸出大手抓起电话。

"是啊,"他咕哝道,"我们的确知道,戴夫。我们不妨这样——"

他开始拨号,粗大的手指只能刚好塞进号码盘里。

3

即便在死时，多尼根·玛尔的脸看上去依旧冷酷、干净、从容。他穿着质地柔软的灰色法兰绒西装，大背头和西装同一颜色，他的脸色红润、年轻，额头的肤色发白，站起来时头发会盖在上面，别处的皮肤都晒黑了。

他躺在有垫子的蓝色办公椅上。烟灰缸里的雪茄已经熄灭，缸边镶着一只铜制灰狗。他的左手垂在椅子旁边，右手松松地握着桌面上的枪。阳光从他背后紧闭的大窗户射进来，修剪整齐的指甲在阳光下闪闪发亮。

鲜血浸透了他身上马甲的左侧，几乎把灰色法兰绒染成了黑色。他已经死透了，死了有些时候了。

一个肤色深棕、沉默不语的高瘦男人，倚在褐色的桃花木文件柜上，目不转睛地盯着死者。他的双手插在整洁的蓝色哔叽西装口袋里，后脑上戴着一顶草帽。不过他的眼睛和紧闭的嘴唇没有一丝轻松。

一个褐色头发的大个儿男人,正在搜寻那块蓝色的地毯。他弯着腰,粗声粗气地说:"没发现弹壳,山姆。"

那个黝黑的男人既没有动,也没有回答。另外那人直起身子,打了个哈欠,看着椅子上的死者。

"该死!这事要闹大了。还有两个月选举。伙计,这不是打某人的脸吗?"

黝黑的男人慢悠悠地说:"我们一起上过学,以前是哥们儿。我们同时爱上过一个女孩。他赢了,但我们还是好朋友,我们仨。他一直很棒……可能有点聪明过头了。"

褐色头发的男人在房间里走了一圈,没碰任何东西。他弯腰闻了闻桌上的枪,摇了摇头说:"没用过——这把。"他皱皱鼻子,嗅了嗅空气。"开过空调。最上面三层。还隔音。高级玩意儿。他们告诉我整栋楼都是电焊的,没用一根铆钉。你听说了吧,山姆?"

黝黑的男人缓缓地摇了摇头。

"我在想,助手当时在哪里呢?"褐色头发的男人继续说,"他这样的大人物身边应该不止一个女孩。"

黝黑的男人又摇了摇头。"我猜就一个。她出去吃午饭了。他是一只独狼,皮特。和黄鼠狼一样机警。再过几年,他原本有可能掌管整座城市。"

现在,褐色头发的男人站到了书桌后面,他几乎趴在了死者的肩膀上。他低头看着一本皮革封底、夹着浅黄色纸张的记事簿,慢悠悠地说:"一个叫伊姆利的家伙十二点一刻来过这儿。这是上面唯一的记录。"

他扫了一眼手腕上的那块廉价手表。"一点半了。早走了。谁是伊姆利?嘿,等等!有个助理检察官叫伊姆利。马斯特斯－奥格这帮人支持他竞选法官。你认为——"

一阵尖锐的敲门声。办公室很长,这两个人想了一下才判断出是三扇门中的哪一扇。褐色头发的男人一边朝最远的那扇门走去,一边回头说:"可能是法医处的人。把这事透露给了你最爱的记者,你的饭碗就砸了。我说得没错吧?"

黝黑的男人没有回答。他缓缓走向书桌,微微向前探身,轻声对死者说话。

"多尼,再见了。你放心吧。我会料理好后事,照顾好贝尔的。"

办公室尽头的门开了,一个生龙活虎的男人拎包走了进来。他踩着蓝色地毯一溜儿小跑,把包往桌上一放。褐色头发的男人把剩下的一众人关在门外,迈步回到桌前。

生龙活虎的男人歪着脑袋查看尸体。"两枪,"他咕哝道,"像是点三二口径——坚硬的子弹。靠近心脏,但没打中。他一定很快就死了。大概一两分钟吧。"

黝黑的男人发出厌烦的声音,走到窗边,背对房间望着窗外的高楼和暖洋洋的蓝天。褐色头发的男人看着法医处的人翻开死者的一只眼皮。他说:"希望指纹专家会来。我想用一下电话。这个伊姆利——"

黝黑的男人微微扭头，无精打采地笑了下。"用吧。这事马上就不是秘密了。"

"哦，我不知道，"法医处的人说着一翻手腕，用手背贴在死者的面颊上，"或许没你想得那么有政治意味，德拉盖拉。他是个英俊的死人。"

褐色头发的男人小心地用手帕拿起话筒，放在一边，拨了个号码，又再用手帕拿起话筒，凑到耳边。

片刻之后，他猛地收起下巴，说："我是皮特·马库斯。去把探长叫醒。"他打了个哈欠，等了会儿，接着口气一变："探长，马库斯和德拉盖拉，在多尼根·玛尔的办公室向您报告。报纸和电视台的人还没来……啊？封锁现场，等局长来？好的……是，他在这儿。"

黝黑的男人转过身。打电话的那位做了个手势。"接电话，西班牙佬。"

山姆·德拉盖拉接过电话，没管那条小心包在上面的手帕。他听着电话，脸色变得凝重起来。他平静地说："当然，我认识他——但我和他没有利害关系……这里除了他的秘书，一个姑娘，没有其他人。她报的警。记事簿上有个名字——伊姆利，约在十二点一刻。没有，我们什么都没碰——没有……好，马上就办。"

他动作缓慢地放下话筒，几乎听不到挂电话时的咔嗒声。

他的手还放在话筒上，接着突然垂下，重重落在身边。他用粗重的声音说："我被调离了，皮特。你来负责，等德鲁局长来。不要让任何人进来。不管是白人、黑人还是切罗基印第安人。"

"他们为什么把你调走？"褐色头发的男人愤愤不平地吼道。

"不知道。这是命令。"德拉盖拉语调平淡地说。

法医处的人停下正在填写的表格，好奇地斜眼看了看德拉盖拉，目光犀利。

德拉盖拉穿过办公室，走出一扇隔门。外面有一间较小的办公室，一半被圈成了等候室，放了几把皮椅和一张堆着杂志的桌子。接待台里面有一张打字桌、一个保险柜、几个文件柜。一个身材小巧、皮肤黝黑的女孩低头坐在桌边，将脸埋在一团手帕里。她的帽子还歪戴在头上，肩膀抽动，低沉的抽泣声好像在大喘气。

德拉盖拉拍了拍她的肩膀。她抬头看他，脸哭肿了，嘴巴扭曲着。他朝那张疑惑的脸笑了笑，柔声道："你给玛尔太太打过电话了吗？"

她点点头，说不出话来，身体因抽泣而颤抖。他又拍了拍她的肩膀，在她身边站了一会儿，然后走出房间。他紧闭着嘴唇，黑眼睛里闪着阴冷的光。

3

在狭窄、曲折的水泥小路德尼夫巷的尽头，远远地矗立着那座英式大宅。草坪的草长得很高，半掩着那条弯曲的石径。前门上有山墙，上面爬满常青藤。树木紧紧环绕着房子，显出些许幽远之感。

德尼夫巷的所有房子都给人以一种刻意而为的疏离感。然而，遮住车道和车库的高高的绿色树篱，却像法国卷毛狗似的精心修剪过。草坪对面开着大片金黄和火红的剑兰，同样没有一丝阴森或神秘之感。

德拉盖拉从那辆茶色的凯迪拉克敞篷车里走出来。汽车是老款，显得又笨又脏。紧绷的帆布篷盖在车子后部。他戴着白色亚麻帽和墨镜，蓝色哔叽西装换成了一件灰色外出服，搭配无袖拉链坎肩。

他看上去不太像警察。在多尼根·玛尔的办公室里，他看上去也不太像警察。他沿着石径缓缓走着，摸了摸房子前门的黄铜门环，但没有敲门。他按了按旁边几乎隐藏在常春藤里的门铃。

漫长的等待。天气温暖，寂静无声，只有蜜蜂嗡嗡飞过暖洋洋、亮闪闪的草坪。远处隐隐传来割草机的声音。

门缓缓打开，一张黑脸看着他。这是一张长长的悲伤的黑脸，泪水在淡紫色的粉底上划出泪痕。这张黑脸勉强一笑，磕磕绊绊地说："您好，山姆先生。见到您真高兴。"

德拉盖拉摘下帽子，取下墨镜。他说："你好，米妮。抱歉，我想见玛尔太太。"

"当然，请进，山姆先生。"

黑人女仆闪到一边，他走进铺着地砖的幽暗走廊。"还没记者来吧？"

女仆慢慢摇了摇头。那双友善的褐色眼睛充满惊恐。

"还没人来……她也才回来不久，一句话都没说。她只是站在那间没有阳光的阳光房里。"

德拉盖拉点点头说："别和任何人说，米妮。他们正在想办法捂住这件事，不让它上报。"

"啊，不会说的，山姆先生。绝对不会。"

德拉盖拉朝她笑了笑，绉胶底鞋无声地沿着铺有地砖的走廊来到房子后部。他拐了个直角，走上另一条相似的走廊，敲了敲一扇门。里面没有动静。他转动门把手，走进一个狭长的房间。尽管房间里有很多窗户，还是十分昏暗。窗外的树木长得太近，枝叶紧紧地贴到窗玻璃上。有些窗户还被长长的印花窗帘遮住了。

房间中央那个高挑的女人没有抬眼看他。她一动不动地站在那里，显得姿态僵硬。她目不转睛地盯着窗户，双手在两侧紧握成拳头。

室内所有的光线似乎都聚拢在她红褐色的头发上，在她冷艳的面庞周围撒下柔和的光晕。她穿着一件剪裁时髦、带有明口袋的蓝色丝绒套装。胸前的口袋里露出蓝边白手帕的一角，折得棱角分明，就像浮华子弟的手帕。

德拉盖拉等待双眼习惯室内的昏暗。过了一会儿，女子低沉、沙哑的声音打破了沉默。

"山姆，他们杀了他。他们终于杀了他。他这么招人恨吗？"

德拉盖拉轻声说："贝尔，他从事的职业很危险。我猜他尽可能保持清白了，但还是不可避免地树敌。"

她缓缓转过头，看着他。秀发上的光线随之转换，金光在其间闪动。她的目光明亮,蓝得惊人。她声音颤抖地问："谁杀了他，山姆？他们有头绪吗？"

德拉盖拉缓缓点头，坐到一张藤椅上，在双膝间晃着手里的帽子和眼镜。

"是的，我们大概知道是谁干的。一个叫伊姆利的人，地方检察官办公室的助理。"

"上帝啊！"女子倒吸一口气，"这座堕落的城市要变成什么样?"

德拉盖拉以平淡的口吻继续说道:"事情是这样的——如果你真想知道……"

"我想,山姆。不管我看哪里,他的眼睛一直在墙上盯着我,要我做点什么。他对我很好,山姆。当然,我们有我们的问题,但是……那不算什么。"

德拉盖拉说:"这个伊姆利正在竞选法官,后台是马斯特斯-奥格集团。他四十来岁,活得很滋润,好像和一个名叫斯黛拉·拉莫特的夜总会舞女厮混。不知怎么被人拍到两人在一起的照片,烂醉如泥,赤身裸体。多尼得到了照片,贝尔就放在他的书桌里。根据他的记事簿,他和伊姆利在十二点一刻有个约会。我们猜两人起了争执,伊姆利开枪打死了他。"

"你找到照片了,山姆?"女子十分镇定地问。

他摇摇头,撇嘴一笑。"没有。如果我找到了,我猜我会把它们丢掉。德鲁局长找到的——在我被终止调查案件之后。"

她的脑袋猛地转向他,神采奕奕的蓝眼睛睁得大大的。"终止调查?你——多尼的朋友?"

"是啊,别大惊小怪。我是警察,贝尔,得服从命令。"

她没说话,也没再看他。过了一会儿,他说:"我想拿上你们在普玛湖小屋的钥匙。我被派去那里调查,看看有什么证据。多尼在那儿开过会。"

女子的脸色一变,变得近乎鄙夷。她的声音毫无感情,"我去拿。但你不会找到任何东西的。假如你要帮他们找多尼的污点——好让他们替那个叫伊姆利的家伙洗清罪名……"

他微微一笑,缓缓摇了摇头。眼神显得非常深沉、忧伤。

"丫头,你在说疯话。要做那种事,我会先把警徽交上去。"

"我明白。"她从他身边走过,出了房间。他一动不动地坐在那里,茫然地看着墙壁。脸上露出受伤的神情。他暗暗咒骂着,没有出声。

女子回来了,走到他面前,伸出手。某个东西当啷一声掉进他的手里。

"钥匙,警察。"

德拉盖拉站起身,把钥匙放进口袋,脸上没有表情。贝尔·玛尔走到桌前,指甲刺耳地划过一只珐琅盒,从里面取出一支香烟。她背对山姆说:"我认为你找不到什么证据,就像我刚才说的。到现在了,你竟然怀疑是他在勒索别人,这真是太糟了。"

德拉盖拉缓缓地吐了口气,站了一会儿,接着转身离去。"好了。"他轻声说。他的声音现在相当轻松,好像今天过得不错,好像没有人被杀。

走到门口时,他又转过身,"我回来后再来看你,贝尔。没准儿到时你会感觉好点。"

她没有回答,也没有动。手拿着一支未点燃的香烟,就这么僵在嘴边。过了一会儿,德拉盖拉继续说道:"你应该知道我的感受。我和多尼过去就像兄弟一样。我——我听说你和他过得并不愉快……我真的很高兴这些都是假的。但不要让自己过得太辛苦,贝尔。没什么难事是不能对我开口的。"

他等了几秒钟,盯着她的后背。她仍然一动不动,一言不发,于是他走了出去。

三

一条狭窄、崎岖的小路从高速公路旁岔了出去,沿着俯瞰湖面的山丘边缘延伸。松林间不时露出度假小屋的屋顶。山体上凿出了一个敞开式的石顶,德拉盖拉将风尘仆仆的凯迪拉克停在下面,沿着一条小路,朝湖水走去。

湖水呈深蓝色,很浅,三两条独木舟荡漾在湖面上。远方的湖湾处传来马达的声响。他走在两排茂盛的灌木丛中间,踩着地上的松针,绕过一个树桩,跨过一座古朴的小桥,来到玛尔的度假小屋前。

小屋由半圆形的原木建成,宽敞的门廊面对着湖水,看上去孤独而空旷。桥下流淌的泉水潺潺绕过小屋后部,一侧门廊的下面有几块平坦的大石头,溪水从其间流过。到了春天,水位上涨之时,石头就会被水淹没。

德拉盖拉踏上木头台阶,从口袋里掏出钥匙,打开沉重的大门。进屋之前,他在门廊上站了一会儿,点燃一支香烟。

在经历过城市的燠热后,这里显得异常宁静、舒适、凉爽、清澈。一只山雀站在树桩上,啄着翅膀上的羽毛。远处的湖面上有人在拨弄四弦琴。他走进木屋。

他看着那些落满灰尘的鹿角,一张摊满杂志的粗木大桌,一台老式电池收音机,还有一台箱式留声机,旁边散落着一摞唱片。石头大壁炉旁有一张桌子,上面放着几只没有清洗的高脚杯,还有半瓶苏格兰威士忌。一辆汽车从头顶的山路上驶过,在不远处停下来。德拉盖拉皱着眉头环顾四周,带着一种挫败的心情轻声嘟囔道:"徒劳。"来这里没有任何意义。像多尼根·玛尔这样的人,是不会把任何重要的东西留在山间小屋里的。

他查看了两间卧室,一间比较简陋,只放了两张行军床;另一间讲究些,有一张铺好的床,上面扔着两件俗气的女式睡衣,看起来不像贝尔·玛尔的风格。

屋后的小厨房里有一个汽油炉和一个烧柴炉。他用另一把钥匙打开后门,走到与屋内地板齐平的小门廊上。旁边有一大堆木柴,还有一把双刃斧头放在砧板上。

这时,他看见了苍蝇。

屋旁有一条栈道通向下方的柴房。一道阳光穿过树枝照在栈道上。阳光下,一大团苍蝇恋恋不舍地聚在一片褐色的、黏糊糊的东西上。德拉盖拉弯下腰,伸手摸了摸那片黏糊糊的地方,然后闻了闻手指。他吃了一惊。

在柴房门口,稍远处的阴影里,还有一摊较小的褐色东西。他从口袋里迅速掏出钥匙,找到打开柴房大挂锁的那把。他猛地拉开门。

柴房里散落着一大堆木柴,都是尚未劈开的原木,没有整齐摆放,只是随意地堆在那里。德拉盖拉动手把一根根原木扔到一旁。

他挪开许多木头后,终于可以将手伸到下面,抓住两只穿着棉线袜的冰冷僵硬的脚踝,然后将死者拖到光亮中。

他是个苗条的男人,不高不矮,穿着剪裁考究的粗纹西装。那双整洁的小皮鞋擦得锃亮,上面沾了一点灰尘。他的大部分脸已经没了,被可怕的击打砸得血肉模糊。头颅上方被劈开了,脑浆、鲜血与稀疏的灰褐色头发黏在一起。

德拉盖拉迅速直起身子,走回木屋,那半瓶苏格兰威士忌还放在客厅的桌上。他拔掉瓶塞,对着瓶口喝了一口,过了一会儿后,又再接着喝。

他发出"嗬"的一声,威士忌像鞭子一般抽打着他的神经,他不由自主地打了个颤。

他回到柴房,俯下身,听到某处传来汽车引擎的发动声。他身子一僵。引擎声越来越大,又渐渐弱下去,最后又归于寂静。德拉盖拉耸耸肩,检查死者的口袋,里面空无一物。其中一个原本可能有洗衣店的标签,已经被剪掉了。内侧口袋里的裁缝店商标也被剪掉了,只剩下一些针脚。

男人的尸体已经僵硬。他可能已经死了二十四个小时了，不会更久。脸上的血凝固成厚厚的一层，但还没完全变干。

德拉盖拉在尸体旁边蹲了一会儿，看着波光粼粼的普马湖和远处独木舟闪亮的船桨。然后，他返回柴房，想翻找出一根沾满血迹的原木，但徒劳无功。他折回木屋，走到门廊，来到尽头处，低头看着下面的落差，又看看溪水中的大石板。

"没错了。"他轻声说。

两块石头上飞舞着苍蝇——很多苍蝇。他之前没有注意到。落差大约有 30 英尺[①]，倘若摔得正好，足以使一个人的脑袋开花。

他坐到一把摇椅上，一动不动地抽了几分钟的烟。他一脸沉思，黑眼睛疏离而幽远，嘴角露出冷峻甚至略带讥讽的笑容。

最后，他安静地穿过木屋，将尸体拖回柴房，随意用木头掩住。他锁上柴房，又锁上木屋，再沿着狭窄、陡峭的小路回到停在公路的汽车边。

当他驾车离开时，已经过了六点钟，但阳光依旧令人目眩。

---

① 约为 9 米。

3

一个老旧的商店柜台被放在路边的啤酒屋里当作吧台，前面摆着三张矮凳。德拉盖拉坐在靠门的那张矮凳上，看着空啤酒杯里的泡沫。酒保是个穿着背带工装裤的黑皮肤男孩，目光羞涩，头发平直。他口吃地说："我一我再给你一倒一倒杯酒吗，先生？"

德拉盖拉摇了摇头，从矮凳上站起来。"骗人的啤酒，小子，"他忧伤地说，"乏味得就像路边旅馆里的金发女郎。"

"波一波特拉一酒一酒厂的，先生。应该是最一最好的。"

"呵呵，我看是最差的。冒牌货，要不就是没有生产许可。再见了，小子。"

他走到纱门边，望着外面阳光下的高速公路，路上的影子全都拉得长长的。在混凝土公路那边，有一个铺着砂石的停车场，围着4英尺见方的白色栅栏。里面停着两辆汽车：德拉盖拉的老凯迪拉克和一辆灰头土脸的破福特。一个穿着卡其色马裤的高瘦男子正站在凯迪拉克旁，看着那辆车。

德拉盖拉掏出斗牛犬烟斗，从有拉链的烟草袋里取出半斗烟丝填上，缓慢谨慎地点燃，将火柴弹到角落里。然后，他稍稍板起面孔，透过纱门往外看。

那个高瘦男人正在揭开德拉盖拉汽车后部的帆布篷。他卷起一部分，站在那儿低头检查车内的情况。

德拉盖拉轻轻推开纱门，不紧不慢地迈开大步，穿过高速公路。他的绉胶底鞋在砂石路上弄出声响，但高瘦男人并没有回头。德拉盖拉走到他的身边。

"我注意到你在跟踪我，"他压着嗓子说，"玩什么把戏呢？"

那人不慌不忙地转过身。他长着一张乖戾的长脸，眼睛是海藻色的。他的外套敞开着，一只手插在左侧的腰上，外套因此被掀到后面，从腰间的枪套里露出一个磨损的枪柄，枪套是骑兵款式的。

他上下打量德拉盖拉，带着一丝奸诈的微笑。

"这辆破车是你的？"

"你觉得呢？"

高瘦男人往身后扯了扯外套，露出了口袋上的铜质徽章。

"我是托卢卡县的狩猎管理员，先生。我觉得现在不是猎鹿的季节，而且从来不允许猎母鹿。"

德拉盖拉非常缓慢地垂下眼，弯腰察看帆布盖着的汽车后部。一头幼鹿的尸体躺在一堆破烂东西上，旁边还有一支来复枪。死去动物的温驯眼睛已经没有了生机，却好像带着温柔的苛责看着他。母鹿纤细的脖子上有干掉的血迹。

德拉盖拉直起身子，轻声说："这可真他妈的有趣。"

"有狩猎证吗？"

"我不打猎。"德拉盖拉说。

"这没什么用。我看到你有来复枪。"

"我是警察。"

"噢——警察，嗯？有警徽吗？"

"有。"

德拉盖拉把手伸进胸前的口袋，掏出警徽，用袖子擦了擦，托在掌心上。高瘦的狩猎管理员低头瞪着徽章，舔了舔嘴唇。

"探长，嗯？城里的警察。"他脸上的表情变得疏远而慵懒。"好吧，探长。我们得开你的破车往山下走10英里。之后我再搭顺风车回来。"

德拉盖拉收起警徽，小心翼翼地敲掉烟灰，把火星踩灭在砂石里，然后把帆布篷重新盖好。

"我被逮捕了？"他严肃地问。

"没错，探长。"

"走吧。"

他坐到凯迪拉克的方向盘后面。高瘦的狩猎管理员绕到另一侧，坐到副驾驶位上。德拉盖拉发动汽车，把车倒出停车场，开上平整的混凝土高速公路。远处的山谷淹没在一片雾霭中，几座巨大的山峰冲出雾霭，耸立在天际线上。德拉盖拉从容不迫地驾驶着汽车。两个男人全都盯着前方，一言不发。

过了很久，德拉盖拉开口道："我不知道普马湖一带有鹿。我最远只开到过那里。"

"那附近有个保护区，探长。"管理员冷静地说。他的双眼透过落满尘土的挡风玻璃看着前方，"是托卢卡县森林的一部分——你不会不知道吧？"

德拉盖拉说："我想我是不知道。我这辈子都没打过一只鹿。警察工作还没把我变得那么冷酷。"

管理员咧嘴一笑，没说话。高速公路穿过一个洼谷，公路右侧变成峭壁，小小的峡谷开始向左侧的山脉延伸。其中一些峡谷中有崎岖的道路，半掩在杂草中，上面有轮胎的痕迹。

德拉盖拉猛打方向盘，让车突然左转，冲上一块长着干草的红土地。他一脚刹车，车子一个侧滑，摇晃着停了下来。

管理员被狠狠地甩向右侧，又撞向前方的挡风玻璃。他咒骂着蹿起来，右手从身前别过去抓枪套里的枪。

德拉盖拉一把抓住那只硬瘦的手腕，用力扳向对方的身体。管理员晒黑的面孔顿时发白。他的左手摸索着手枪，随后软了下来。他用干涩而痛苦的声音说："你的麻烦越来越大了，警察。我在盐泉接到举报电话，描述了你汽车的样子和位置，说车里有头母鹿的尸体。我——"

德拉盖拉松开那只手腕，解开枪套的搭扣，抽出那支柯尔特手枪，把它扔出窗外。

"滚出去，乡巴佬！搭你之前说的顺风车去！怎么回事——靠你的工资活不下去了？鹿是你在普马湖栽赃给我的，你这该死的骗子！"

管理员慢慢地下了车，不知所措地站在那里，耷拉着下巴。

"狠小子，"他嘟囔道，"你会后悔的，警察。我发誓，我会投诉你。"

德拉盖拉滑过车座，从右门下了车。他站到管理员身前，一字一顿地说："也许是我错了，先生。也许你接到了电话。也许你确实接到过。"

他将母鹿的尸体拖出车外，放到地上，眼睛盯着管理员。这个高瘦的男人既没有动，也没有试图去捡那把10英尺外草丛中的手枪。他那海藻色的眼睛显得阴沉、冷酷。

德拉盖拉回到凯迪拉克上，放下手刹，发动引擎，将车倒回高速公路上。管理员仍然站在那里，一动不动。

凯迪拉克向前加速，驶下坡路，消失在视野里。车子已经开走很远了，管理员才捡起手枪，放回枪套，把母鹿的尸体拖到灌木丛后面，然后沿着高速公路，向山顶方向走去。

三

肯沃西公寓前台的女孩说："探长，这个男人给你打了三次电话，但他不肯留下号码。一位女士打了两次，姓名和电话都没留。"

德拉盖拉从她手中接过三张纸条，读出上面"乔伊·奇尔"的名字，还有不同的来电时间。他拿了几封信，朝前台女孩碰了碰帽檐，走进自动电梯。他在四楼下了电梯，穿过狭窄、安静的走廊，打开了一扇门。他没有开灯，径直走到一扇巨大的落地窗前，将窗户大敞，站在那里望着漆黑的夜空、闪烁的霓虹灯、两个街区外欧特嘉大道上一束束刺眼的车灯。

他点燃一支香烟，一动不动地站在那里抽了半支。黑暗中，他的脸显得很长，满是焦虑。他最终离开窗边，走进一间小卧室，打开台灯，脱掉衣服。他冲了个淋浴，用毛巾擦干，换上干净的亚麻内衣，走进小厨房调了杯酒。他一边啜着酒，吸了另一支烟，一边穿好衣服。正戴枪套时，客厅的电话铃响了。

是贝尔·玛尔。她的声音含混沙哑,好像刚哭了几个小时。

"真高兴找到你,山姆。我——我之前说话的口气,其实不是那个意思。我惊慌失措,心里一团乱麻。你懂的,山姆,对吗?"

"当然,丫头,"德拉盖拉说,"别在意了。不管怎么说,你是对的。我刚从普马湖回来。我想我去那儿纯粹是自找麻烦。"

"我现在只有你了,山姆。你不会让他们伤害你,是吧?"

"谁?"

"你知道的。我不是傻子,山姆。我知道这完全是个阴谋,一个恶毒的政治阴谋,为的是除掉他。"

德拉盖拉紧紧地攥着话筒,感到嘴巴僵住了,好一阵子说不出话来。然后他开口道:"也可能就是看到的这样,贝尔。他们因为那些照片起了冲突。毕竟多尼有权告诉那种人退出竞选。那不算勒索……而且他手上有枪,你知道的。"

"山姆,可以的时候来看我吧。"她的声音萦绕着往日的情愫,带着一丝惆怅。

他捶了下桌子,犹豫了片刻说:"当然……最近一次有人去普玛湖小屋是什么时候?"

"我不知道。我有一年没去那儿了。他去过……一个人。或许是和别人约好在那儿见面。我不清楚。"

他敷衍了几句,之后说了再见,挂了电话。他瞪着书桌上方的墙壁,目光中有种新鲜的光亮,一种冷峻的光芒。他的整张脸紧绷着,不再显得疑惑。

他回到卧室,拿上外套和草帽。出门前,他拿起三张写着"乔伊·奇尔"的纸条,撕成小碎片,放到烟灰缸里烧掉。

7

皮特·马库斯，那个大块头、黄褐色头发的警察，坐在一张乱糟糟的桌前。这是一间空荡荡的办公室，相对的两面墙前各有一张这样的桌子。另外那张桌子要干净整洁些，桌上摆着一个带缟玛瑙笔架的绿色吸墨垫，一个不大的黄铜日历，还有一个被当作烟灰缸的鲍鱼壳。

窗边有一把直背椅，椅背上靠着一个圆形草垫，看上去就像靶子。皮特·马库斯左手握着一把签字笔，正将它们一支支掷向靠垫，好像一个墨西哥飞刀手。他显得漫不经心，也没什么技巧可言。

门开了，德拉盖拉走了进来。他关上门，靠在上面，直愣愣地看着马库斯。这个黄褐色头发的男人吱扭一声转过椅子，往后靠在桌子上，用宽大的拇指指甲搔了搔下巴。

"嗨，西班牙佬。旅途愉快吗？头儿正嚷嚷着找你呢。"

德拉盖拉咕哝了一声，将一支香烟塞进唇线光润的棕色嘴唇间。

"皮特,找到那些照片的时候,你在玛尔的办公室吗?"

"在啊。但不是我找到的。局长找到的。怎么了?"

"你看到他找到了?"

马库斯瞪大眼睛,片刻之后,他略带几分戒备地轻声说道:"他找到的,没错,山姆。他没有栽赃——如果你指的是这个。"

德拉盖拉点点头,耸耸肩。"子弹有进展吗?"

"有。不是点三二口径——是点二五。打到马甲口袋那里。铜镍子弹。自动手枪,但我们没找到弹壳。"

"伊姆利记得捡走了弹壳,"德拉盖拉平静地说,"但他却没带走促使他杀人的照片。"

马库斯放下双腿,身子前倾,抬起黄褐色的眉毛。

"有可能。他们给了他一个动机,但鉴于玛尔手里的枪,他们是有预谋的。"

"脑瓜子挺灵,皮特。"德拉盖拉走到小窗边,站在那儿望着外面。过了一会儿,马库斯闷闷不乐地说:"你觉得我什么都没干,对吗,西班牙佬?"

德拉盖拉慢慢转过身,走到他身旁,低头看着他。

"别生气,孩子。你是我的搭档,而我在警察局里被看作玛尔的朋友。你多少也会受到影响。你在这儿坐着的时候,我被莫名其妙地派去了普马湖,结果只是被人往车后放了一头死鹿,还险些被一个狩猎管理员逮捕。"

马库斯慢慢站起来，双手在身体两侧握成拳头，深灰色的眼睛睁得大大的，大鼻子的鼻孔发白。

"这里不会有人那么出格，山姆。"

德拉盖拉点点头。"我也这么想。不过他们可能得到暗示，把我派去那里，其他部门的人来做剩下的事。"

皮特·马库斯又坐下来。他拿起一支尖头圆珠笔，恶狠狠地向圆形草垫掷去。尖头刺中草垫，抖了两下，折了，笔啪嗒掉在了地上。

"听着，"他粗声粗气地说，头也没抬，"对我来说，这就是一份工作。仅此而已。混口饭吃。我对警察工作没有你那样的理想信念。只要一句话，我就可以把这个该死的警徽还给那个老东西。"

德拉盖拉弯下腰，给了马库斯的肋骨一拳。"行啦，警察。我有主意了。你回家喝酒去吧。"

他打开门，匆匆离去，沿着大理石走廊来到一处有三扇门的开阔厅堂。中间那扇门上写着：刑事组长。请进。德拉盖拉走进一间小接待室，中间有一道普通的围栏。一个警察速记员从围栏后面抬起头，又瞥了瞥里面那扇门。德拉盖拉打开围栏上的门，敲了敲里面的门，然后走了进去。

宽敞的办公室里有两个男人。刑事组长托德·麦金坐在一张笨重的办公桌后面，冷眼瞧着德拉盖拉走进来。他是个块头很大，松垮下垂的家伙，长着一张暴躁而忧郁的长脸，一只眼睛有点斜视。

坐在办公桌另一侧圆背椅上的那个人衣着时髦,戴着鞋套。他头戴珍珠灰色的帽子和灰色手套,乌木手杖就放在身旁的另一把椅子上。他有一头令人吃惊的柔软白发,英俊不羁的面庞保养得十分红润。他朝德拉盖拉微微一笑,其中有几分愉悦,也有几分揶揄。他吸着香烟,烟插在细长的琥珀烟嘴里。

德拉盖拉在麦金对面坐下,瞄了一眼这个白发男人:"晚上好,局长。"

德鲁局长漫不经心地点点头,没有说话。

麦金向前倾了倾身子,啃过指甲的短粗手指交叉放到发亮的桌面上。他心平气和地说:"你倒是不着急回来报告,有什么发现吗?"

德拉盖拉面无表情地看着他。

"我不是故意的——只是我在车里发现了一头死鹿。"

麦金的表情没有任何变化,就连一条肌肉都没动。德鲁用修剪过的粉红指甲做了个割喉的动作,舌头和牙齿发出撕裂的声音。

"别在你的上司面前出言不逊,小子。"

德拉盖拉继续看着麦金,等待下文。麦金语气忧伤、慢条斯理地说道:"你的记录一向很好,德拉盖拉。你祖父是本县最出色的警长之一,但你今天的表现给他抹黑了。你被指控违反狩猎法，干扰托卢卡县官员执法，而且拒捕。你有什么要说的吗？"

德拉盖拉平淡地说："有正式罪名了吗？"

麦金非常慢地摇了摇头。"这是内部投诉。没有正式控告。证据不足，我猜。"他干巴巴地一笑，但毫无幽默可言。

德拉盖拉静静说道："这样的话，我猜你是想要我的警徽。"

麦金一言不发地点点头。德鲁说："你扳机扣得有点急。命也认得快了点。"

德拉盖拉掏出警徽，在袖子上擦了擦，看了看，沿着光滑的桌面推过去。

"好了，头儿，"他轻声说道，"我是西班牙血统，纯正的西班牙血统。不是黑人－墨西哥人混血，不是印第安人－墨西哥人混血。我祖父要是遇到这种情况，会用枪子儿来解决，而不是废话，但这并不是说我觉得这件事可笑。我被人故意设计入了套，因为我以前是多尼根·玛尔的密友。你我都知道，这一点不会影响到工作。但局长和他的政治后台可能没那么有把握。"

德鲁猛地站起来吼道："老天，你跟我最好别讲这种话！"

德拉盖拉的脸上慢慢露出微笑。他既没作声，也没看德鲁一眼。德鲁重新坐下来，一脸怒容，喘着粗气。

过了一会儿，麦金把警徽扔进办公桌中间的抽屉里，站了起来。

"德拉盖拉,你被停职了。和我保持联系。"他快步穿过内门,头也不回地走出房间。

德拉盖拉向后推开椅子,整了整头上的帽子。德鲁清了清嗓子,假装安抚地笑着说:"我刚才可能有点急躁,爱尔兰人的脾气,别太介意。你得到的教训是我们都需要学习的。能听我一句忠告吗?"

德拉盖拉站起来,朝他笑笑——一个干巴巴的微笑,只是嘴角动了动,脸上其余部分还像木头一样。

"我知道你要说什么,局长。不要管玛尔的案子。"

德鲁笑了起来,心情转好。"不完全是。没有什么玛尔的案子了。伊姆利已经通过他的律师承认开枪,但说是自卫。他明早就会来自首。不,我的忠告是别的。回托卢卡县跟那个管理员说声抱歉。我想这就是你要做的。你可以试试看。"

德拉盖拉安静地走向走廊,打开门,然后他回过头,咧嘴一笑,露出一口白牙。

"我看骗子一看一个准儿,局长。他已经为他的麻烦付出代价了。"

他走了出去。德鲁看着门倏地关上,发出一声干巴巴的咔嗒声。他的脸因愤怒而僵硬,红润的皮肤变成了灰白色。他拿着琥珀烟嘴的手剧烈地抖动着,烟灰落在烫得笔挺的裤子膝盖上。

"老天为证,"他在寂静中恶狠狠地说,"你也许是个圆滑的西班牙佬。你也许圆滑得像一块玻璃板——但要在你身上戳个洞,不费吹灰之力。"

他站起来,怒气让他的动作显得十分笨拙。他小心掸掉裤子上的烟灰,伸手去拿帽子和手杖,精心修剪过指甲的手指仍在颤抖。

牛顿街位于第三和第四大道之间，遍布着廉价服装店、当铺、摆着老虎机的游戏厅和破旧的小旅馆。旅馆门前，有一些眼神鬼祟的男人叼着香烟说话，嘴皮子却不动一动。在这条街的中央，一个遮阳棚上伸出一块木牌，上写"斯托尔台球厅"。人行道边上有向下的台阶，德拉盖拉沿着台阶走下去。

台球厅前部几乎一片漆黑。球桌上盖着布，球杆整齐地插在架子上。但房子后部有灯光，刺眼的白光映衬出一群人的脑袋和肩膀的剪影。吵闹声、喧哗声和吆喝声不绝于耳。德拉盖拉朝着光亮处走去。

突然，好像得到了信号似的，喧哗声停了下来。在一片沉寂中，传来一声台球清脆的碰撞，然后是母球不时撞到台边的闷响，以及母球三次撞岸后终于击中目标球的响声。接着，喧哗声再次响起。

德拉盖拉站在一张盖着布的台球桌边，从钱包里掏出一张十元钞票，又从钱包的内袋里摸出一张小贴纸。他在上面写道："乔伊在哪儿？"他把贴纸粘在钞票上，将钞票折了四折，走向人群，慢慢地挤进去，一直挤到球桌边。

一个面色苍白、表情冷漠、一头棕发分得严丝合缝的高个儿男人，正一边给球杆头打巧粉，一边考虑桌上的局势。他俯下身，白皙有力的手指搭起桥。下注的嘈杂声如石子落地一般戛然而止。高个儿男人流畅地一击，轻而易举地打出一记三次撞岸[①]的好球。

一个坐在高脚凳上的胖脸男人拉长声音喊道："奇尔四十分。连得八分。"

高个儿男人又给球杆打起巧粉，同时慵懒地环顾四周。他的目光掠过德拉盖拉，没有任何表示。德拉盖拉走近他说："你回来了，马克斯？下一球我出五美元。"

高个儿男人点点头。"好。"

德拉盖拉将折好的钞票放在桌沿上。一个身穿条纹衬衫的年轻人伸手去拿，马克斯·奇尔看似不经意地挡住了他，将钞票塞进自己的马甲口袋里，语气平淡地说了句"押五美元"，随后弯腰击球。

台面上走出一个干净利落的十字，然后擦中目标球。周

[①] 这里打的是三边卡罗姆式台球，又称法式台球。比赛只用三个球，没有网袋。母球必须连续击中两个球，同时撞岸三次才算得分。

围掌声雷动。高个儿男人将球杆递给穿条纹衬衫的助手，说："暂停。我得去一个地方。"

他回身穿过一片阴影，进入一间写着"男士"的门。德拉盖拉点了一支烟，打量着周围这群牛顿街上司空见惯的小混混。马克斯·奇尔的对手，另一个脸色苍白、面无表情的高个儿，站在记分员旁边跟他说话，眼睛却望着别处。一个相貌英俊、表情高傲的菲律宾人孤零零地站在他们旁边。他穿着精致的棕褐色西装，抽着一支巧克力色的香烟。

马克斯·奇尔回到桌边，拿起球杆，打起巧粉。他一只手伸进马甲口袋，懒洋洋地说："欠你五美元，老兄。"说着将折好的钞票还给德拉盖拉。

他一连击出三球，近乎行云流水。记分员说："奇尔四十四分。连得十二分。"

两个男人挤出人群，朝门口走去。德拉盖拉跟在他们身后，穿过盖着布的球桌，来到台阶处。他在那里停下脚步，打开手里折着的钞票，看了看潦草地被写在他的问题下面的地址他将钞票捏成一团，塞进口袋。

有个硬邦邦的东西抵住了他的后背。一个班卓琴般发颤的声音说："想帮别人，嗯？"

德拉盖拉皱了皱鼻子，变得机警起来。他抬头看到台阶上两个人的腿，看到路灯反射的光线。

"行了。"那个发颤的声音冷冷地说。

德拉盖拉身子一沉，扭转身躯。他伸出蛇一般的手臂，在倒下的瞬间抓住那个人的脚踝。一支挥过来的枪没有击中他的头部，而是打到了他的肩头，他感到左臂一阵剧痛。他听到沉重、急促的喘息声。有什么东西软绵绵地撞到他的草帽上。接着，身边传来一声尖细、痛苦的咒骂。他翻过身，扭住那只脚踝，用膝盖锁住，用力一顶。接着，他又像猫一样灵巧地站了起来。他狠狠甩开那个人的脚踝。

穿着棕褐色西装的菲律宾人仰面倒地，一支枪被震了出来。德拉盖拉将枪从那只棕色小手中踢开，它滑到了一张桌子下面。菲律宾人平躺在地上动弹不得，他挣扎着抬起头，帽檐可以翻动的毡帽还戴在他油亮的头发上。

台球房后边，比赛仍在静静进行。即使有人听到了扭打声，也没人出来查看。德拉盖拉从屁股口袋里抽出一支警棍，弯下腰。菲律宾人那张紧绷的棕脸上露出畏惧之色。

"你还嫩了点。站起来，小子。"

德拉盖拉的声音冷酷但随意。菲律宾人勉强爬起来，举起手臂。他的左手刚要摸向右肩，只见德拉盖拉手腕一抖，警棍就打在了那只左手上。菲律宾人发出一声轻轻的尖叫，就像一只饿了的小猫。

德拉盖拉耸耸肩，嘴角露出讥讽的笑容。

"抢劫，嗯？好啊，垃圾，下次吧。我现在很忙。滚吧！"

菲律宾人在桌间连滚带爬，然后蹲在地上。德拉盖拉把警棍换到左手，右手摸了摸枪柄。他这样站了一会儿，注视着菲律宾人的眼睛，然后他转过身，快步上了台阶，消失不见。

菲律宾人这才飞一般地冲到墙边，爬到桌底下去找枪。

乔伊·奇尔猛地打开门,举着一支没有准星的旧短枪。他是小个子男人,性格被世事磨砺得冷酷无情,面孔显得紧张不安。他需要刮刮胡子,换件干净的衬衫了。他身后的房间里飘出一股难闻的动物气味。

他垂下枪,咧嘴阴沉地一笑,转身回到房内。

"好吧,警察。你来得可真慢。"

德拉盖拉进屋关上门。他把草帽往后推,盖在脑后粗硬的头发上,面无表情地看着乔伊·奇尔。他说:"难道我必须记得城里每个小混混住在哪儿?我从马克斯那里问到的。"

小个子男人愤愤不平地嘟囔着,躺到床上,把枪塞到枕头底下。他脑袋枕着双手,朝天花板眨了眨眼睛。

"带着百元大钞吗,警察?"

德拉盖拉拉过床前的一把直背椅,倒骑上去。他掏出烟斗,一边慢慢地填烟丝,一边嫌恶地看着关闭的窗子、床架上剥落的珐琅、肮脏凌乱的床单、角落里的洗脸池，以及洗脸池上方的两条脏兮兮的毛巾。橱柜上空荡荡的，只有半瓶杜松子酒放在一本基甸版《圣经》上。

"躲人呢？"他问道，但并没有太多兴趣。

"我很抢手，警察。我说真的呢。我有些消息，明白？值一张百元大钞。"

德拉盖拉慢悠悠地收起烟草，一脸冷漠。他将燃烧的火柴凑近烟斗，悠闲地吐出烟雾，一副令人恼怒的模样。床上的小个子男人焦躁起来，斜眼注视着他。德拉盖拉缓缓说道："你是个不错的线人，乔伊。我一直这么评价你。但是一百美元对警察来说可不是小数目。"

"值这么多，老兄。如果你对玛尔之死足够在意，想要破案的话。"

德拉盖拉的眼神变得非常坚定冷酷。他的牙齿紧紧咬着烟斗。他异常冷静、严厉地说："我洗耳恭听，乔伊。值的话我会付钱。不过，最好别糊弄我。"

小个子男人翻过身，用手肘支着身体。"知道艳照里和伊姆利在一起的女孩是谁吗？"

"知道名字，"德拉盖拉平静地说，"我还没看到那些照片。"

"斯黛拉·拉莫特是艺名。真名叫斯黛拉·奇尔。我的小妹妹。"

德拉盖拉双臂交叉搁在椅背上。"很好，"他说，"继续。"

"她设计陷害了他,警察。她为了从一个斜眼的菲律宾佬那里弄到几小包海洛因,设了这个圈套。"

"菲律宾佬?"德拉盖拉飞快而严肃地重复道。他的脸现在紧绷起来。

"是啊,一个棕色皮肤的小子。长得挺帅,衣着光鲜,是个卖白粉的。傻蛋一个。名字叫托里博。别人叫他卡林特小子。他在斯黛拉对面有个地方,一直为她提供毒品。后来,他说服斯黛拉设下圈套。她在伊姆利的酒里下了很多药,他昏了过去,然后她让菲律宾佬进来,用照相机拍了照片。聪明,嗯?然后呢,就像一个女人那样,她后悔了,把整件事一股脑儿地告诉了我和马克斯。"

德拉盖拉点点头,沉默不语,身体几乎僵在那里。

小个子男人机警地一笑,露出一口细小的牙齿。"我能怎么办?我开始跟踪那个菲律宾佬。我像影子似的跟着他,警察。过了一阵,我跟踪他到了戴夫·奥格在旺多姆的高级公寓……我猜这能值一百美元了吧?"

德拉盖拉慢慢地点点头,把烟灰倒在手心里,轻轻一吹。"还有谁知道?"

"马克斯。他会证实我的话,如果你跟他聊得好。只是他不想参与其中。他不玩这种游戏。他给了斯黛拉一笔钱,让她离开这座城市,远走高飞。因为那些家伙心狠手辣。"

"马克斯不可能知道你跟踪菲律宾人去了哪里,乔伊。"

小个子男人突然从床上坐起来，双脚放到地板上，一脸不悦。

"我没跟你开玩笑，警察。我从来不开玩笑。"

德拉盖拉平静地说："我相信你，乔伊。只是我还想要更多证据。你怎么看？"

小个子男人哼了一声。"见鬼，要么是菲律宾人之前就为马斯特斯和奥格工作，要么是他在拍下照片后和他们达成了交易。后来玛尔拿到了照片。显然，如果不是得到马斯特斯和奥格的许可，他拿不到照片，他都不知道他们有照片。伊姆利在竞选法官，背后的势力是马斯特斯和奥格。不错，伊姆利和他们是一伙的，但他仍然是个废物。正巧他还是个爱喝酒、脾气暴躁的家伙。这点人所共知。"

德拉盖拉的眼睛闪过一丝亮光，脸上的其余部分则宛如木雕。他嘴里的烟斗纹丝不动，仿佛筑在了水泥中。

乔伊·奇尔继续说下去，脸上依旧带着机警的笑容："所以他们决定干一票大的。他们把照片给了玛尔，但玛尔不知道照片的来源。接着有人向伊姆利通风，告诉他谁拿到了照片，是什么样的照片，而玛尔准备借此发难。伊姆利这种人会怎么做？他会出去捕杀猎物的，警察——而大约翰·马斯特斯和他的同伙就能吃到煮熟的鸭子了。"

"或者是鹿肉。"德拉盖拉心不在焉地说。

"什么？好了，值一百美元吗？"

德拉盖拉伸手拿出钱包，将钱抖落出来，在膝盖上数出几张。他把这些钱紧紧地卷成一卷,扔到床上。

"我想要斯黛拉的联系方式,乔伊。怎么样?"

小个子男人把钱塞进衬衫口袋,摇了摇头。"办不到。你可以再试试马克斯。我想她已经离开这座城市了,而我,也打算这么干,现在我有钱了。因为就像我说的,那些人心狠手辣——而且,也许我跟踪得不够好……让别的家伙也跟踪了我。"他站起来,打了个哈欠,又补充一句:"来点杜松子酒?"

德拉盖拉摇摇头,看着小个子男人走到橱柜边,拿起杜松子酒瓶,往厚玻璃杯里倒了一大杯。他喝干酒,正要把杯子放下。

这时,窗玻璃一响,就像手套轻轻拍打什么东西的声音。一小块玻璃磕掉到地毯外光秃而褪色的地板上,几乎就在乔伊·奇尔脚边。

这个小个子男人一动不动地站了两三秒。接着,玻璃杯从手中滑落,弹在地上,滚到墙边。然后他双腿一软,慢慢地向一侧倒去,又慢慢地滚了一下,直到仰面朝天。

鲜血开始从他左眼上方的窟窿里流出来,缓缓地沿着面颊往下流。血越流越快,窟窿也变得更大更红。乔伊·奇尔眼睛空洞地瞪着天花板,仿佛那些事再也与他无关了。

德拉盖拉悄无声息地滑下椅子,双手双膝撑地。他沿着床边爬到窗下,从那儿伸手探进乔伊·奇尔的衬衫。他的手指在乔伊的心脏上搭了一会儿，收回来，摇了摇头。他伏下身子，摘掉帽子，非常小心地探出头，直到可以从窗子下面的一角看到外面。

他看着巷子对面仓库的光秃秃的高墙。墙面上零散分布着几扇窗户，位置很高，都没有开灯。德拉盖拉又缩回头，小声嘀咕道："大概是消音来复枪。这一枪真准。"

他的手又伸出去，有些愧疚地从乔伊·奇尔的衬衫口袋里掏出那一小卷钞票。他贴着墙壁，仍旧蹲伏着走到门口，伸手够到门上的钥匙，打开门，这才直起身子，迅速走出去，再把门从外面锁好。

他穿过肮脏的走廊，下了四层楼，来到狭小的大堂。大堂里空空荡荡，只有一张桌子，上面有呼唤铃，但桌后没人。德拉盖拉站在临街的玻璃门后面，望着街对面的木结构公寓楼，有几个老头坐在门廊的摇椅上抽烟，看上去气定神闲。他看着他们，看了几分钟。

他走出大堂，锐利的目光迅速扫过街区两侧，他沿着停在路边的车子走到下一个街角。走过两个街区后，他上了一辆出租车，回到牛顿街的斯托尔台球厅。

此刻，台球厅内灯火通明。台球碰撞着，旋转着，球手在浓重的二手烟雾里穿梭来往。德拉盖拉环顾四周，走向坐在收银台高脚凳上的圆胖脸男人。

"你是斯托尔？"

圆胖脸男人点点头。

"马克斯·奇尔去哪儿了?"

"早就走了,老兄。他们只赌了一百美元。回家了,我猜。"

"家在哪儿?"

圆胖脸男人飞快地瞥了他一眼,好像闪过一道光。

"我怎么知道?"

德拉盖拉抬起一只手,伸进他平时放警徽的口袋。他又把手放下来——尽量显得从容不迫。圆胖脸男人咧嘴一笑。

"警察?好吧,他住在曼斯菲尔德,格兰德向西三个街区。"

10

塞法里诺·托里博是个相貌英俊的菲律宾人，穿着一身剪裁合体的褐色西装。他从电报局的柜台上拾起两毛三分钱钢镚儿，朝那个正在无聊等他的金发姑娘笑了笑。

"马上发出去吗，宝贝？"

她冷冷地瞟了一眼内容。"曼斯菲尔德旅馆？二十分钟内就能赶到。"

"好的，宝贝。"

托里博优雅地踱出电报局。金发姑娘用手指戳了戳电报，回头说："这家伙肯定是疯了。发电报到三个街区外的旅馆。"

塞法里诺·托里博漫步在泉水街上，巧克力色香烟在整洁的肩膀后留下一串烟雾。他在第四大道向西转，又走了三个街区，从一家理发店旁转进曼斯菲尔德旅馆的侧门。他踏着大理石台阶来到一楼和二楼之间的夹层，从写字间的后面走上铺着地毯的台阶，到了三楼。他经过电梯口，大摇大摆地走到长走廊的尽头，同时留意着门上的号码。

他又折回电梯那里，在一片开放区域坐下。那里有两扇正对庭院的窗户，一个玻璃面的桌子和几把椅子。他用烟蒂点燃一支新烟，往椅背上一靠，留神电梯的动静。

只要有电梯在那层楼停下，他就会突然探出身子，倾听脚步声。十来分钟后，脚步声响起来。他起身来到开放区域靠近走廊的墙角处，从右侧腋下抽出一支细长的手枪，换到右手上，把枪贴在墙与腿之间。

一个又矮又胖、满脸痘印的菲律宾人穿着旅馆制服，端着小托盘，沿着走廊走过来。托里博的嘴里嘶了一声，举起手枪。矮胖的菲律宾人转过身，目瞪口呆地看着那把枪。

托里博说：""哪个房间，混蛋？""

矮胖的菲律宾人紧张而讨好地一笑。他凑过来，让托里博看了看托盘上的黄色信封，上面用铅笔写着338的字样。

""放下。""托里博镇定地说。

矮胖的菲律宾人将电报放在桌上，眼睛始终盯着那把枪。

""快滚，""托里博说，""把它放在门下，懂吗？""

矮胖的菲律宾人低下圆圆的黑脑袋，又紧张地笑了笑，一溜烟地朝电梯走去。

托里博把枪放进夹克口袋，掏出一张折起来的白纸。他小心翼翼地打开纸，往左手的虎口上倒了一点亮晶晶的白色粉末。他用鼻子一吸那些粉末，掏出一条火红色的丝质手帕擦了擦鼻子。

他静静地站了一会儿。眼神变得像石板一样呆滞，棕色脸上的皮肤好像在高高的颧骨那里紧绷起来。他嘶嘶地喘着气。

他拾起黄色信封，走到走廊尽头，在最后一扇门前停下，敲了敲门。

从房间里传出一声回应。他把嘴凑到门前，毕恭毕敬地高声说："您的信，先生。"

弹簧床一阵嘎吱作响，有脚步声传来。接着钥匙一转，门开了。此时托里博已将细枪拿在手上。就在门开的一瞬间，他的臀部优雅地一摆，迅速侧身挤了进去。他将枪口抵住马克斯·奇尔的腹部。

马克斯·奇尔被枪逼得步步后退，直到床边，腿一碰到床沿就一屁股坐了下来。弹簧床嘎吱作响，报纸一片窸窣。在整齐的棕色分头下，马克斯·奇尔脸色苍白，面无表情。

托里博轻轻关上门，锁上锁。插销锁上的那一刻，马克斯·奇尔的脸突然变得更难看了。他的嘴唇开始发抖，抖个不停。

托里博用他那琴声般的嗓音嘲弄道："你向警察告密了，对吧？再见。"

细长的手枪在他手里跳了一下，又连跳数下。一缕小小的白烟从枪口冒出来，枪声并不比锤子敲打钉子或者指节轻敲木头的声音更大。枪声响了七下。

马克斯·奇尔慢慢地倒在床上，双脚还踩着地板，而眼神变得空洞，张开的嘴唇里充满粉红色的血沫。鲜血从松垮衬衫上的数个地方渗出来。他静静地躺在那里，望着天花板，双脚耷拉在地板上，发青的嘴唇涌出粉红色的血沫。

托里博把枪换到左手，塞回腋下。他侧身走到床前，站在那里低头看了看马克斯·奇尔。过了一会儿，粉红色的血沫不再往外冒了，马克斯·奇尔的脸变得像死人般平静、空洞。

托里博走到门前，打开门，准备退步离开，眼睛却仍盯着床上。这时，身后突然一阵扰动。

他的脑袋一懵，抬手乱抓着。有东西套住了他的脑袋。地板在眼前奇怪地倾斜，朝他的脸扑过来。还没等他反应过来，脸就狠狠地砸到了地板上。

德拉盖拉把菲律宾人的脚踢进房间，使它不再挡住房门。他关上门，锁上锁，步履僵硬地走到床前，包皮警棍在身侧摇晃。他在床边站了很久，最后轻声嘟囔道："他们在灭口。没错——灭口。"

他走到菲律宾人旁边，把他翻过来搜查他的口袋。里面有一个钱包，内衬精致，但没有任何证件，一个镶着石榴石的金色打火机，一只金色烟盒，几把钥匙，一支金色铅笔和小刀，一块火红色手帕，一些零钱，两把手枪和备用弹匣，褐色西装的侧兜里还有五包海洛因。

他将海洛因撒在地上，站起来。菲律宾人喘着粗气，闭着眼睛，脸颊一侧的肌肉不停抽搐。德拉盖拉从口袋里掏出一卷细电线，将这个棕肤男人的手反绑在身后，拖到床边，让他靠着床腿坐起来，又将一截电线绕在他的脖子和床栏上。他将火红色的手帕绑在电线上。

他走进浴室，倒了一杯水，狠狠地泼在菲律宾人脸上。

托里博打了个激灵，因为电线勒住脖子而剧烈地咳嗽。他的眼睛瞪得大大的，想要张嘴呼叫。

德拉盖拉一扯那根缠住棕色喉咙的电线，呼叫声戛然而止，就像被按了开关一样。托里博的喉咙发出痛苦的呜呜声，嘴角淌着口水。

德拉盖拉松了松电线，低头凑到菲律宾人的头旁。他轻声对他说话，带着一种干涩、致命的温柔劲儿。

"你想和我说话，菲佬。也许不是此刻，也许不是很快。但是再过会儿，你就想和我说话了。"

菲律宾人翻了翻泛黄的眼珠。他啐了一口，然后紧闭双唇。

德拉盖拉露出一个阴冷的淡笑。"硬骨头小子。"他柔声说。他将手帕往后一扯，用力拉紧，电线勒进棕色喉咙的喉结。

菲律宾人的腿开始在地上乱蹬，身体扭动着，棕色的脸涨成了绛紫色，充血的眼球爆出眼眶。

德拉盖拉又松了松电线。

菲律宾人急促地把空气吸入肺部。他的脑袋垂下来，然后又抬起来靠在床栏上，直打冷颤。

"好……我说。"他喘着气。

11

门铃响起,铁头图米正小心翼翼地把一张黑 10 放在一张红 J 上。他舔舔嘴唇,放下所有的牌,目光穿过餐厅拱门,落到平房的前门上。他慢慢起身,一个长相凶残的大块头,有一头蓬松的灰发和一个大鼻子。

拱门后面的客厅里,一个苗条的金发女孩正躺在长沙发上看杂志,头上亮着台灯,红色灯罩破了。她很漂亮,但肤色过于苍白,细眉毛高高耸起,使她显出一副震惊的样子。她放下杂志,双脚着地,看向铁头图米的目光突然满是惊恐。

图米无声地晃了一下拇指。女孩站起来,快步穿过拱门和一道弹簧门,进了厨房。她慢慢地关上门,以免发出声音。

门铃再次响起,响得更长。图米将穿着白袜子的双脚塞进拖鞋,往大鼻子上架了副眼镜,抄起身边椅子上的左轮手枪。他从地上捡起一张皱巴巴的报纸,草草地遮在左手的枪前,然后不慌不忙地走向前门。

他打着哈欠开了门,睡眼惺忪地透过镜片看着站在门廊上的高个男人。

"好吧,"他疲倦地说,"有话就说。"

德拉盖拉说:"我是警察。我想见斯黛拉·拉莫特。"

铁头图米将一只原木般粗壮的胳膊架在门框上,稳稳撑住身体,脸上依旧是一副烦躁的表情。

"找错地方了,警察。这里没有娘们儿。"

德拉盖拉说:"我要进去看看。"

图米愉快地说:"你要——要个鬼。"

德拉盖拉从口袋里倏地抽出手枪,砸向图米的左手腕。报纸和大左轮掉在门廊的地上。图米的表情少了几分烦躁。

"老套的把戏,"德拉盖拉喝道,"进屋。"

图米甩了甩左手腕,另一只胳膊从门框上挪开,狠狠打向德拉盖拉的下巴。德拉盖拉的脑袋偏过4英寸。他皱起眉头,嘴里不满地哼了一声。

图米冲过来。德拉盖拉往旁边一闪,挥枪劈向那颗灰色的大脑袋。图米被打趴在地,身子一半在屋里,一半在门廊上。他咕哝着,双手用力撑地,想再站起来,好像没事一样。

德拉盖拉踢开图米的手枪。屋内的弹簧门一声轻响。德拉盖拉抬眼望去,此时图米已经单手单膝撑地,直起了身子。他照着德拉盖拉的肚子就是一拳。德拉盖拉闷哼了一声,又狠狠给了图米的脑袋一下。图米晃着脑袋咆哮道:"想打败我,这是浪费时间。"

他斜着扑过来，抓住德拉盖拉的腿，用力一扳。德拉盖拉一屁股坐在门廊的木板上，卡在门口。他的头撞在门框上，一时间头晕目眩。

苗条的金发女孩冲出拱门，手里拿着一支小型自动手枪。她用枪指着德拉盖拉，怒气冲冲地说："来，去死吧！"

德拉盖拉摇摇头，刚要开口，突然被图米扭住了脚，痛得直喘气。图米咬紧牙关，死命扭着，好像世上只剩下他和这只脚，而这只脚是他自己的，他可以随心所欲地处置它。

德拉盖拉的脑袋又往后一仰，脸色发白，嘴巴疼得变了形。他直起身子，左手抓住图米的头发，拽着那颗大脑袋，直到紧绷的下巴扬起来。德拉盖拉用枪管狠砸图米的下巴。

图米像烂泥一样瘫倒了，倒在德拉盖拉腿间，压住了他的身体。德拉盖拉动弹不得。他靠右手撑住地面，尽量不让图米的重量把自己压扁。他无法将握枪的右手抽出来。此刻，金发女孩已走到近前，她怒目圆睁，脸色气得发白。

德拉盖拉用精疲力尽的声音说："别做傻事，斯黛拉。乔伊——"

金发女孩的脸色变得异样。她的眼神也变得异样，小小的瞳孔里闪着怪异的亮光。

"警察！"她几乎是在尖叫，"警察！老天,我恨死警察了！"

她手中的枪猛抽过来。击打声充满整个房间，冲出敞开的前门，一直传到街对面高高的栅栏处。

重重的一击，就像大棒一样，打在德拉盖拉的脑袋左侧。痛感遍布脑壳。亮光闪烁——刺眼的白光充斥世界，接着是一片黑暗。他无声地倒下去，坠入深不见底的黑暗中。

12

亮光回来了,他的眼前好像蒙上了一层红雾。一侧脑袋感到剧烈的疼痛,那疼痛折磨着他的脸,钻进他的牙齿。他想动动舌头,但是舌头灼热发麻。他想动动双手,但是双手离他很远,仿佛根本不属于他。

然后,他睁开眼。红雾散去后,他看到一张脸。这是一张大脸,近在眼前,脸大如盆。这张脸很胖,下巴光溜发青,咧开的厚嘴唇间叼着一支镶有亮边的雪茄。这张脸发出咯咯的笑声。德拉盖拉又闭上眼,痛感再次袭来,淹没了他。他又昏了过去。

几秒,抑或是几年过去了。他又看到了那张脸。他听到一个粗哑的声音。

"好了,他又醒过来了。真是个能抗的小子。"

那张脸凑得更近,雪茄烟头闪着樱桃红的亮光。然后他被烟呛到,剧烈地咳嗽起来。一侧的脑袋似乎要炸开了。他感到鲜血顺着颧骨流下来，弄得皮肤痒痒的，接着又漫过脸上那些已经变干结块的血迹。

"这下他乖多了。"粗哑的声音说。

另一个带点爱尔兰口音的声音轻声说了几句下流话。大脸转向那个声音，吼了一声。

德拉盖拉此时完全清醒了。他看清了房间，看到屋里有四个人。大脸是大约翰·马斯特斯。

那个苗条的金发女孩蜷着身子坐在长沙发的一端，表情呆滞地望着地板。她的胳膊僵硬地放在两侧，手被靠垫挡住了。

在拉着窗帘的窗户旁，戴夫·奥格将瘦长的身子倚在墙上。他那倒三角脸上写满厌烦。德鲁局长坐在长沙发的另一端，头顶上有一盏磨损严重的灯。灯光在他的头发上洒下银光。他的蓝色眼睛异常明亮、专注。

大约翰·马斯特斯的手里握着一支亮闪闪的手枪。德拉盖拉看着它眨了眨眼，想站起来。一只强壮的手推了一把他的胸口，把他推了回去。一阵恶心铺天盖地般袭来。粗哑的声音冷酷地说："省省力气，软蛋。你已经玩过了。现在轮到我们了。"

德拉盖拉舔了舔嘴唇说："给我喝点水。"

戴夫·奥格从墙边离开，穿过餐厅的拱门。他拿来一杯水，送到德拉盖拉嘴边。德拉盖拉喝起来。

马斯特斯说："我们欣赏你的勇气，警察，可惜你用错了地方。你好像是个不懂暗示的人。这太糟了。这会要了你的命。

明白我的意思吗?"

金发女孩转过头,眼神悲伤地看了看德拉盖拉,又把目光移开。奥格回到墙边。德鲁开始用手指快速而神经质地轻抚自己的侧脸,好像德拉盖拉血淋淋的脑袋让他的脸也疼起来。德拉盖拉缓缓地说道:"杀了我只会把你吊得更高,马斯特斯。笨蛋再有身份依旧是笨蛋。你已经毫无理由地杀了两个人。你甚至都不明白自己在掩盖什么。"

大个子男人破口大骂,举起亮闪闪的手枪,又慢慢放下,恶狠狠地斜着眼睛。奥格懒洋洋地说:"别激动,约翰。让他把话说完。"

德拉盖拉以同样漫不经心的语气缓缓地说道:"那位女士是被杀掉的两个男人的妹妹。她把事情告诉了他们,怎么设局陷害伊姆利,谁拍的照片,照片怎么到了多尼根·玛尔手里。你们那位可爱的菲律宾朋友招供了。我已经知道事情的大致情况。你们不确定伊姆利会不会杀死玛尔。也可能是玛尔杀死伊姆利。无论哪种情况都没问题。只是,如果是伊姆利杀了玛尔,案子得很快了结。这是你们失误的地方。在弄清到底发生什么之前,你们就开始掩盖了。"

马斯特斯厉声说:"糟透了,警察,糟透了。你在浪费我的时间。"

金发女孩把头转向德拉盖拉,转向马斯特斯的后背,绿色的眼睛里如今充满恨意。德拉盖拉微微耸肩,继续说:"对你们来说，找人杀掉奇尔兄弟是惯常做法。把我从案子上调离，设局陷害我，让我停职，这也是惯常做法。因为你们以为我是玛尔的人。但当你们找不到伊姆利时，事情就不同寻常了——这把你们逼到了墙角。"

马斯特斯的黑眼睛大而无神。粗壮的脖子鼓了起来。奥格的身体从墙边移开几英尺，僵硬地站着。过了一会儿，马斯特斯咬着牙齿，声音很轻地说："这可是新闻，警察。跟我们说说。"

德拉盖拉用两根手指的指尖摸了摸血迹斑斑的面颊，低头看了看。他的眼神显得深不可测，历经沧桑。

"伊姆利死了，马斯特斯。他在玛尔被杀之前就死了。"

房间里变得非常安静。所有人都一动不动。德拉盖拉眼前的四个人都吃惊得僵住了。过了很久，马斯特斯刺耳地倒吸一口气，又吐出来，然后近乎耳语地说："说说看，警察。快点说，不然我——"

德拉盖拉冷冷地打断了他，声音中不带任何感情："伊姆利确实去见了玛尔。为什么不呢？他不知道自己被出卖了。只不过他是昨晚去见的玛尔，而不是今天。他和玛尔一起开车前往普马湖的小屋，想以友好的方式解决问题。总之，这就是可笑之处。然后，在那里，他们起了冲突，伊姆利被杀，被从门廊尽头推了下去，脑袋在石头上砸开了花。他早就死了，躺在玛尔小屋的柴房里……好了，玛尔藏好尸体，回到城里。然后，他今天接到一个电话，对方提到伊姆利的名字，并把约会时间定在十二点一刻。玛尔会怎么做？当然是搪塞。他打发办公室的女孩去吃午饭，把枪放在匆忙之中也能够到的地方。他做好了应对麻烦的准备。只是来访的人愚弄了他，他没用上枪。"

马斯特斯粗声粗气地说："见鬼，伙计，你在自作聪明。你不可能知道所有这些事。"

他回头看向德鲁。德鲁一脸阴沉，神色紧张。奥格离墙远了点，站在德鲁旁边。金发女孩一动不动。

德拉盖拉疲惫地说："当然，我是猜测，但我的猜测与事实相符。事情只能是这样。玛尔很会用枪而且高度戒备，一切都准备好了。他为什么没有开枪呢？因为来找他的是个女人。"

他抬起胳膊，指向金发女孩。"这就是你们的杀手。她爱上了伊姆利，尽管她也给他设过局。她是个吸毒者，吸毒者就是这样。她既伤心又难过，于是自己去找玛尔了断。问她！"

金发女孩一跃而起。她的右手从靠垫堆中抽出，手里握着一支小型自动手枪，正是打德拉盖拉的那支。她的绿色眼睛黯淡、无神、直愣愣的。马斯特斯一个转身，用亮闪闪的左轮手枪打向她的手臂。

她在近距离开了两枪，没有一丝犹豫。鲜血从马斯特斯粗壮的脖子上喷射出来，溅到外套的前襟上。他踉踉跄跄，亮闪闪的左轮手枪从手中掉了下来，几乎就落在德拉盖拉的脚边。他身子向前扑向德拉盖拉椅子后面的那堵墙，伸出一只胳膊想要撑住墙面。他的手打在墙上，身体随着那只手滑落，重重地摔倒在地上，不再动弹。

德拉盖拉几乎就要够到那支左轮手枪了。

这时，德鲁大叫着站了起来。那个女孩缓缓转向奥格，好像忘记了德拉盖拉。奥格从腋下抽出一支鲁格手枪，一把推开德鲁。小型自动手枪和鲁格同时开火。小手枪射偏了。女孩跌坐到长沙发上，左手抓着胸口。她的眼珠转动了一下，想重新举起枪，然而身子一歪，倒在靠垫上，左手松开，从胸前滑落下去。她的裙子正面一片殷红。她的眼睛睁开，闭上，又睁开，终于再也闭不上。

奥格突然把鲁格对准德拉盖拉。他的眉毛拧在一起，脸上是紧张的怪笑，梳得整整齐齐的沙黄色头发，紧贴着瘦骨嶙峋的头皮，就像画在上面一样。

德拉盖拉朝他连开四枪，速度之快就像机关枪扫射。

倒下去的一瞬间，奥格的脸变成了一张瘦削、空洞的老人脸，眼神茫然得如同傻子。接着，他瘦长的躯体摔倒在地，手上扔握着鲁格手枪。一条腿折叠压在身下，好像没有骨头似的。

空气中弥漫着浓重的火药味，仿佛被枪声凝固住一般。德拉盖拉慢慢地站起来，亮闪闪的左轮手枪指向德鲁。

"你的派对，局长。这就是你想要的吗？"

德鲁慢慢地点了点头，脸色苍白，浑身颤抖。他吞了下口水，慢慢地拖着身子，走过奥格摊开的尸体。他低头看了看长沙发上的女孩，摇了摇头。他走到马斯特斯身边，单膝跪地摸了摸他,又站起身来。

"全死了,我想。"他咕哝道。

德拉盖拉说:"好极了。那个大个子怎么样了?那个壮汉?"

"他们把他打发了。我——我不认为他们想杀了你,德拉盖拉。"

德拉盖拉微微点了点头。他的脸放松下来,硬朗的线条不见了。没有血迹的半边脸又恢复了人样。他用手帕按按脸,上面立刻染上了鲜红的血迹。他扔掉手帕,用手指轻轻地梳理凌乱的头发。有些头发被干血黏在了一起。

"他们没想杀我就见鬼了。"德拉盖拉说。

房间非常寂静。外面也没有响动。德鲁听了听,抽抽鼻子,走到前门,向外张望。街道一片漆黑,寂然无声。他转身走近德拉盖拉。脸上慢慢挤出一个微笑。

"这可真是一件奇闻,"他说,"警察局长不得不自当卧底——而为了帮助他,一个正直的警察被假装停职。"

德拉盖拉面无表情地看着他。"你想这么办?"

现在,德鲁的声音恢复了平静。脸上又有了血色,"为了我们的部门,伙计,为了这座城市——还有我们自己,这是唯一的办法。"

德拉盖拉直视他的眼睛。

"我也喜欢这个办法,"他声音阴郁地说,"如果——不走样的话。"

13

马库斯一脚刹车，羡慕地朝着那栋树荫掩映下的大房子咧嘴一笑。

"真不赖啊，"他说，"我不介意在那里好好休息一下。"

德拉盖拉慢悠悠地下了车，好像肌肉僵硬，疲惫不堪。他没戴帽子，而是把帽子夹在腋下。他剃掉了脑袋左侧的头发，伤口缝针处贴着厚厚的纱布。一绺粗硬的黑发从纱布边缘冒出来，颇有喜感。

他说："是啊——但我没想在这里久留，笨蛋。等我。"

他沿着草坪上的石径往前走。早晨的阳光下，树木在草坪上投下长长的影子。房子非常安静，闭着百叶窗，黄铜门环上挂着黑色花环。德拉盖拉没有走向房门。他转到窗下的另一条小径上，沿着房子的侧面，经过剑兰花坛。

房子后面有更多的树木、草坪、鲜花、阳光和树荫。池塘里种着睡莲，还有一只石头大牛蛙。更远处有半圈草坪椅，围着一张瓷面的铁艺桌子。贝尔·玛尔就坐在其中一把椅子上。

她穿着黑白色连衣裙,显得宽松而随意,栗色头发上戴着一顶宽边园艺帽。她静静地坐在那里,目光越过草坪望向远方。她的脸色雪白,上面脂粉闪耀。

她慢慢转过头,木然一笑,指了指身旁的椅子。德拉盖拉没有坐。他把腋下的草帽拿在手上,手指敲了敲帽檐:"案子结束了。接下来会有审讯、调查、威胁,很多人会在媒体上大呼小叫,诸如此类。报纸也会大肆炒作一番。但实际上,已经定为结案了。你可以试着忘记它了。"

贝尔·玛尔突然看向他,灵动的蓝眼睛睁得大大的,接着她再次越过草坪,看向远处。

"你的脑袋伤得厉害吗,山姆?"她轻声问道。

德拉盖拉说:"不,还好……我的意思是,那个叫拉莫特的女孩杀了马斯特斯——她也杀了多尼。奥格开枪打死了她。我又打死了奥格。全死了,都领了便当。我猜,只有伊姆利的死法,我们永远无从知晓了。我想,现在不重要了。"

贝尔·玛尔没有抬头看他。她平静地说:"但你怎么知道小木屋里的人是伊姆利?报纸上说——"她突然停下来,浑身颤栗。

他木然地看着手里的帽子。"我不知道。我想是一个女人开枪杀死了多尼。湖边的人就是伊姆利,看上去可能性很大。符合他的描述。"

"你怎么知道是个女人……杀了多尼?"她的声音有一种犹豫的、近乎耳语的平静。

"我就是知道。"

他走开几步站住,看着那些树。他慢慢转过身,又走回贝尔的椅子旁,一脸倦容。

"我们一起拥有过美好的时光——我们三个人。你、我和多尼。生活似乎对人很残忍。如今一切都消逝了——所有美好的事情。"

她的声音仍旧如耳语一般:"或许不是全都消逝,山姆。从今以后,我们一定要常见面。"

他的嘴角浮现出一丝淡淡的笑容,但瞬间又消失了。"这是我第一次设计骗人,"他安静地说,"我希望也是最后一次。"

贝尔·玛尔微微抬起头,在清漆木头的衬托下,握住椅子扶手的双手显得十分苍白。她的全身似乎都僵住了。

过了一会儿,德拉盖拉将手伸进口袋,拿出一个金光闪闪的东西。他目光阴沉地低头看它。

"警徽拿回来了,"他说,"不像从前那么干净,但和大部分人的差不多,我猜。我会尽力保持这种状态。"他把警徽放回口袋。

贝尔非常缓慢地站起身,站到他面前。她扬起下巴,长久地注视他。在脂粉之下,她的面庞就像白色的石膏面具。

她说:"老天,山姆——我开始明白了。"

德拉盖拉没有看她的脸。他越过她的肩膀，看向远处模糊的一点。他的声音茫然而疏远。

"当然……我知道是个女人，因为那是一支女人用的小手枪，但不只是因为这个。我去过木屋后，就知道多尼已经做好准备应付麻烦，这时一个男人下手就没那么容易了。但有办法完美地栽赃给伊姆利。马斯特斯和奥格就以为是伊姆利干的，他们还找律师打电话替他认罪，保证他第二天早上会去自首。对于任何不知道伊姆利已死的人，这么干很自然。此外，警察也没想到一个女人会捡走弹壳。

"当我听完乔伊·奇尔的话后，我以为是那个叫拉莫特的女孩干的。但与她当面对质后，我改变了看法。这一招很肮脏。某种程度上，她因此丧了命。虽然和那伙人在一起，我也并不觉得她有多少机会。"

贝尔·玛尔仍然注视着他。微风拂过她的一缕发丝，这是她身上唯一在动的地方。

他从远方收回目光，严肃地看了她一眼，又转向别处。他从口袋里掏出一小串钥匙，扔到桌上。

"有三件事令人困惑，后来我才完全想明白：记事簿上写的东西、多尼手里的枪、丢失的弹壳。然后，我恍然大悟。他没有马上死掉。他很有勇气，而且将勇气用到了最后一刻——为了保护别人。记事簿上的字迹有点抖。他是事后才写的，当他独自一人，快要死的时候。他一直在想着伊姆利，写下他的名字可以混淆视听。然后，他掏出桌子里的手枪，握在手里死去了。还剩下弹壳的问题。后来我也搞清楚了。

"开枪的距离很近，只隔着一张桌子，而桌子的一头摆着一些书。弹壳就落在了那里，落在了桌上他能够到的地方。他不可能是从地板上捡起弹壳的。你的钥匙圈上有一把办公室的钥匙。我昨天深夜去了那里，在他的雪茄保湿盒里找到了弹壳。没有人检查那里。毕竟，人只能找到他希望找到的东西。"

他停下来，摸了摸侧脸。过了一会儿，他补充道："多尼用尽了全力——然后才死去。事情干得很漂亮——而我放了他一马。"

贝尔·玛尔慢慢地张开嘴。先是某种含混不清的喉音，然后才说出清晰的话语。

"不只是女人，山姆。是他的女人。"她颤抖着，"我现在就去城里自首。"

德拉盖拉说："不用了。我说过会放他一马。在城里，他们也喜欢事情就这么了结。绝妙的政治，让城市摆脱了马斯特斯和奥格一伙人的掌控，也帮助德鲁上了位。但他太弱了，待不了太久。所以不重要了……你不用做任何事。你要做的就是多尼用尽最后的力气想要做的事——置身事外。再见。"

他又迅速看了一眼她那苍白而疲惫的脸，然后转身走上草坪，经过有睡莲和石头牛蛙的池塘，沿着房子一侧，走到车旁。

皮特·马库斯打开车门。德拉盖拉上车坐下,头重重地靠在椅背上,陷进车座里,闭上眼睛。他淡淡地说:"开慢点,皮特。我头痛得要命。"

马库斯发动汽车,拐到街上,慢慢沿着德尼夫巷驶向市区。树荫掩盖的房子从身后消失了。最终,高大的树木将它遮蔽。

开出很远之后,德拉盖拉才睁开眼睛。

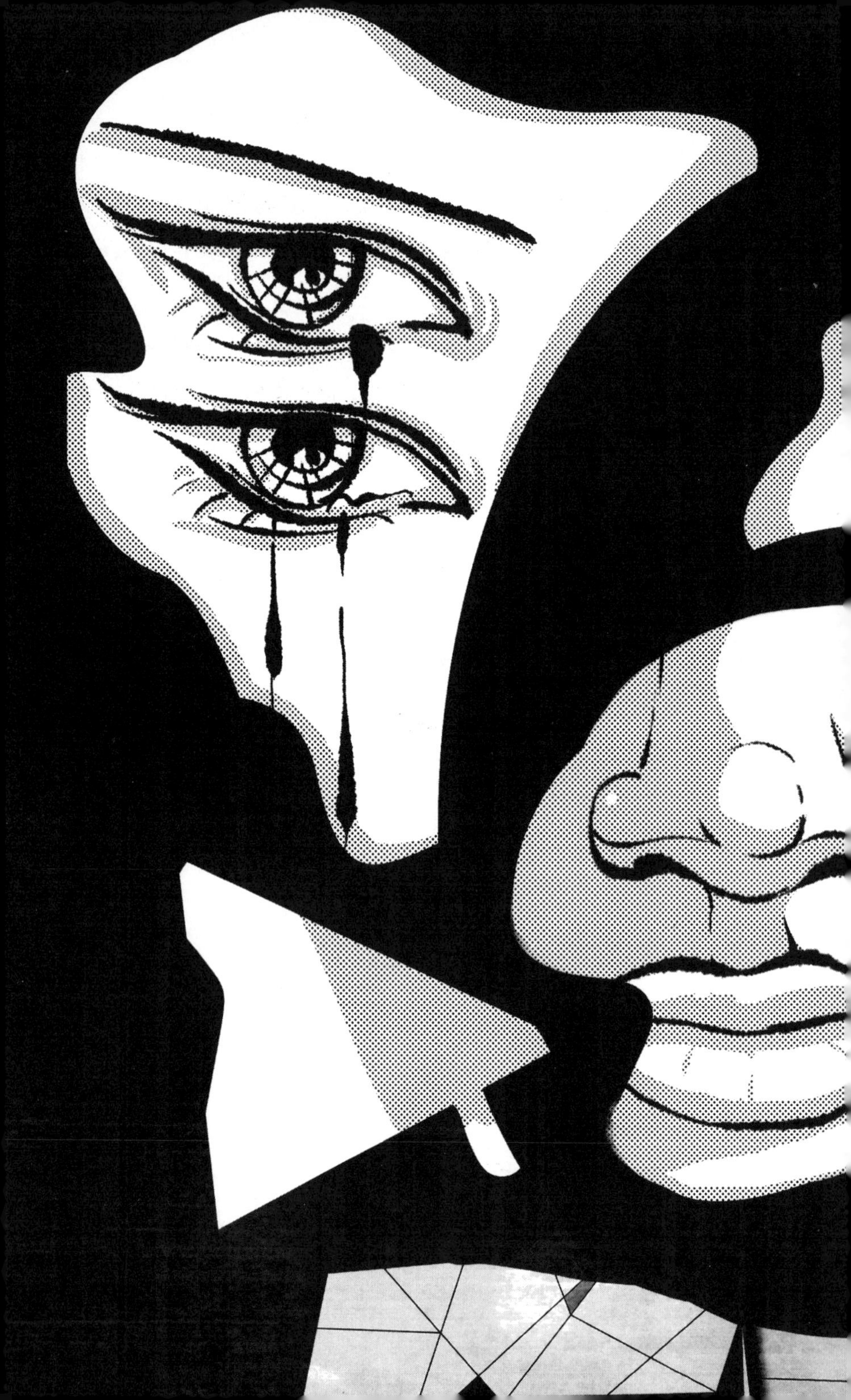

奇拉诺夜总会的枪声

Chapter 6

泰德·卡玛迪喜欢雨——喜欢雨的感觉，雨的声音，雨的气息。他走出自己的拉萨尔双门汽车，在卡隆德莱特公寓的侧门外站了一会儿，蓝色羊皮大衣的高领搔到了他的耳朵，他的双手插在口袋里，嘴上叼着一支软塌塌的香烟。接着，他走进大门，经过理发店、杂货铺和香水店——里面摆放着一排排闪闪发光的香水瓶，好像百老汇音乐剧结尾处的集体大合唱。

他绕过一根有金色条纹的廊柱，走进铺着地毯的电梯。

"好啊，阿尔伯特。真是一场好雨。九层。"

那个开电梯的男孩身材瘦削，一脸倦容。他穿着淡蓝色和银色相间的制服，戴着白手套的手挡住正要关上的电梯门："老天，卡玛迪先生，你以为我不知道你住哪层？"

他没看指示灯就按下九层，之后哗的一声拉开电梯门，然后突然靠在电梯上，闭上了眼睛。

卡玛迪停住脚步,明亮的褐色眼睛迅速地瞥了他一眼。"怎么了,阿尔伯特?病了?"

男孩挤出一个淡淡的笑容,"我连上两班了。科基病了,生了疖子。我想我是没吃饱。"

这位身材高大、褐色眼睛的男人从口袋里掏出一张皱巴巴的五元钞票,递到男孩的鼻子下面。男孩瞪大了眼睛,直起了身子。

"老天,卡玛迪先生。我不是这个意思——"

"别说了,阿尔伯特。朋友之间,钱算什么?替我多吃点。"

他走出电梯,沿着走廊走去,轻轻地低声说:"傻瓜。"

跑过来的男人差点把他撞倒。那人冷不防地从拐角出来,擦着卡玛迪的肩膀跑过去,奔向电梯。

"下楼!"他拍着正要关上的电梯门。

卡玛迪看了看这个人,他被雨水淋湿的帽子压得很低,下面是一张苍白的面孔。两只空洞的黑眼睛离得很近,有一种直愣愣的奇怪眼神。他以前见过这种眼神——在瘾君子的脸上。

电梯如铅块一般坠落。卡玛迪盯着电梯刚才的位置看了好一会儿,这才继续沿着走廊前行,转过那个拐角。

他看到914号的房门开着。有个女孩的身体一半躺在门里,一半躺在门外。

她侧身躺在那里,穿着有光泽的铁灰色睡衣,脸颊贴在走廊的地毯上,浓密的玉米色金发闪着光亮的波浪,没有一丝乱发。她很年轻,非常漂亮,看起来不像死了。

卡玛迪在她身边蹲下来,摸了摸她的脸颊。是温热的。他轻轻撩开女孩的头发,看到了瘀伤。

"被棍子打的。"他咬着牙说。

他抱起女孩,穿过短短的门廊,进入套房的客厅,把她放在瓦斯壁炉前的丝绒长沙发上。

她一动不动,闭着眼睛,妆容难以掩盖发青的脸色。他关上大门,环顾公寓四周,接着走回门廊,从护墙板边上捡起一个泛着白光的东西。那是一把点二二自动手枪,骨质枪柄,七发子弹。他闻了闻枪口,把枪放进口袋里,回到女孩身边。

他从内侧胸袋里掏出一个银质的扁瓶小酒壶,拧开壶盖,用手指掰开女孩的嘴巴,抵着她小巧的白牙灌了一些威士忌。她呛了一下,脑袋挣脱开他的手。她的眼睛睁开了——深蓝色的,带着一点点紫色。眼神里闪过一丝光,但那光显得很脆弱。

他点燃一支香烟,站着低头看她。她稍稍挪动了一下,过了一会儿,又低声说:"我喜欢你的威士忌。能再来点吗?"

他从浴室找来一个玻璃杯,倒入威士忌。她慢慢地坐起来,摸了摸脑袋,发出一声呻吟。然后她从他的手里接过酒杯,手腕熟练地一甩,把酒喝了下去。

"我还是很喜欢这味道,"她说,"你是谁?"

她的声音深沉而轻柔。他喜欢这个声音。他说:"泰德·卡玛迪。我住在走廊那边的937号房。"

"我晕过去了,我猜。"

"嗯哼。你被人打晕了,天使。"他用明亮的眼睛探究着她,嘴角含着一丝微笑。

她瞪大了眼睛。目光中闪过一丝光亮,仿佛裹着一层具有保护作用的珐琅质。

他说:"我看到那家伙了。他吸毒了。这是你的枪。"

他从口袋里拿出枪,放在手掌上。

"这让我想起了一个睡前故事。"女孩缓慢地说

"不用讲给我听。如果你遇到了麻烦,我或许可以帮助你。要看情况。"

"看什么情况?"她的声音变得有些冷淡、尖刻。

"看是哪种行当,"他温柔地说。他退出那把小枪的弹匣,看了一眼子弹。"铜镍合金,嗯?你很懂枪啊,天使。"

"你非要叫我天使吗?"

"我不知道你的名字。"

他朝她咧嘴一笑,走向窗前的写字台,把枪放在桌上。台面上有一个皮质相框,里面并排摆着两张照片。最初他只是漫不经心地一瞥,但目光随即定住了。一个深色皮肤、长相端庄的女人,一个身材瘦削、眼神冷漠的金发男人,竖着

僵硬的立领，系着大领结，穿着窄翻领的外套——看得出来，照片是很多年前拍的。他盯着照片中的男人。"

女孩在他身后开口了。"我叫琼·阿德里安，在奇拉诺夜总会工作，表演歌舞。"

卡玛迪依旧盯着那张照片。"我和本尼·奇拉诺很熟，"他心不在焉地说，"这是你的父母？"

他转身看着女孩。她缓缓抬头，深蓝色的眼睛里露出一丝像是恐惧的神色。

"是的，他们死了好多年了，"她语气平淡地说，"还有问题吗？"

他快步走回长沙发，站在女孩面前。"好，"他淡淡说道，"我爱管闲事，那又怎样？这是我的城市。以前归我父亲管理。老马库斯·卡玛迪，人民之友。这是我的公寓，我拥有一部分产权。那个吸毒的流氓看起来像个杀手。我难道不该出手帮忙？"

金发女孩懒洋洋地望向他。"我还是喜欢你的威士忌，"她说，"我能——"

"对着酒壶喝吧，天使。能喝得快一点。"他嘟囔道。

她突然站起来，脸色有些发白。"你对我说话的口气就像我是骗子，"她厉声说，"如果你想知道，听好。我的男朋友受到了威胁。他是个拳击手，他们想让他故意输掉比赛。现在他们想通过我来威胁他。这让你满意些了吗？"

卡玛迪从椅子上拿起帽子,把嘴里的烟蒂按灭在烟灰缸里。他静静地点了点头,换了一副声音说:"请你原谅。"他朝门口走去。

走到半路时传来一阵咯咯的笑声。女孩在他身后轻声说:"你的脾气真坏。还有,你忘了你的酒壶。"

他走回去,拿起酒壶。接着他突然弯下腰,托起女孩的下巴,吻了下她的嘴唇。

"去你的吧,天使。我喜欢你。"他柔声说道。

他走回门廊,走出房间。女孩用一根手指摸了摸嘴唇,缓缓地来回摸着,脸上露出一丝羞涩的笑容。

3

　　服务员领班托尼·阿科斯塔苗条，黝黑，瘦小得像个女孩。他有一双纤细的小手，眼神温和，小嘴倔强。他站在门口说："第七排是我能搞到的最好位置，卡玛迪先生。这个迪肯·维拉不错，但杜克·塔戈会是下一个轻量级冠军。"

　　卡玛迪说："进来喝一杯，托尼。"他走到窗前，看着外面的雨。"如果他们买他赢。"他转头说了一句。

　　"好吧——就来一小杯，卡玛迪先生。"

　　黑皮肤男孩在仿谢拉顿式①写字台上就着托盘仔细调了一杯高球鸡尾酒。他对着灯光举起酒瓶，仔细测算酒量，又用长勺轻轻搅动冰块。他啜了一口酒，微笑起来，露出一口又细又白的牙齿。

　　"塔戈很厉害，卡玛迪先生。速度快，人机灵，两个拳头都很出色，非常勇猛，从不后退一步。"

———————
① 谢拉顿式家具：18世纪晚期英国新古典风格家具。

"他得顶住那些拍他的马屁的人。"卡玛迪慢吞吞地说。

"他们还没喂他狮子肉呢。"托尼说。

雨水打在玻璃上。豆大的雨珠砸平后汇聚成涓涓细流，顺着玻璃往下流。

卡玛迪说："他是个要饭的。混出了点名堂，但依旧是个要饭的。"

托尼深深地叹了口气。"真希望能去。我今晚也不用当班。"

卡玛迪慢慢地转过身，走到写字台前，调了一杯酒。他的两颊发暗，声音疲惫、慵懒。

"那就去呗。有什么问题？"

"有让我头疼的事。"

"你又破产了？！"卡玛迪几乎吼了起来。

黑皮肤男孩垂下长长的睫毛，眼睛望向别处，默不作声。

卡玛迪握紧左拳，又慢慢地舒展开，目光中含着愠怒。

"管卡玛迪要就是了，"他叹了口气，"老好人卡玛迪。他总会给钱的。他心肠特别好。管卡玛迪要就是了。好吧，托尼，把钱拿去，买两张票。"

他的手伸进口袋，掏出一张钞票。黑皮肤男孩一副受伤的样子。

"老天，卡玛迪先生，我不想让你以为——"

"行啦！朋友之间一张拳票算什么？买两张，带上你的女朋友。让塔戈见鬼去吧。"

托尼·阿科斯塔接过钱。他仔细端详了一会儿这个比他年长的男人。接着，他十分温柔地说："我更想跟你去，卡玛迪先生。塔戈不仅在拳台上所向披靡，他还把住这层的一位金发美女弄到了手。阿德里安小姐，914号房。"

卡玛迪身子一僵。他慢慢地放下杯子，在桌面上转着。他的声音变得有些沙哑。

"那他依旧是个要饭的，托尼。好吧，我和你一起吃晚饭。七点钟，你的酒店门口。"

"天啊，那太好了，卡玛迪先生。"

托尼·阿科斯塔迈着轻柔的步子走了出去，悄无声息地关上门。

卡玛迪站在写字台旁，指尖轻抚着桌面，眼睛望着地板。他就这样站了很久。

"卡玛迪，全美国最笨的人，"他冷酷地出声说道，"一个总想出手相助，为误入歧途的娘们儿照亮前路的家伙。没错。"

他喝完酒，看了看手表，戴上帽子，穿上蓝色羊皮雨衣，走出房间。经过914号房时，他停下脚步，抬手想要敲门，手还没碰到门就放了下来。

他继续慢慢走到电梯处，下楼找到自己的车。

《论坛报》的办公室位于第四大街和泉水街的交叉口。卡玛迪将车停在街角，走进员工入口，乘着摇摇晃晃的电梯上到四楼。电梯工是个老头，嘴里叼着一支熄灭的雪茄，将一本卷起的杂志凑到鼻子前面6英寸的地方。

四楼宽大的双开门上写着"城市部"的字样。另一个老头坐在外面一张摆着通话装置的小桌旁。

卡玛迪敲了敲桌子，说："告诉亚当斯，卡玛迪找他。"

老头对着通话装置咕哝了一阵，按下门禁，扬了扬下巴。

卡玛迪穿过大门，走过一张马蹄形的办公桌，然后是一排小桌子，桌上的打字机正被敲得噼啪作响。房间尽头，一个身材瘦长的红发男人，正无所事事地把两只脚跷在拉开的抽屉上，脖子向后靠在倾斜得快要倒下的椅子上，嘴里的大烟斗直指天花板。

当卡玛迪走到他的身边时，他只是垂下眼睛，身体的其余部分一动未动。他咬着烟斗说："好啊，卡玛迪。游手好闲的有钱人过得怎么样？"

卡玛迪说："看看你的文件夹里有没有一个叫考特威的家伙？确切地说，州参议员约翰·迈尔森·考特威。"

亚当斯把脚放到地板上，双手拉住桌沿坐直身体。他叼起烟斗，又从嘴里取出来，朝废纸篓吐了口唾沫。他说："那个冷血的老家伙？他什么时候上新闻了？没问题。"他疲倦地站起来，补充道："跟我走，大佬。"说着便沿着房间一侧走了。

他们经过另一排办公桌，经过一个脸上妆容已经糊了的胖丫头，她正一边打字一边对着打字的内容哈哈大笑。

他们穿过一扇门，走进一个大房间，里面几乎摆满了6

英尺高的文件柜，无意中形成一个凹室，里面摆着一张小桌子和一把椅子。

亚当斯在文件柜里翻了一会儿，抽出一个文件夹，放在桌上。

"坐吧。是什么贪污案？"

卡玛迪的一只胳膊肘撑在桌子上，翻阅那一叠厚厚的剪报。内容千篇一律，都是政治新闻，但算不上头版。无非是些考特威议员对这个或那个公共事件发表了这样或那样的见解，在这个或那个会议上发表了演说，去了这个或那个地方——看上去全都无聊透顶。

他看着几张影印照片，上面是一个瘦削的白发男人，沉静的脸上没有表情，深陷的黑眼睛里既没有光亮也没有温度。过了一会儿，他说："有没有我可以拿走的？我是说，真的照片。"

亚当斯叹了口气，伸了个懒腰，消失在一排文件柜后面。回来时他拿着一张发亮的黑白照片，扔在桌上。

"拿走吧，"他说，"我们多得是。这家伙好像永远不会死。要我替你找他签个名吗？"

卡玛迪眯起眼睛看着照片，看了很久。"很好，"他缓缓说道，"考特威结过婚吗？"

"我不用尿片以后就没结过了，"亚当斯粗声粗气地说，"可能永远不会结。嘿，到底什么事这么神秘？"

卡玛迪朝他慢慢露出笑容。他掏出酒壶，放在桌上的文件夹旁。亚当斯的脸上一亮，伸出长胳膊去拿酒壶。

"那么,他也没有孩子。"卡玛迪说。

亚当斯瞅了一眼酒壶。"嗯——没有公开的,我想。据我所知,确实没有。"他咕嘟咕嘟地喝了几口,擦了擦嘴,又接着喝。

"那么,"卡玛迪说,"事情就非常有趣了。再喝三口酒——然后忘掉你见过我。"

3

　　胖子把脸凑近卡玛迪的脸。他喘着粗气说："你说比赛结果已经定了，朋友？"

　　"对，维拉赢。"

　　"赌多少钱？"

　　"数数你口袋里有多少。"

　　"我有五张，正想变多点呢。"

　　"成交，"卡玛迪淡淡地说道，目光继续盯着拳场前排座位上的那个金发女孩的后脑勺。那富有光泽的波浪状头发下，是饰有白色皮毛的白色披肩。他看不到她的脸——也不必看到。

　　胖子眨眨眼，小心翼翼地从马甲内侧的口袋里掏出一个鼓鼓囊囊的钱包。他把钱包放在膝头，数出十张五十美元的钞票，卷成一卷，将钱包塞回胸口。

　　"该你了，伙计，"他喘着粗气说，"让我看看你的钱。"

卡玛迪收回视线,掏出一叠崭新的百元大钞,刷地翻了一遍。他从纸带下面抽出五张,递过去。

"伙计,这钱是新的啊,"胖子又把脸凑近卡玛迪的脸,"我叫斯基茨·奥尼尔。不准耍赖,嗯?"

卡玛迪缓缓露出笑容,把钱塞进胖子手里。"你拿着,斯基茨。我叫卡玛迪。老马库斯·卡玛迪的儿子。我开枪的速度可比你跑得快 —— 一会儿见分晓。"

胖子深深地吸了口气,往后靠在椅背上。托尼·阿科斯塔温和地盯着捏在胖子肉嘟嘟的手里的钱。他舔了舔嘴唇,略显尴尬地朝卡玛迪笑了笑。

"老天,你输定了,卡玛迪先生,"他低声说,"除非 —— 除非你知道一些内幕。"

"值得花五张赌一把了。"卡玛迪粗声粗气地说。

第六局比赛的铃声响起。

前五局打得平淡无奇。金发大个子男孩杜克·塔戈根本没动真格的。黑皮肤的迪肯·维拉是个身强体壮、四肢灵活的波兰小子,长着一口坏牙和两只菜花一样的耳朵。他空有一副好身板,只知道生硬地抱住对方,挥拳幅度很大,但动作不连贯。到目前为止,他还能抵挡住塔戈。观众向塔戈发出阵阵嘘声。

凳子撤出拳台后,塔戈拉了拉黑色和银色相间的短裤,朝披着白色披肩的女孩拘谨地一笑。他长得很英俊,脸上没有伤疤，左肩上沾着维拉的鼻血。

铃声响起，维拉穿过拳台，闪开塔戈的肩膀，挥出一记左勾拳。塔戈的反应远比挨了一拳大。他向后撞到护栏上，又弹回来，抱住对手。

卡玛迪在黑暗中静静地微笑。

裁判很快分开二人。塔戈利落地退开，维拉使出一记勾拳，但没打中。一分钟里，两人互有攻守。楼座上传来一阵华尔兹的乐声。接着，维拉用力挥出一拳。塔戈好像就等在那里，等着拳头打来。他的脸上露出古怪、僵硬的微笑。戴着白色披肩的女孩一下子站了起来。

维拉的拳头扫过塔戈的下巴，但几乎没有撼动他。塔戈一记右直拳，正中维拉的眼睛，一记左勾拳狠狠打中维拉的下巴，紧随其后的右勾拳几乎打在同一位置。

黑皮肤男孩四肢伏地，缓缓倒在拳台上，两手压在身下。裁判开始倒计时，周围嘘声四起。

胖子艰难地站起来，笑得合不拢嘴。他说："你觉得怎么样，伙计？还觉得是内定吗？"

"玩脱了。"卡玛迪说道，声音平淡得就像警察在和对讲机说话。

胖子说："再见了，伙计。常来玩。"他跨过卡玛迪时，踢到了他的脚踝。

卡玛迪一动不动地坐在那里，看着空荡荡的观众席。拳手和教练已经去了拳台下面的休息室。戴着白色披肩的女孩也消失在人群中。灯光熄灭了，整个场地看上去像谷仓一般，廉价又肮脏。

托尼·阿科斯塔显得坐立不安。他看着一个穿条纹外套的男人，清扫座位间的垃圾。

卡玛迪突然站起来，说："我要去和那个要饭的谈谈，托尼。在外面的车里等我。"

他快步走上斜坡来到大堂，穿过还没散去的观众，来到一扇写着"禁止入内"的灰色门前。他穿过那扇门，走下一段斜坡，来到另一扇标有同样文字的门前。一个穿着褪色卡其制服、敞着怀的警卫站在那里，一手拿着啤酒，一手拿着汉堡。

卡玛迪晃了一下警察证，警卫看都没看就让开了。卡玛迪穿过那扇门时，他还平静地打了个嗝。卡玛迪沿着一条狭窄的过道往前走，两边都是标着号码的房门，里面传出喧哗声。左侧第四扇门上用图钉钉着一张卡片，上面潦草地写着"杜克·塔戈"。

卡玛迪打开门，听到里面传来哗啦哗啦的淋浴声。

在这个狭小、几乎空无一物的房间里，有个身穿白色运动服的男人坐在桌子一头，桌面上散落着衣服。卡玛迪认出那人是塔戈的助理。

他问："杜克在哪儿？"

穿运动服的男人用拇指指了指有淋浴声的地方。这时，一个男人晃进门来，跌跌撞撞地来到卡玛迪身前。他个子很高，卷曲的褐色头发里夹杂着深灰色。他手里拿着一大杯酒，烂醉如泥的脸上闪着光。他的头发湿漉漉的，眼睛里布满血丝，嘴角似笑非笑地抽动着，但没有任何意义。他粗声粗气地吼道："混蛋，给我滚。"

卡玛迪平静地关上门，靠在门上，手伸进敞开的蓝色雨衣，准备从马甲口袋里掏出烟盒。他根本没看那个鬈发的家伙。

鬈发男人突然抬起空着的右手，伸进大衣里，掏出来时多了一把蓝色钢制手枪。在浅色大衣的映衬下，手枪幽幽发光。酒从他左手的酒杯里溅了出来。

"别来这套！"他咆哮道。

卡玛迪不慌不忙地掏出烟盒，拿在手里给对方看了看，然后打开烟盒，往嘴里塞了一支。蓝色手枪离他非常近，拿得不太稳。端着酒杯的手在有节奏地抖动。

卡玛迪随口说道："你应该是在自找麻烦。"

穿运动服的男人从桌上跳下来。他一动不动地站在那里，盯着那把枪。鬈发男人说："我们喜欢麻烦。迈克，搜他的身。"

穿运动服的男人说："我不想掺和这件事，申维尔。看在老天的分上，冷静点。你醉得就跟摆渡船似的。"

卡玛迪说："搜身没问题。我没带枪。"

"不用了，"穿运动服的男人说，"这家伙是杜克的保镖。

别把我扯进来。"

鬈发男人说："当然，我醉了。"然后咯咯地笑起来。

"你是杜克的朋友？"穿运动服的男人问。

"我有消息给他。"卡玛迪说。

"关于什么？"

卡玛迪没搭腔。"好吧。"穿运动服的男人不悦地耸耸肩。

"知道吗，迈克？"鬈发男人突然恶狠狠地说，"我想这个狗娘养的看上了我的工作。该死，没错。"他用枪口戳了戳卡玛迪，"你不是私家侦探吧，先生？"

"说不准，"卡玛迪说，"把枪对着你自己的肚子如何？"

鬈发男人微微转头，朝身后咧嘴一笑。

"你知道什么，迈克？他是个私家侦探。他肯定是看上了我的工作。肯定是。"

"把枪收起来，蠢货。"穿运动服的男人嫌弃地说。

鬈发男人又扭了一下头。"我是他的保镖，不是吗？"他抱怨道。

卡玛迪拿着烟盒的手几乎是随意地把枪推到一旁。鬈发男人连忙转过头来。卡玛迪迎上前去，一拳打在他的肚子上，用前臂架开手枪。鬈发男人呛了一下，酒洒在卡玛迪的雨衣前襟上。酒杯在地板上摔了个粉碎。蓝色手枪也从手中滑落，掉在了角落里。穿运动服的男人走过去捡枪。

没人注意到淋浴声停止了。一头金发的拳击手一边从浴室走出来，一边用毛巾用力擦着身体。他目瞪口呆地看着眼前的场景。

卡玛迪说："我不需要这货了。"

他一把推开鬈发男人，然后一记右拳狠狠打在他的下巴上。鬈发男人一个趔趄，撞到对面的墙上，然后跌坐在地板上。

穿运动服的男人捡起枪，僵硬地站在那里，注视着卡玛迪。

卡玛迪掏出手帕，擦了擦雨衣前襟。塔戈慢慢地闭上了那张漂亮的嘴巴，开始用毛巾擦拭胸膛。过了一会儿，他说："你到底是谁？"

卡玛迪说："我以前干过私家侦探。我叫卡玛迪。我想你需要帮助。"

塔戈的脸比之前在浴室里更红了。"为什么？"

"我听说你本该输掉比赛，我想你也试着去做了，只是维拉太烂了，你实在控制不了自己。这意味着你有麻烦了。"

塔戈非常缓慢地说："说这种话的人，可能会被打掉牙。"

一时间，房间一片寂静。醉汉坐直身子，眨眨眼睛，试图站起来，但还是放弃了。

卡玛迪继续平静地说："本尼·奇拉诺是我的朋友。他是你的后台，对吗？"

穿运动服的男人发出刺耳的笑声。然后，他取出枪里的子弹，把枪扔在地板上。他走向房门，走了出去，砰的一声把门关上。

塔戈看了看关上的门,又把目光转到卡玛迪身上。他缓缓地说:"你听到什么了?"

"你的朋友琼·阿德里安住在我的公寓,同一层。她今天下午被暴徒打伤。我正巧路过,看到那个暴徒跑了,于是我把她扶了起来。她跟我说了一点事情的经过。。"

塔戈已经穿上内衣和鞋袜。他打开衣柜,拿出一件黑色缎子衬衫穿上。他说:"她没跟我说。"

"她不会跟你说的——在比赛之前。"

塔戈微微点头,然后说:"如果你认识本尼,那你大概可靠。我一直受到威胁。也许很多是无稽之谈,也许是泉水街的混混,想着轻松赚点钱。但我按我的方式打比赛。现在你可以走了,先生。"

他穿上黑色高腰裤,在黑色衬衫上打上一条白色领带,又从衣柜里拿出一件饰有黑色穗带的白色哔叽西装,穿在身上。西装口袋里露出黑白双色手帕的一角。

卡玛迪盯着他的这身打扮,朝门口走了几步,低头看了看醉汉。

"好吧,"他说,"我看到你有保镖了。我只是一时兴起,抱歉。"

他走出去,轻轻关上门,沿着斜坡走回大厅,回到街上。他冒雨绕过楼角,走到一个铺着沙砾的大停车场上。

车灯朝他闪了两下,接着他的双门汽车沿着潮湿的沙砾路开了过来，在他的身边停下。托尼·阿科斯塔坐在驾驶座上。

卡玛迪坐到副驾驶的位子上说："我们去奇拉诺夜总会喝一杯，托尼。"

"老天，那太棒了。阿德里安小姐在那儿跳舞。你知道，我和你提过的那个金发女郎。"

卡玛迪说："我见到塔戈了。我有点喜欢他——但不喜欢他的那身行头。"

⊴

古斯·奈沙克尔有 200 磅重，衣着时尚，脸颊通红，纤细的眉毛精心描画过 —— 就像中国花瓶上的人物。他不时嗅一嗅宽肩晚礼服翻领上插着的那朵红色康乃馨，同时留意正为一批客人安排座位的领班。当卡玛迪和托尼·阿科斯塔穿过大堂拱门走进来时，他突然笑容满面，伸手迎上前去。

"怎么样，泰德？开派对？"

卡玛迪说："就我们两个。这位是阿科斯塔先生。这位是古斯·奈沙克尔，奇拉诺夜总会的大堂经理。"

古斯·奈沙克尔和托尼握了握手，但眼睛没有看他。他说："让我想想，你上次光顾的时候 ——"

"她不在城里，"卡玛迪说，"我们就坐在舞池附近，但不用太近。我们不跳舞。"

古斯·奈沙克尔从领班的腋下抽出一本菜单，领着他们走下五级深红色的台阶，沿着椭圆形舞池周围的桌子往前走。

他们坐下来。卡玛迪点了黑麦威士忌苏打和丹佛三明治。奈沙克尔把单子交给侍者,拉出一把椅子,在桌旁坐下。他拿出一支铅笔,在火柴盒的内侧画着三角形。

"看比赛了吗?"他漫不经心地问。

"那叫比赛?"

古斯·奈沙克尔宽容地一笑。"本尼和杜克谈过,他说你很聪明。"他突然看了看托尼·阿科斯塔。

"托尼没问题。"卡玛迪说。

"好吧。帮我们个忙,好吗?让事情到此为止。本尼喜欢这个孩子,不会让他受到伤害。他会保护他——真正的保护——如果他认为这些威胁是真的,而不是台球厅的小混混想出来的玩笑。本尼每次只会支持一个拳手,他会精挑细选。"

卡玛迪点燃一支香烟,从嘴角呼出烟雾,平静地说:"这不关我的事,但我告诉你这里面有鬼。对这类事我一向敏感。"

古斯·奈沙克尔盯着他看了一会儿,然后耸耸肩。他说:"我希望你搞错了。"说完他站起来,从桌间穿过走了。他不时弯腰微笑,与客人寒暄两句。

托尼·阿科斯塔丝绒般的眼睛亮了起来。他说:"老天,卡玛迪先生,你认为事情很棘手?"

卡玛迪点点头,没说话。侍者把酒和三明治放在桌上就走了。椭圆形舞台尽头的乐池里,乐队奏出一个长长的和弦,一个油头粉面、满脸堆笑的主持人快步走上舞台,嘴巴凑近打开的小麦克风。

歌舞表演开始了。在如雨般洒下的彩色灯光中，一群半裸的女孩鱼贯登场。她们时而围成一圈，时而分散开来，光溜溜的大腿泛着光亮，肚脐陷在柔软白皙的赤裸肌肤里，仿佛黑暗的小酒窝。

一位冷若冰霜的红发女郎唱起一首冷若冰霜的歌，那声音简直可以劈开木柴。跳舞的女孩穿着黑色连裤袜，戴着丝质帽子回到舞台上，跳的还是同样的舞，只是裸露的部位稍有不同。

音乐变得轻柔起来。淡黄色的灯光下，一位淡色皮肤的悲情歌手垂首而立，以老象牙般的嗓音，唱起遥远、伤感的往事。

在昏暗的灯光下，卡玛迪啜着酒，摆弄着三明治。在他身旁，托尼·阿科斯塔那张年轻、硬朗的脸显得有些紧张。

悲情歌手离开舞台。短暂的间隙后，所有灯光突然熄灭，只留下乐队谱架上方的灯光，还有桌后通向包厢的走廊入口的淡黄色小灯。

黑暗中传来尖叫声。在高高的屋顶下，一个白色的光点落在舞台旁边的过道上。在反射的光线下，人们的面孔变得苍白，四处都是香烟头闪烁的红光。四个高大的黑人在灯光下走动，肩上扛着一个白色的木乃伊棺材。他们迈着缓慢而有节奏的步伐走下过道，头戴白色埃及头饰，腰缠白色皮革布,白色凉鞋的鞋带一直系到膝盖。他们黝黑光滑的四肢,宛如月光下黑色的大理石。

他们走到舞池中央,慢慢立起木乃伊棺材,直到棺盖向前倾斜,掉了下来,然后被人接住。接着,一个裹着白袍的身形慢慢地,慢慢地向前倾倒——就像枯树上的最后一片叶子慢慢飘落。人形在空中倾斜,似乎在飘着,然后随着一阵震耳欲聋的鼓声,倒向地面。

灯光熄灭,又亮起来。裹着白袍的身形直立在地板上旋转,而另一个黑人朝着相反的方向旋转,将白布裹在自己身上。接着,白布滑落,在耀眼的光线下是一个身上饰有亮片,四肢雪白光滑的女孩。她的身体飞升而起,闪着光,被接住后在四个黑人之间迅速传递,就像棒球在内野快速传递一般。

接着,音乐变成了华尔兹,女孩在四个黑人之间优雅起舞,如同置身于四根乌木柱子之间,若即若离。

表演结束了。掌声如潮水般响起又停息。灯光熄灭,舞台重新陷入黑暗。接着所有的灯都亮起来,女孩和四个黑人已经消失不见。

"棒呆了,"托尼·阿科斯塔吸了口气。"天啊,棒呆了。那个女孩就是阿德里安小姐,对吗?"

卡玛迪缓缓说道:"挺大胆的尝试。"他又点了支烟,环顾四周。"还有一出黑白配呢,托尼。杜克本人,亲自出演。"

杜克·塔戈站在其中一个弧形包厢的入口处使劲鼓掌,

脸上露出恣意的笑容。他看上去好像喝了些酒。

一只胳膊搂住了卡玛迪的肩膀。一只手按在了他手肘边的烟灰缸上。他闻到一股浓烈的威士忌酒气。他缓缓转过头，抬头看到申维尔——杜克·塔戈的那个酒鬼保镖——醉醺醺的脸。

"几个黑人和一个白妞，"申维尔粗声粗气地说，"下流，糟糕，糟糕透顶！"

卡玛迪慢慢露出一抹笑意，稍微挪动了一下椅子。托尼·阿科斯塔瞪圆眼睛，盯着申维尔，小嘴抿成一条细线。

"只是扮的黑人，申维尔先生。不是真正的黑人。我喜欢。"

"谁他妈在乎你喜欢什么？"申维尔露出好奇的表情。

卡玛迪微微一笑，将香烟搭在盘子边上。他又移动了一下椅子。

"还认为我要抢你的工作，申维尔？"

"是啊，你还欠我肚子上的一拳呢。"他抬起烟灰缸里的手，在桌布上擦了擦，握成拳头，"现在想还账吗？"

一个侍者抓住他的胳膊，把他转了过来。

"找不到座位了，先生？这边请。"

申维尔拍了拍侍者的肩膀，想用一只胳膊搂住他的脖子。"好极了，我们去喝一杯。我不喜欢这些人。"

他们走开了，消失在桌子之间。

卡玛迪说："让这地方见鬼去吧，托尼。"他心情不悦地盯着乐台，目光随后变得专注。

一个淡金色头发的女孩，披着有白毛皮领的白色披肩，出现在乐台边缘。她绕到后面，又在更近的位置出现。她沿着包厢的边缘走到塔戈刚才站的地方，然后钻进包厢之间，不见了。

卡玛迪说："让这地方见鬼去吧。我们走，托尼。"他的声音低沉而愤怒，然后又紧张地轻声说："不——等一下。我看见了另一个讨厌的家伙。"

那个男人站在如今空荡荡的舞池远端，正沿着舞池边缘，走过边上的桌子。他没戴帽子，看上去和之前不太一样，但他的脸依旧平淡，苍白，没有一丝表情，两眼依旧离得很近。他很年轻，不超过三十岁，但已经有了谢顶的烦恼。左腋下微微鼓起的手枪几乎难以察觉。他就是在卡隆德莱特，从琼·阿德里安公寓里逃跑的男人。

他来到塔戈离开的通道，琼·阿德里安刚刚也是从这里离开的。他走了进去。

卡玛迪厉声道："在这里等着，托尼。"他向后踹开椅子，站了起来。

有人从后面给了他的后脑勺一拳。他倏地转身，几乎碰到申维尔那张汗津津的笑脸。

"我又回来了，伙计。"鬈发男人咯咯一笑，一拳打在他的下巴上。

这是一记短刺拳，对醉汉来说，打得很准。它让卡玛迪踉踉跄跄地失去了平衡。托尼·阿科斯塔像猫似的蹿起来，咆哮着。卡玛迪还未站稳，申维尔又挥出一拳。这拳太慢，幅度太大，卡玛迪低头躲了过去，然后一记勾拳，狠狠地打中了鬈发男人的鼻子。他的手还没有收回来就已经沾满鲜血。他把大部分血又抹回到申维尔的脸上。

申维尔身子摇晃着，踉跄着向后退了一步，一屁股坐在地板上，一只手捂着鼻子。

"看住这个鸟人，托尼。"卡玛迪飞快地说道。

申维尔抓住离他最近的桌布用力一扯，刀叉杯盘稀里哗啦地掉在地上。一个男人咒骂着，一个女人发出尖叫，一个侍者怒气冲冲地跑过来。

卡玛迪几乎没有听见那两声枪响。

枪声小而沉闷，连在一起，是一把小口径手枪。正冲过来的侍者猛地停住脚步，嘴边顿时出现一圈深深的白线，就像是鞭子抽出来的一样。

一个尖鼻子的黑皮肤女人张嘴大叫，但是没有发出任何声音。有那么一瞬间，所有人都哑巴了，仿佛在那声枪声之后，再也不会有任何声音。接着，卡玛迪狂奔起来。

他跌跌撞撞地穿过站在那里、伸长脖子的人群，跑到脸色苍白的男人消失的走廊入口处。包厢的墙很高，弹簧门却并不太高，门后探出一个个脑袋，但还没有人站到走廊上。

卡玛迪跑上铺有地毯的斜坡。尽头处,包厢门大敞着。

套在深色裤子里的腿伸在门口,无力地贴着地板,膝盖软塌塌的。黑鞋的斜尖指着包厢。

卡玛迪甩开胳膊,大步走到那里。

那个男人横躺在桌子一头,肚子和一侧脸贴在白色桌布上,左手垂在桌子和软垫椅之间。桌上的右手松松地握着一支点四五的黑色大手枪。头上谢顶的部分在灯下泛着亮光,手枪也在旁边闪着金属的油光。

鲜血从他胸口涌出来,在白布上开出一朵鲜红的花朵,如同慢慢渗入吸墨纸。

杜克·塔戈站在包厢深处,穿着白色哔叽西装,左臂支在桌子一头。琼·阿德里安坐在他的旁边。塔戈茫然地望着卡玛迪,仿佛从未见过他。他伸出宽大的右手。

一把小巧的白柄自动手枪躺在他的掌心里。

"我开枪杀了他,"塔戈说,"他向我们拔枪,于是我开枪杀了他。"

琼·阿德里安的双手搓着手帕一角。她的脸紧绷着,表情冷漠,但并无惧色。她的眼神深沉。

"我开枪杀了他,"塔戈说,他把小手枪扔到桌布上。枪弹了一下,差点打到死者的脑袋。"我们——我们离开这里吧。"

卡玛迪伸手按住横尸男人的脖颈一侧,停了一两秒钟后拿开。

"他死了,"他说,"有人开枪杀人 —— 这可会上新闻的。"

琼·阿德里安直愣愣地看着卡玛迪。他朝她一笑,抬手按住塔戈的胸膛,把他往后推。

"坐下,塔戈。你哪儿也不能去。"

塔戈说:"好吧。我开的枪,你知道。"

"没关系,"卡玛迪说,"放松就好。"

现在,在他身后的人群聚拢过来。他抵住那些人,始终面带微笑地看着女孩苍白的脸。

三

本尼·奇拉诺的外形像两颗蛋,小的是他的脑袋,安在身体这颗大蛋上。他那双灵活的小短腿和穿着高档皮鞋的脚,放在漆黑无光的办公桌底下。他用牙齿紧紧咬住手帕一角,左手把它拉紧,胖乎乎的右手伸到身前,挡住空气。他的声音被手帕捂住了:"现在等一下,伙计们。等一下。"

办公室的一角有张条纹沙发,杜克·塔戈居中而坐,夹在两个警察之间。他的颧骨上有块淤青,浓密的金发乱糟糟的,黑色绸缎衬衫看起来像是被人拉扯过。

其中一位警察灰发,兔唇。另一位警察长着和塔戈一样的金发,有一双黑色的眼睛。两人看上去都不太高兴,金发的那位火气更大。

卡玛迪跨坐在靠墙的椅子上,慵懒地看着坐在旁边皮摇椅上的琼·阿德里安。她手里摆弄着手帕,用手掌搓弄着。她保持这个动作已经有很长一段时间了,自己好像浑然不觉。

她的小嘴生气地紧紧抿着。

古斯·奈沙克尔靠在关着的门上抽烟。"等一下，伙计们，"奇拉诺说，"如果你们不对他动粗，他也不会还手。他是个好孩子——我见过的人里最好的。放他一马吧。"

鲜血从塔戈的嘴角流下来，形成一道涓涓细流，流到凸出的下巴上，在那里汇合，闪着亮光。他的面容空洞，没有表情。

卡玛迪冷冷地说道："你并没有打算让这些家伙停止动粗吧，本尼？"

金发警察咆哮道："你还有私家侦探的执照吗，卡玛迪？"

"我想它大概还躺在那儿。"卡玛迪说。

"也许我们该收回你的执照。"金发警察继续咆哮。

"也许你还可以跳一段扇子舞，警察。也许你就是我所知道的那种无所不能的聪明小伙儿。"

金发警察正要蹿起来，年长的那位说："随他去。给他一点空间。要是他越界了，我们就给他颜色看。"

卡玛迪和古斯·奈沙克尔相视一笑。奇拉诺在空中做了个无能为力的手势。女孩垂着眼睛看着卡玛迪。塔戈张开嘴，往前面的蓝地毯上吐了一口血。

有人推门，奈沙克尔往旁边挪了一步，打开一道门缝，然后完全打开。麦克切斯尼走了进来。

探长麦克切斯尼高个儿，淡黄色头发，四十来岁，有一双灰白色的眼睛和一张多疑的长脸。他关上门，转动门上的钥匙，慢慢走过来，站到塔戈面前。

"死透了，"他说，"一枪在心脏下面，一枪正中心脏。在哪儿都算枪法准的。"

"要是你不得不出手，那就得出手。"塔戈淡然地说。

"查出他是谁了？"灰发警察一边沿着沙发走开，一边问他的同伴。

麦克切斯尼点点头。"托奇·普朗特。职业杀手。我这两年没见过他。右手枪法很准，狠得像长进肉里的脚指甲。一个流氓恶棍。"

"他必须有这样的本事才能做这样的生意。"灰发警察说。

麦克切斯尼的长脸显得很严肃，但并不严厉。"有持枪许可证吗，塔戈？"

塔戈说："有，本尼两周前给我搞到一张。我最近一直受到威胁。"

"听着，探长，"奇拉诺尖声说道，"有些赌徒在恐吓他，让他故意输掉比赛，明白吗？他已经连续九场击倒对手赢得比赛，所以一旦输了，他们就可以大赚一笔。我跟他说过，或许他应该这么做一次。"

"我差点就这么做了。"塔戈闷闷不乐地说。

"所以他们派人来杀他。"奇拉诺说。

麦克切斯尼说："我不否认这一点。你是怎么干掉这家伙的？当时你的枪在哪儿？"

"屁股后面。"

"演示给我看。"

塔戈将手伸进右侧的屁股口袋里，迅速抽出一条手帕，将它绕在手指上，假装是枪管。

"手帕也在口袋里？"麦克切斯尼问，"和枪一起？"

塔戈发红的大脸阴沉下来。他点点头。麦克切斯尼漫不经心地向前一探身，从塔戈手上抽出手帕。他闻了闻，展开后又闻了闻，之后叠起来，塞进自己的口袋里。他的表情没有透露任何信息。

"他说了什么，塔戈？"

"他说：'我来给你带个话，混球，就是这个。'接着他就伸手拔枪，但弹匣卡了一下。我先拔出了我的枪。"

麦克切斯尼淡淡一笑，身子向后一仰，把重心全压在脚踝上。淡淡的微笑似乎从他的长鼻尖上滑下来。他上下打量着塔戈。

"是啊，"他温柔地说，"凭着一把点二二手枪，我会说这真他妈的是好枪法。对大个子来说，你动作够快……谁收到的那些威胁？"

"我，"塔戈说，"电话里。"

"听得出是谁吗？"

"可能就是这个人。我不确定。"

麦克切斯尼僵硬地走到办公室的另一侧，站在那里盯着一张手工涂色的竞技图片看了一会儿。他慢慢地踱回来，走到门边。

"那种家伙没什么价值，"他静静说道，"但我们的工作还是要做。你们两个人进城做份笔录。我们走。"

他走出去。两个警察站起来，将杜克·塔戈夹在中间。那位灰发的警察恶狠狠地说："表现好点，伙计。"

塔戈讥讽道："如果我能洗个脸的话。"

他们走出去。金发警察等着琼·阿德里安走在前面。他把门一推，回头朝卡玛迪吼道："至于你嘛——傻蛋！"

卡玛迪轻声说："我喜欢他们。我心里好像揣了只兔子，警察先生。"

古斯·奈沙克尔哈哈大笑，然后关上门，走到桌边。

"我抖得快跟本尼的第三个下巴一样了，"他说，"我们都来一杯白兰地。"

他倒了三杯三分满的酒，拿起一杯坐到条纹沙发上，伸开长腿，头向后一靠，啜饮着白兰地。

卡玛迪站起来，一口喝干杯中酒。他掏出一支香烟，夹在指尖转动，同时上下打量着奇拉诺光洁的白脸。

"你说今晚的比赛有多少钱易手了？"他轻声问，"赌注。"

奇拉诺眨了眨眼，用胖手抚摸着嘴唇。"几千美元吧。这只是每周的常规赛。没太多人关注，不是吗？"

卡玛迪把香烟塞进嘴里，俯身支在桌上，点燃火柴。他说："如果是的话，谋杀在这座城里未免变得太廉价了。"

奇拉诺什么也没说。古斯·奈沙克尔啜着最后一点白兰地，小心地把空杯放在沙发旁的软木小圆桌上。他默默地盯着天花板。

过了一会儿，卡玛迪朝两人点点头，穿过房间走了出去，又随手把门关上。他沿着走廊而行，经过几间敞着门的化妆室，现在里面已经黑了。他从舞台后面挂着帘幕的拱门走出来。

门厅里，领班站在玻璃门旁，望着外面的雨和一个身穿制服的警察的背影。卡玛迪走进空荡荡的衣帽间，找到自己的帽子和外套，穿戴整齐后，走出来站到领班旁边。

他说："我想你没注意到和我一起来的那个孩子去哪儿了吧？"

领班摇了摇头，伸手开门。

"这里有四百人 —— 其中三百人在警察来之前就跑了。抱歉。"

卡玛迪点点头，走进雨中。穿制服的警察漫不经心地瞥了他一眼。他沿着街道走到停车的地方。车不在那里。他前后看了看这条街，在雨中站了一会儿，然后朝梅尔罗斯走去。

他很快就找到了一辆出租车。

卡隆德莱特车库的斜坡蜿蜒向下，进入半明半暗的寒冷空气中。在石灰墙的映衬下，一排排汽车的巨大黑影充满不祥之兆。小办公室里唯一一盏吊灯散发着死屋般无情的光芒。

一个穿着肮脏工作服的大个子黑人走了出来，揉了揉眼睛，然后咧开大嘴笑了起来。

"你好，卡玛迪先生。你今晚有点心绪不宁吧？"

卡玛迪说："下雨天我就会有点抓狂。我敢打赌我那辆破车不在这儿。"

"是的，不在，卡玛迪先生。我一直在这里擦车，你的车不在。"

卡玛迪木然地说："我把它借给朋友了，他可能把车弄坏了。"

他将一枚五毛钱的硬币往空中一弹，然后沿着斜坡回到侧街。他绕到旅馆后面，来到一条小巷般的街道上。小巷一边是卡隆德莱特的后墙，另一边是两幢木屋和一幢四层砖砌建筑。门上有一个乳白色的圆球，上面写着"布莱恩旅馆"。

卡玛迪走上三级水泥台阶，试着开门。门锁着。他透过玻璃板打量昏暗、无人的小厅。他掏出两把万能钥匙。第二把钥匙让锁芯动了一下。他用力拉住门，又试了试第一把。它刚好能把合得不太严实的门上的门闩拨开。

他走进去，看了眼空荡荡的接待台。按铃旁边放着一块写着"经理"字样的标牌。墙上有一个长方形的空文件架，上面标了数字。卡玛迪绕到接待台后面，从台子下面掏出一本皮质登记簿。他读了最近三页的名字，发现了那个稚嫩的笔迹："托尼·阿科斯塔"，房间号则是另一个人写上去的。

他将登记簿放回去，走过自动电梯，步行爬上四楼。

走廊里静悄悄的。天花板上的照明装置发出微弱的光芒。从左手边的最后一扇也是唯一一扇门的气窗里倾泻出一丝光线。那是411号的房间。他正准备伸手敲门，随即又收了回来。

门把手上沾满污渍，看起来像是血。

卡玛迪向下看去，只见门前褪色的木板上有一摊血，就在长地毯的边缘。

手套里的手顿时冒出冷汗。他脱下手套，僵硬地握住那只手，像爪子一样地握了一会儿，然后慢慢地摇了摇。他的眼睛里闪着锐利、紧张的光。

他拿出一条手帕，包住门把手，慢慢转动。门没锁。他走了进去。

他向房间的另一头看了一眼，极为轻柔地说："托尼。哦，托尼。"

然后，他关上身后的门，用钥匙锁上，仍然用手帕包着。天花板中央垂下三根铜链，吊着一个碗形灯具。光线照着一张整齐的床铺、几件油漆过的浅色家具、一条暗绿色地毯、一张方形桉木写字台。

托尼·阿科斯塔坐在写字台前。脑袋向前趴在左臂上。在他坐的椅子下面，椅子腿和他的脚之间，有一摊闪闪发光的褐色血迹。

卡玛迪僵硬地走过房间，刚走到第二步就感到脚踝发疼。他走到桌前，碰了碰托尼·阿科斯塔的肩膀。

"托尼，"他沙哑地说，声音低沉而含混，"我的上帝，托尼！"

托尼没有反应。卡玛迪绕到他的侧面。一条浸透鲜血的浴巾贴着男孩的腹部，搭在他并拢的腿上。他的右手倚着桌子边沿，好像要把自己撑起来。几乎就在他的脸下，压着一个字迹凌乱的信封。

卡玛迪慢慢地抽出信封，像举起重物一样地把它拿起来，去读上面潦草的文字。

"跟踪他……意大利人聚居区……库特街28号……过了车库……向我开枪……认为我逮到……他……你的车……"

那笔字一直拖到纸张边缘，在那里变成一个墨点。钢笔在地板上。信封上有一个血淋淋的拇指印。

为了保护指纹，卡玛迪小心翼翼地将信折起来，然后把信封放进钱包。他抬起托尼的脑袋，稍稍转向自己。脖颈温度尚存，但已经开始变得僵硬。托尼温柔的黑眼睛没有闭上，有一种猫眼般安静的明亮。刚死的人看着你时就会有这样的眼神。

卡玛迪把托尼的脑袋轻轻放回他伸出的左臂上。他颓丧地站在那里，头歪向一边，眼神几乎睡意蒙眬。然后他的脖子一挺，目光又变得尖锐起来。

他脱下雨衣和里面的西装外套，卷起袖子，在墙角的脸盆里弄湿一条毛巾，走到门口。他将门把手擦净，又弯腰擦掉外面地板上的血迹。

他洗干净毛巾，挂起来晾好，小心地擦干双手，再穿上外套。他用手帕打开气窗，从外面把门锁上，再把钥匙从气窗扔进去，听到房间里叮当一响。

他下了楼，走出布莱恩旅馆。外面还下着雨。他走到街角，扫视树阴遮蔽的街区。他的车在离路口十几码远的地方，小心地停在那里。车灯熄灭了，钥匙就插在点火装置上。他拔出钥匙，摸了摸驾驶座，上面又湿又黏。卡玛迪擦干手，摇上车窗，锁上车，把车留在原地。

回卡隆德莱特的路上，他没遇见任何人。猛烈的斜雨仍然敲打着空荡荡的街道。

7

914号房的门下透出一缕细细的光线。卡玛迪轻轻敲门，前后打量走廊。等待的时间里，他用戴着手套的手指轻抚门板。过了很久，木门后面才传来一个疲倦的声音。

"谁？什么事？"

"天使，我是卡玛迪。我必须见你。公事。"

门咔嗒一声开了。他看到一张疲惫而苍白的脸，黯淡的眼珠是石灰色的，而不再是紫罗兰色。眼睛下面有黑眼圈，仿佛是把睫毛膏揉进了皮肤里。女孩有力的小手攥着门框。

"是你，"她疲惫地说，"当然是你。是啊……好吧，只是我要洗个澡。我身上都是警察的味道。"

"一刻钟后？"卡玛迪随意问道，但仍然目光锐利地看着她的脸。

她慢慢地耸耸肩，然后点了点头。房门就在他的鼻子底下砰的一声关上了。他走回自己的房间，脱下帽子和外套，往杯子里倒了点威士忌，然后走进浴室，从洗脸池上方的小水龙头里接了些冰水。

他慢慢地喝着酒，望着窗外幽暗的大道。不时有汽车疾驰而过，两束白光仿佛凭空从黑暗中散发出来。

他喝完酒，脱得精光，走到淋浴器下面。他换上干净的衣服，把随身的大酒壶重新装满酒，放进里面的口袋里。他从手提箱里拿出一支短管自动手枪，握在手里，盯着它看了一会儿。然后他把手枪放回箱子，点上一支烟，抽完。

他拿了一顶干的帽子和一件粗花呢大衣，回到914号房。

门近乎可疑地半敞着。他轻轻敲了敲门，闪身进去，把门关上，继续走进客厅，看着琼·阿德里安。

她坐在长沙发上，穿着宽松的紫红色睡衣，套着一件中国风外套，一副梳洗一新的样子。一缕湿漉漉的头发耷拉在一侧的太阳穴上。精巧而平静的面容有一种浮雕般的明晰，是那种少女才有的倦容。

卡玛迪说："来一杯？"

她茫然地挥了下手，"好啊。"

他拿出杯子，用威士忌混合冰水，然后拿着它们走到沙发前。

"他们还扣着塔戈？"

她微微动了动下巴，盯着酒杯。

"他又逃了，半路上打了两个警察。他们肯定爱死这个男孩了。"

卡玛迪说:"关于警察,他还有很多要学。到了早上,记者的照相机全都会对准他。我都能想象那些精彩的标题了,比如:'著名拳手开枪也快''杜克·塔戈羞辱黑社会'。"

女孩啜了一口酒。"我累了,"她说,"想去休息了。我们还是说说这事和你有什么关系吧。"

"当然。"他打开烟盒,递到她面前。她伸手去拿烟,当她的手还在烟盒里摸索时,他说道:"在你点烟的时候,告诉我你为什么要开枪。"

琼·阿德里安把香烟放在唇间,低头凑近火柴,深深地吸了一口,把头往后一仰。她的眼睛慢慢恢复了神采,抿紧的嘴唇露出一道浅笑。她一言不发。

卡玛迪看了她一会儿,酒杯在两手间换来换去。然后,他盯着地板说:"那是你的枪 —— 下午我在这里捡起的那支枪。塔戈说他是从屁股口袋里掏出的枪,那是世界上最慢的掏枪方式。尽管如此,他却能连开两枪,准到足以致人于死地,而对方甚至还没来得及从肩上的枪套里取出枪来 —— 这是天方夜谭。但是你,你腿上的小包里有枪,你也认识那个枪手,你完全能够开枪打死他。他大概一直在监视塔戈。"

女孩声音空洞地说:"我听说你是个私家侦探,还是一位政界大佬的儿子。城里的人会谈起你。他们表现出有点怕你,怕你认识的那些人。谁向你举报的我?"

卡玛迪说："他们并不怕我，天使。他们只是那样说话，看看你的反应，判断我是否也牵涉其中，诸如此类。他们不知道是怎么回事。"

"他们很清楚是怎么回事。"

卡玛迪摇摇头。"警察从不相信不费吹灰之力就得到的消息。他们已经习惯了精心编造的故事。我想麦克切斯尼能猜到是你开的枪。他此刻已经知道塔戈的手帕当时是不是和枪一起放在口袋里了。"

她的手指无力地将吸了一半的香烟扔掉。窗帘随风摆动，散落的烟灰在烟灰缸里飘动。她缓缓说道："好吧。是我开的枪。你觉得经过了下午的事，我还会犹豫吗？"

卡玛迪揉了揉耳垂。"我太掉以轻心了，"他轻声说，"你不知道我心里在想什么。发生了一些事，一些肮脏的事。你认为那个枪手是想杀死塔戈吗？"

"我当时是这么认为的——否则我也不会开枪。"

"我觉得可能只是恐吓，天使。就像上次那样。毕竟，夜总会不是脱身的好地方。"

她厉声说："警察不怎么在夜总会抓人。他会逃掉的。他当然是来杀人的，而我当然没想塔戈替我顶罪。他就从我手里夺过枪，演了那出戏。这有什么关系呢？我知道一切最终会真相大白。"

她心不在焉地拨弄着烟灰缸里仍在燃烧的香烟，目光始终低垂。过了一会儿，她近乎耳语地说："你想知道的就是这些吗？"

卡玛迪没有转头，只是把目光瞥向一边，直到他能看到女孩脸蛋的坚实弧度，还有喉咙有力的线条。他闷声说道："申维尔也有份。和我一起在奇拉诺的那个小伙子跟踪申维尔到了他的藏身处。申维尔开了枪。他死了。他死了，天使——他只是一个在旅馆打工的小孩。托尼，是个领班。警察还不知道这件事。"

电梯门的闷响在寂静中显得格外沉重。从雨中的大街上传来凄厉的喇叭声。女孩突然向前一倒，侧身躺到卡玛迪的膝盖上。她半侧着身子，几乎是平躺在他的大腿上。她的眼皮在颤动，上面细小的蓝色血管在柔软的肌肤上倔强地凸显出来。

他张开双臂，慢慢地、松松地搂住她，然后收紧手臂，把她抱了起来。他将她的脸凑近自己的脸，在她的唇边吻了一下。

她睁开眼睛，目光空洞而茫然。他又狠狠地吻了她一下，然后让她在沙发上坐直。

他平静地说："那不只是一出戏，对吗？"

她跳起来，转过身。她的声音低沉、紧张、愤怒。

"你身上有种可怕的东西！魔鬼般的东西。你来这里，告诉我还有一个人被杀了——然后你就吻了我。这不是真的。"

卡玛迪声音低沉地说："任何一个男人，假如他突然迷上别人的女人,他身上都会有种可怕的东西。"

"我不是他的女人!"她反唇相讥,"我甚至都不喜欢他——我也不喜欢你。"

卡玛迪耸耸肩。他们用阴沉、充满敌意的眼神互相对视。女孩咬着牙,近乎粗暴地说:"出去!我没法再跟你说话了。我受不了你在这里。你能出去吗?"

卡玛迪说:"为什么不?"他站起身,走过去拿上帽子和外套。

女孩失声抽泣,然后她迈着轻快的步子穿过房间,走到窗前,背对着他,一动不动。

卡玛迪看着她的背影,走到她的身边,站在那里看着她垂在脖子上的秀发。他说:"为什么不让我帮忙?我知道有点不对劲。我不会伤害你。"

女孩对着面前的窗帘恶狠狠地说:"滚出去!我不需要你的帮助。走开,离我远点。我不想再见到你——永远。"

卡玛迪缓缓地说道:"我认为你需要帮助。不管你喜不喜欢。桌上相框里的那个男人——我想我知道他是谁了。我想他还没有死。"

女孩转过身。她的脸现在像纸一样苍白。她的眼睛紧紧地盯住他的眼睛,急促地喘着粗气。过了很久,她才开口:"我被逮住了。逮住了。你帮不上忙。"

卡玛迪抬起一只手,手指慢慢滑过女孩的脸颊,勾勒着她绷紧的下巴。他的眼睛里闪烁着冷峻的褐色光芒，唇边挂着微笑。那是狡猾的、近乎伪善的微笑。

他说："我搞错了，天使。我根本不认识他。晚安。"

他穿过房间和小小的门廊，打开房门。当房门打开时，女孩抓住窗帘，慢慢地用它擦脸。

卡玛迪没有关门。他站在那里一动不动，看着两个持枪的男人。

他们站在门边，好像正要敲门。一个粗壮、黝黑、阴郁。另一个是白化病患者，长着一双锐利的红眼睛，窄窄的脑袋上戴着一顶被雨水溅湿的黑帽子，露出雪白的头发。他的牙齿又细又尖，像老鼠一样咧嘴笑着。

卡玛迪准备关上身后的房门。白化病人说："别关，乡巴佬。我是说，别关门。我们要进去。"

另一个人上前一步，用左手小心地在卡玛迪身上上下摸索。他后退一步说："没枪，不过胳膊底下有个酒壶。"

白化病人用枪做了个手势。"退后，乡巴佬。我们也要那个小妞儿。"

卡玛迪不动声色地说："那用不着动枪，兄弟。我认识你，也认识你的老板。如果他想见我，我很乐意和他谈谈。"

他转身回到屋里，两个持枪男子跟在身后。

琼·阿德里安没有动。她静静地站在窗前，窗帘贴着面颊，闭着眼睛，仿佛根本没有听到门口的声音。

接着,她听到他们进了房间,猛地睁开眼睛。她慢慢地转过身,越过卡玛迪,盯着那两个持枪男子。白化病人走到房间中央,默默地打量了一下四周,然后走进卧室和浴室。门开了又关上。他走回来,脚步轻得像猫。他敞开大衣,把帽子往头后推了推。

"换衣服吧,妹妹。我们要在雨中兜兜风。好吗?"

女孩现在盯着卡玛迪。他耸耸肩,微微一笑,摊开双手。

"天使,只能这样,最好听他们的话。"

她脸上的表情变得冷漠而轻蔑。她缓缓地说道:"你——你——"她的声音渐渐低下去,变成毫无意义的窃窃咕哝。她动作僵硬地穿过房间,走进卧室。

白化病人把一支烟塞进他的尖嘴里,发出湿答答的咯咯笑,好像嘴里满是唾液。

"她好像不喜欢你,乡巴佬。"

卡玛迪皱起眉头。他慢慢地走到写字台前,屁股靠在上面,盯着地板。

"她以为我出卖了她。"他没精打采地说。

"也许你确实出卖了她,乡巴佬。"白化病人慢吞吞地说。

卡玛迪说:"最好小心点。她会用枪。"

他的手不经意地伸向身后的桌子,轻轻地敲了下桌面,然后不动声色地把皮革相框扣倒,塞到吸墨纸下面。

车子后座的中间有个扶手垫，卡玛迪把一只胳膊肘靠在上面，手掌托着下巴，透过起雾的车窗望着雨。在汽车前灯下，雨变成了浓稠的白雾，砸在车顶的声音好像远方的鼓声。

琼·阿德里安坐在扶手另一边的角落里，戴着一顶黑帽，穿着一件灰色外套。垂在外套上的秀发比羔羊毛长，但没那么卷曲。她没有看卡玛迪，也没有和他说话。

白化病人坐在右侧的副驾驶位上，开车的是那个粗重黝黑的家伙。他们穿过寂静的街道，经过模糊的房子，模糊的树木模糊的街灯。厚厚的雾帘后面闪着霓虹灯的标志，但看不到天空。

接着，他们开始爬坡。十字路口的一盏微弱的弧光灯照亮了一块路牌，卡玛迪认出"法院街"三个字。

他轻声说："这是意大利佬的地盘，老兄。大老板不像从前那么气派了嘛。"

白化病人的目光向后一闪："你应该知道，乡巴佬。"

汽车在一幢斜顶大房子前放慢速度。房子有一个格架搭起来的门廊，四壁由圆形的鹅卵石构成，镶嵌着没有光透出来的窗户。街对面有一座砖砌建筑紧挨着人行道，上面的喷漆招牌上写着：保罗·佩鲁基尼殡仪馆。

汽车甩头转了个大弯，驶入一条碎石车道。灯光射入敞开的车库。他们开了进去，在一辆锃亮的殡仪馆救护车旁边停了下来。

白化病人喝道："全部下车。"

卡玛迪说："看来我们的下一段旅程全都安排好了。"

"有趣的家伙，"白化病人恶狠狠地说，"自以为聪明的猴子。"

"嗯哼，我只是有从容赴死的风范。"卡玛迪慢条斯理地说。

那个黑皮肤的男人关掉引擎，打开一个大手电筒，然后关掉车灯，从车里钻出来。他用手电筒照向角落里一段狭窄的木质台阶。白化病人说："上楼，乡巴佬。女孩走你前面。我拿枪跟着你们。"

琼·阿德里安下了车，从卡玛迪身边经过时没有看他一眼。她僵硬地走上台阶，三个男人依次跟在后面。

楼梯顶部有一扇门。女孩打开门，一道刺眼的白光迎面射来。他们走进一间空荡荡的阁楼，壁骨全都暴露在外，前后各有一扇方形窗户，紧闭着，玻璃漆成黑色。餐桌上方垂下一盏明亮的灯，有个大个子男人坐在桌旁，手肘边放着一碟烟头，其中两个还在冒烟。

一个瘦削的男人坐在床上，嘴唇松弛，左手边放着一支鲁格手枪。地板上铺着一张破地毯，摆着几件家具，角落里有一扇半开的隔板门，可以看到里面的马桶座圈，还有一个老式大浴缸，由铁脚支在地板上。

坐在餐桌旁的男人身材魁梧，但不英俊。他有一头胡萝卜色的头发，眉毛的颜色略深，一张咄咄逼人的方脸，下巴结实。他的厚嘴唇狠狠地叼着香烟。他身上的衣服看起来价格不菲，但睡觉时没脱，显得皱皱巴巴。

他漫不经心地瞥了琼·阿德里安一眼，叼着香烟说："坐吧，妹妹。嗨，卡玛迪。把枪给我，左撇子，然后你们俩都下去。"

女孩轻轻地穿过阁楼，坐到一把直背木椅上。床上的男人站起来，把鲁格手枪放在餐桌旁那个大个子的手肘边。三个枪手走下楼梯，让门开着。

大个子碰了碰鲁格手枪，盯着卡玛迪，语带讽刺地说："我叫多尔·科南特。也许你还记得我。"

卡玛迪随意地站在餐桌边，两腿叉开，双手插在大衣口袋里，头向后仰。眼睛半闭着，显得困倦而冷酷。

他说："是啊。我帮我爸爸定了你的罪，你唯一一次栽跟头。"

"没栽，无赖。上诉法院驳回了。"

"也许这次就栽了，"卡玛迪漫不经心地说，"绑架在本州可是很难脱罪的。"

科南特狰狞地一笑，嘴角却纹丝未动。他的表情带着一种冷酷的幽默。他说："别胡扯了。我们有生意要做，你比上一个家伙要清楚。坐下来——或者你想先看看'一号展品'。就在你身后的浴缸里。没错，去瞅一眼，然后我们就可以谈正事了。"

卡玛迪转过身，走到那扇隔板门前，推门走了进去。墙上伸出一只灯泡，旁边是开关。他啪的打开灯，俯身去看浴缸。

有那么一会儿，他的身体僵住了，就连呼吸也屏住了。接着，他慢慢地吐了口气，左手向后推门，几乎把门关上。他对着那只大浴缸弯下腰去。

浴缸的长度足以让一个人伸开腿躺在里面，而此刻正有一个人这样脸朝上躺在里面。他穿戴整齐，甚至还戴了一顶帽子，尽管看上去不像是他自己戴的。他有一头浓密的灰棕色鬈发，脸上有血，左眼内侧有一个边缘是红色的窟窿。

他是申维尔，已经死了很久了。

卡玛迪倒吸一口气，慢慢地挺直身子，然后又突然俯下身，直到可以看到浴缸和墙壁之间的缝隙。那里有一件蓝色金属质地的东西在尘土中闪着光。一把蓝色的钢枪。和申维尔的枪一样。

卡玛迪迅速回头瞟了一眼。透过那扇没有关紧的门，他能看到阁楼的一部分、楼梯的顶部，以及多尔·科南特安稳地踩在餐桌下地毯上的一只脚。他慢慢地把手伸到浴缸后面，捡起枪。弹匣里还有四发子弹。

卡玛迪敞开外套，把枪塞进裤腰，勒紧腰带，再扣上外套的扣子。他走出浴室，小心地关上隔板门。

多尔·科南特指着桌子对面的椅子说："坐。"

卡玛迪瞥了琼·阿德里安一眼。她也僵硬而好奇地凝视着他。黑帽子下面是一张苍白的脸，黑色的眼珠黯淡无光。

他朝她做了个手势，微微一笑。"是申维尔先生，天使。他出了点意外。他——死了。"

女孩注视着他，脸上没有任何表情。接着，她剧烈地颤抖了一下。她又一次看向他，没有发出任何声音。

卡玛迪坐到科南特对面的椅子上。

科南特打量着他，又在白色茶碟里添了一个烟蒂，然后他点了一支新烟，把火柴一甩，扔到餐桌的另一头。

他吐了口烟，漫不经心地说："是啊，他死了。你杀了他。"

卡玛迪微微摇了摇头，笑着说："没有。"

"别装无辜，伙计。你杀了他。佩鲁基尼，街对面殡仪馆的意大利老板，这个地方也归他所有。他偶尔把它租给合适的人，赚点小钱。凑巧的是，他是我的朋友。这对我很有帮助，特别是在和其他意大利人打交道时。他把这地方租给了申维尔。他不认识申维尔，可申维尔付钱很痛快。佩鲁基尼今晚听到了枪声，他从窗户向外看了看，看到一个人正朝汽车走去。他看到了汽车的车牌号。你的车。"

卡玛迪又摇了摇头。"但我没杀他,科南特。"

"试着证明一下……那个意大利人跑过来,发现申维尔躺在楼梯上,已经死了。他把他拖上来,塞进浴缸。我想他是被血流成河的场面弄疯了。然后,他搜了他的身体,找到了一张警察证,一张私家侦探执照,这可把他吓坏了。他打电话给我,我一听到名字就立刻赶来了。"

科南特停下来,目不转睛地注视着卡玛迪。卡玛迪轻声说:"你有听说今晚奇拉诺的枪击事件吗?"

科南特点点头。

卡玛迪继续说:"我当时在那里,和一个旅馆的小孩一起。就在枪击发生之前,这个申维尔给了我一拳。旅馆的孩子跟踪申维尔到了这里,他们互相开了枪。申维尔喝醉了,又很害怕,我敢打赌是他先开的枪。我甚至不知道旅馆那孩子有枪。申维尔射中了他的肚子。他回到家,死在了那里。他给我留了张字条。我还留着。"

过了一会儿,科南特说:"是你杀了申维尔,要不就是你雇了那个男孩下手。告诉你为什么。他想毁了你的敲诈生意。他被考特威收买了。"

卡玛迪一脸错愕。他猛地扭头去看琼·阿德里安。她向前探着身子注视着他,两颊通红,目光发亮。她轻声说:"对不起——天使。我错怪你了。"

卡玛迪微微一笑,转身对科南特说:"她以为我才是被收买的那个。谁是考特威？你们的走狗，那位州参议员？"

科南特的脸色变得有些苍白。他小心地把香烟放在茶托上，身子越过桌面，一拳打在卡玛迪的嘴上。卡玛迪连同那把摇晃的椅子向后摔，头撞在地板上。

琼·阿德里安静静地站起来，牙齿发出尖锐的打颤声，然后又僵住不动。

卡玛迪翻了个身，站起来，扶起椅子。他掏出一块手帕，按了按嘴巴，又看了看手帕。

楼梯上响起脚步声，白化病人的尖脑袋探进屋里，枪举在前面。

"老板，需要帮忙吗？"

科南特看都没看他："出去——关上门——待在外面！"

门关上了。白化病人的脚步声渐渐消失在楼梯上。卡玛迪把左手放在椅背上，

慢慢地来回晃着椅子。他的右手仍然攥着手帕。他的嘴唇变得肿胀发青，眼睛望着科南特手肘旁的鲁格手枪。

科南特拿起香烟，塞回嘴里。他说："也许你认为我支持这桩勒索勾当。不是的，老兄。我要了结它——所以它会被了结。你要把事情全都吐出来。我在楼下有三个正需要活动筋骨的小伙子。麻利点，说吧。"

卡玛迪说："好吧，但是你的三个人都在楼下。"他把手帕塞进外套里。手伸出来时，已经多了一支蓝色手枪。他说：

"拿着鲁格的枪管,把它沿桌子推过来,推到我能够到的地方。"

科南特一动没动。他眯起眼睛,硬朗的嘴巴猛嘬了一口烟。他没有碰鲁格枪。过了一会儿,他说:"我猜你现在清楚自己会有什么下场了。"

卡玛迪轻轻地摇了摇头。他说:"也许我并不在意。就算真有事情发生,你也不会知道。"

科南特盯着他,一动不动。他盯了他很长时间,又看了看那支蓝色手枪,"你从哪儿弄来的?我的手下没搜你的身吗?"

卡玛迪说:"他们搜了。这是申维尔的枪。你的意大利朋友把它踢到了浴缸后面。粗心大意啊。"

科南特伸出两只粗壮的手指,把鲁格枪转了个向,推到桌子的另一头。他点了点头,不带感情地说:"这回合我输了。我应该想到这一点。这回轮到我坦白了。"

琼·阿德里安快步穿过房间,站到餐桌的一端。卡玛迪从椅子上探过身子,左手拿起那支鲁格枪,塞进外套口袋里,手仍在口袋里握着枪。他把那只握着蓝色枪的手放在椅子上。

琼·阿德里安说:"这个人是谁?"

"多尔·科南特,地头蛇。约翰·迈尔森·考特威参议员是他在州议会的代理人。至于考特威参议员,天使,你书桌相框里的男人就是他。那个你称为父亲的人,你说他死了。"

女孩异常平静地说:"他是我的父亲。我知道他没有死。我在勒索他——要十万美元。我、申维尔和塔戈。他没娶过我妈妈，所以我是私生子。但我仍然是他的骨肉。我有权利，但他不承认。他对我母亲非常薄情，没留给她一分钱。他雇私家侦探监视我很多年了。申维尔就是其中之一。我来这里认识塔戈后，申维尔认出了我的照片。他想起了以前的事。他去了趟旧金山，弄到了一份我的出生证明复印件。就在这里。"

她打开包，在里面摸索着，拉开内衬里的拉链小袋，拿出一张折好的纸，扔到桌上。

科南特盯着她，伸手拿起那张纸，展开来看。他缓缓说道："这说明不了什么。"

卡玛迪从口袋里掏出左手去拿那张纸。科南特把它推给他。

这是一份经过认证的出生证明副本，年份写的是 1912 年。文件记录了一个女孩的出生，阿德里亚娜·詹尼·迈尔森，父母是约翰和安东尼娜·詹尼·迈尔森。卡玛迪把这张纸扔回桌上。

他说："阿德里亚娜·詹尼——琼·阿德里安。这就是你的密报，科南特？"

科南特摇了摇头。"申维尔怂了。他把风声透露给了考特威。他很害怕。这就是他会安排这么一个藏身之处的原因。我认为这就是他被杀的原因。不可能是塔戈干的，因为塔戈还在局子里。也许我误会你了，卡玛迪。"

卡玛迪直愣愣地看着他，什么也没说。琼·阿德里安说：

"这是我的错。我才是该受到谴责的人。事情很糟糕，我现在明白了。我要去见他，告诉他我很抱歉，他再也不会听到我的任何消息。我想让他保证不会伤害杜克·塔戈，可以吗？"

卡玛迪说："你可以做任何你想做的事，天使。我有两把枪可以作证。但你为什么等了这么久？还有，你为什么不通过司法手段对付他？你是混演艺圈的。公众舆论会站在你这边——即使他在法庭上赢了你。"

姑娘咬着嘴唇，低声说："我母亲从来不知道他是谁，甚至不知道他姓什么。对她来说，他就是约翰·迈尔森。我也是来到这里后，碰巧在当地报纸上看到他的照片才知道的。他变了，但我认得那张脸。当然，还有他的名字——"

科南特轻蔑地说："你没有光明正大地去找他，因为你非常清楚自己不是他的骨肉。你母亲只是希望你能攀上他，就像任何廉价的女人看到一张诱人的饭票。考特威说他可以证明这一点，而且他也正要去证明，然后把你扔进你该待的地方。相信我，姑娘，他可是那种硬脖子的家伙，要是有一件二十年前的丑闻重新浮出水面，他宁可选择当众自杀。"

大个子男人恶狠狠地吐出烟蒂，继续说道："我花了不少钱才把他推到现在的位置，我打算让他继续留在那里。这就是我插手这件事的原因。没戏了，姑娘。我已经开始施压了。你会感受到这种压力，并且一直感受到。至于你那位双枪朋友——也许他之前不知道，但现在知道了，这就让他也要被连带收拾。"

科南特砰地拍了下桌子，向后一靠，镇定地看着卡玛迪手中的蓝枪。

卡玛迪直视大个子的眼睛，轻声说道："科南特，今晚出现在奇拉诺的枪手——他不会就是你说的施压吧？"

科南特冷酷地咧嘴一笑，摇了摇头。楼梯顶的房门轻轻地开了一道缝。卡玛迪没有注意到。他一直盯着科南特。但琼·阿德里安注意到了。

她瞪大双眼，惊叫一声，向后退去，这让卡玛迪的眼睛一下子转向了她。

白化病人轻轻地走进门来，举着一支枪。

他的红眼睛放光，嘴巴咧着，露出狰狞的笑容。他说："门板有点薄，老板。我听到了，好吧……扔掉枪，乡巴佬，不然我把你们两个都崩成两半。"

卡玛迪微微转身，张开右手，让蓝枪掉在薄薄的地毯上，弹了几下。他耸耸肩，摊开双手，没有看琼·阿德里安。

白化病人离开门口，慢慢地走上来，把枪抵在卡玛迪的背上。

科南特站起来，绕过桌子，从卡玛迪的外套口袋里掏出鲁格枪，掂了掂。他用枪狠狠地抽在卡玛迪的下巴上，一言不发，连表情都没有变化。

卡玛迪仿佛喝醉一样，他两腿一软，侧身倒在地板上。

琼·阿德里安尖叫着，胡乱抓打着科南特。他将她甩开，枪换到左手,用坚硬的手掌狠狠扇了她一记耳光。

"安静下来,姑娘。你已经玩得够开心了。"

白化病人走到楼梯口,朝下面吆喝了一声。另外两名枪手也走上来,站在那里咧着嘴笑。

卡玛迪在地板上一动不动。过了一会儿,科南特又点了一支烟,指关节敲着出生证明旁的桌面。他粗声粗气地说:"她想见那个老头。好吧,她可以见。我们都去见。这里面还是有些不对头的东西。"他抬眼看了看那个矮胖的枪手。"你和左撇子去城里把塔戈弄出来,尽快带他去参议员那里。快去。"

两个枪手转身下了楼。

科南特低头看着卡玛迪,轻轻踢他的肋骨,直到卡玛迪睁开眼睛,动了动身子。

汽车等在一座小山顶上，后面是两扇高高的铸铁大门，门内有一间小屋。小屋的门开着，黄色光线勾勒出一个高大的身影，穿着风衣，帽檐压得很低。他双手插在风衣口袋里，缓缓步入雨中。

雨水滴在他的脚边，白化病人倚在大门的栏杆上，牙齿咬得咯咯响。大个子男人说："你找谁？我看得见你。"

"麻利点，乡巴佬。科南特先生想见你的老板。"

门内的人朝潮湿的黑暗处吐了口唾沫。"那又怎样？知道现在几点了吗？"

科南特突然打开车门，向大门走去。在汽车与说话声之间，雨在沙沙作响。

卡玛迪慢慢地转过头，拍了拍琼·阿德里安的手。她立刻把那只手推开了。

她声音轻柔地说："你这个傻瓜——唉，你这个傻瓜！"

卡玛迪叹了口气。"我正享受美好时光呢，天使。美好时光。"

大门内的人拿出挂在长链上的钥匙，打开门锁，把门向后推，直到咔嗒一声落在门档上。科南特和白化病人回到车边。

科南特站在雨中，一只脚后跟踩着汽车的踏板。卡玛迪从口袋里掏出大酒壶，摸了摸看看有没有磕坏，然后拧开壶盖。他把酒壶递给女孩，说："喝点酒壮壮胆吧。"

她没有回答，也没有动。他自己对着酒壶喝了点酒，把酒壶收起来，目光越过科南特宽大的背影，望向几英亩湿漉漉的树林，还有一排排灯火通明、仿佛悬挂在空中的窗户。

一辆汽车开上小山，大灯刺破潮湿的黑暗，停在了轿车后面。科南特走过去，头伸进车里，说了些什么。汽车倒车，开上车道，灯光洒在挡土墙上，消失不见，随后又出现在车道顶，就像石头门廊前的一块白色鹅卵石。

科南特钻进车里，白化病人一打方向盘，跟随前车驶入车道。他们到了山顶，在柏树环绕的水泥停车场下了车。

台阶顶端的大门敞开着，一个穿着浴袍的男人站在门口。塔戈正被两个男人紧紧夹在中间，走到台阶一半处。他没戴帽子，也没穿大衣。魁梧的身躯套着白色西装，在两名枪手的对比下，显得十分巨大。

一行人走上台阶，进入屋内，跟随穿浴袍的管家经过一个挂着某人祖先肖像的大厅，穿过一间安静的椭圆形休息室，来到另一间大厅，然后走进一间镶有护墙板的书房。书房里亮着柔和的灯光，挂着厚重的窗帘，摆着几把深色的皮椅。

一个男人站在一张深色的大书桌后面。书桌位于一个凹室里，是由一圈突出的矮书架围成的。男人又高又瘦，一头精心护理的白发十分浓密，连一根翘起的发丝都看不见。他有一张线条笔直的小嘴，带着一丝愤恨，苍白的脸上线条分明，浅浅地嵌着一双黑眼睛。他欠了欠身，一件镶着缎边的蓝色灯芯绒浴袍裹着那具瘦骨嶙峋的躯体。

管家关上门，科南特又打开，朝和塔戈一起进来的两个枪手甩了甩下巴。他们走了出去。白化病人走到塔戈身后，把他推到一把椅子前。塔戈看上去茫然无知，一侧脸上沾着污迹，眼神迷蒙，像被下了药似的。

女孩快步走到他跟前说："哦，杜克——你还好吧，杜克？"

塔戈朝她眨了眨眼睛，微微咧嘴一笑。"所以你被迫招了，是吧？别说了。我很好。"他的声音显得不太自然。

琼·阿德里安从他身边走开，坐下来，弓起身子，一副很冷的样子。

高个男人冷冷地环顾房间里的每个人，然后毫无生气地说："所以这些就是勒索者——有必要大半夜把他们带到这里来吗？"

科南特脱掉外套，丢在一盏灯后面的地板上。他重新点燃一支烟，叉腿站在房间中央，显得高大、强悍、刚毅、自信满满。他说:"这个女孩想见你,和你说声对不起,她想跟你合作。那个穿奶白西装的家伙叫塔戈,是个拳击手。他卷进了一场夜总会的枪击案,在城里又发疯乱来,他们给他吃了安眠药,这才让他安静下来。另一个人是卡玛迪,老马库斯·卡玛迪的儿子。我还没弄明白他在搞什么鬼。"

卡玛迪干巴巴地说:"我是私家侦探,参议员先生。我来这里是为了我的委托人阿德里安小姐的利益。"他笑了笑。

女孩突然瞥了他一眼,然后又看向地板。

科南特粗暴地说:"申维尔,你认识他,被杀了。不是我们干的。这个问题还有待调查清楚。"

高个子冷冷地点了点头。他坐在桌前,拿起一支白色羽毛笔,搔了搔一只耳朵。

"科南特,你对处理这件事有什么看法?"他尖声问道。

柯南特耸耸肩。"我是个大老粗,但我会通过法律途径处理这件事。找地方检察官谈谈,如果他们涉嫌敲诈,就把他们关进牢里。给那些报纸编个故事,然后等待事情冷却下来。然后把这些鸟人赶走,告诉他们不要再回来——否则……"

考特威议员用羽毛笔搔起另一只耳朵。"他们还会对我发起攻击,从远处,"他冷冰冰地说,"我希望彻底摊牌,让他们去他们该去的地方。"

"你不能这样做,考特威。这会毁了你的政治前途。"

"我厌倦了公共生活,科南特。我很乐意退休。"这个高瘦的男人嘴角一弯，微微一笑。

"你这该死的家伙，"科南特咆哮道。他猛地转头，厉声说道："过来，姑娘。"

琼·阿德里安站起来，慢慢地穿过房间，站到书桌前。

"她是你的孩子？"科南特厉声问道。

考特威盯着女孩僵硬的脸看了很长时间，脸上没有任何表情。他将羽毛笔放在桌子上，打开抽屉，拿出一张照片。他看了看照片，又看了看女孩，然后又看回照片，最后不动声色地说："这是几年前拍的，但很像。我想我会毫不犹豫地说，这是同一张脸。"

他把照片放在桌子上，然后同样不慌不忙地从抽屉里拿出一支自动手枪，放在照片旁边。

科南特盯着那支枪。嘴角一撇，粗声说道："你用不着那玩意儿，参议员先生。听着，你摊牌的想法完全是错的。我会从这些人口中得到详细的认罪供述，我们能制住他们。如果他们还敢闹事，到时候会有足够的时间来好好收拾他们。"

卡玛迪微微一笑，穿过地毯，走到书桌的一头。他说："我想看看那张照片。"说着，他突然俯身拿起照片。

考特威瘦削的手落在枪上，然后又松弛下来。他往椅背上一靠，盯着卡玛迪。

卡玛迪端详着照片，随后放下，他轻声对琼·阿德里安说："回去坐下。"

她转身回到椅子那里,疲惫地坐下来。

卡玛迪说:"我喜欢你摊牌的想法,参议员先生。它干净利落,直截了当,是对科南特先生的策略的有益变通。只是它行不通。"他用指甲弹了下照片,"外貌只是表面上的相似,仅此而已。我认为根本不是同一个女孩。她的耳朵形状不同,位置比较低。她的眼睛比阿德里安小姐的眼睛挨得更近,下巴的线条更长。这些是不会改变的。那你手上有什么?一封勒索信。也许吧,但你不能把它和任何人联系在一起,不然你早就这么干了。女孩的名字。只是巧合。还有什么?"

科南特的脸像岩石一样坚硬,嘴巴显得愤愤不平。他的声音有点颤抖:"那你怎么解释那个姑娘从钱包里拿出的出生证明呢,聪明的家伙?"

卡玛迪微微一笑,用指尖摸了摸下巴。"我想你是从申维尔那里弄到的那张纸?"他狡黠地说,"而申维尔死了。"

科南特的脸上充满愤怒。他攥紧拳头,突然向前迈了一步,"你——这个卑鄙的家伙——"

琼·阿德里安欠着身子,瞪大眼睛看着卡玛迪。塔戈也盯着他,带着浅笑,眼神冷酷。考特威同样盯着他。脸上没有任何表情。他冷淡地坐在那里,显得放松而疏远。

科南特突然大笑起来,打了个响指。"行,有话快说。"他咕哝道。

卡玛迪缓缓说道:"我告诉你另一个不能摊牌的理由。奇拉诺夜总会的枪击事件。那些让塔戈输掉一场无关紧要比赛的威胁。那个跑到阿德里安小姐的公寓房间，把她打晕在地，任她躺在门口的歹徒。科南特，你不能把这些都串在一起吧？我可以。"

考特威突然身子前倾，手按在枪上，握住枪柄。在苍白空洞的脸上，他的黑眼睛犹如两个黑洞。

科南特既没有动，也没有说话。

卡玛迪继续说道："塔戈为什么会受到那些威胁？在他没有输掉比赛之后，为什么会有枪手去奇拉诺找他？那是一家夜总会，不是适合玩那种把戏的地方。因为在奇拉诺，他和这个女孩在一起，而奇拉诺是他的后台老板。如果在奇拉诺发生了任何事，警方在有时间考虑其他事情之前，首先就会听到受到威胁的故事。这就是为什么。威胁不过是为谋杀做准备。枪击发生时，塔戈应该正和女孩在一起，这样枪手就可以干掉女孩，而从表面看，塔戈才是目标。

"当然，他可能也会杀了塔戈，但最重要的是那个女孩。因为她是这场勒索背后的定时炸弹。没有了她，一切都毫无意义。有了她，事情总能闹成一场法律上的亲子诉讼——如果勒索没有成功的话。你了解她，也了解塔戈，因为申维尔临阵退缩，说出了一切。申维尔认识那个枪手——因为枪手一出现，我就看见了他——而申维尔知道我认出了他，因为他听见我对塔戈说过他的事——然后申维尔就想借酒闹事，阻止我去干涉。"

卡玛迪停了下来，再次慢慢地轻柔着脑袋的一侧。他从上到下地打量科南特。

科南特异常严厉地缓缓说道："我不玩那种游戏，伙计。信不信由你——我不玩。"

卡玛迪说："听着。那个枪手原本可以在公寓里杀死这个女孩。他没有这么做，是因为塔戈不在那里，比赛也没有开始。如果他杀了女孩，障眼法就全都白费了。他去那里是为了看清楚她素颜的样子。而她当时因为害怕某些事，身上带着一支枪。所以他打晕了她就跑掉了。那次拜访只是一次试探。"

科南特重复道："我不玩那种游戏，伙计。"然后他从口袋里掏出鲁格枪，放在身边。

卡玛迪耸耸肩，转头看向考特威参议员。

"错了，但他会玩，"他轻声说，"他有动机，而且这种玩法看上去不像他的风格。他和申维尔串通好了——如果出了纰漏，的确出了，申维尔就脚底抹油，如果警察够聪明，那么强悍的大个子科南特就要鼻子碰灰了。"

考特威微微一笑，用一种完全没有生气的声音说："这个年轻人很聪明，但明显——"

塔戈站了起来。他的脸仿佛一副僵硬的面具。他缓缓嚅动着嘴唇："听起来很不错。我看我该扭断你那该死的脖子，考特威先生。"

白化病人咆哮道："坐下，小子。"说着举起枪。塔戈微微转过身，狠狠地打在白化病人的下巴上。他向后倒去，一头撞在墙上。枪从他软弱无力的手中滑到地板上。

塔戈穿过房间。

科南特斜眼看他，但一动未动。塔戈从他身边走过，几乎碰到了他。科南特依旧纹丝未动。他的大脸上毫无表情，眼睛眯成一条缝，透过沉重的眼皮闪着微光。

除了塔戈，谁也没有动。接着，考特威举起枪，手指扣动扳机，枪发出一声怒吼。

卡玛迪敏捷地穿过房间，站到琼·阿德里安面前，挡在她和其他人中间。

塔戈低头看着自己的手。表情扭曲成傻笑。他坐到地板上，双手捂着胸口。

考特威再次举起手枪，这一次科南特出手了。鲁格枪跳动了两下，喷出火苗。鲜血顺着考特威的手流了下来。他的枪落在书桌后面。修长的身躯好像要扑上去捡枪，但却颓然弯折，直到书桌上面只露出肩膀。

科南特说："站起来受死，你这个卑鄙的骗子！"

书桌后面传来一声枪响。考特威的肩膀耷拉下来，看不见了。

过了一会儿，科南特绕到书桌后面，停下脚步，挺直身子。

"他吃了一颗枪子儿。"他非常平静地说，"用嘴吃的。我们失去了一位正直的参议员。"

塔戈抬起胸前的双手，身子一歪，倒在地板上，一动不动。

房门砰的一声打开了。管家站在门口，头发蓬乱，目瞪口呆。他想说点什么，但瞧见科南特手里拿着枪，看到塔戈倒在地板上，于是什么话也说不出来了。

白化病人爬起来，揉着下巴，摸了摸牙齿，晃了晃脑袋。他贴着墙慢慢地走过去，捡起自己的枪。

科南特对他咆哮道："原来你还挺有种。去打电话。找夜班警长马洛伊——麻利点！"

卡玛迪转过身，抬起琼·阿德里安冰冷的下巴。

"天快亮了，天使。我想雨已经停了。"他缓缓说道。他掏出形影不离的酒壶，"我们喝一杯吧——敬塔戈先生。"

女孩摇摇头，双手掩面。

过了很久，警笛声响了起来。

10

那个瘦削、一脸倦容的男孩穿着卡隆德莱特浅色与银色相间的制服,用戴着白手套的手挡住正要关闭的电梯门,说:"科基的疖子好些了,但他没来上班,卡玛迪先生。领班托尼今早也没来。有些人啊,真是太娇气了。"

卡玛迪站在电梯的角落里,挨着琼·阿德里安。他们是电梯里仅有的两位客人。卡玛迪说:"那只是你的想法罢了。"

男孩涨红了脸。卡玛迪走过去拍了拍他的肩膀,说:"孩子,别介意。我整晚都在陪一个生病的朋友。来,给自己多买一份早餐。"

"哎呀,卡玛迪先生,我不是那个意思——"

电梯门在九层打开,他们沿着走廊来到914号房。卡玛迪用钥匙打开门,将它留在里面的锁眼上,然后扶着门说:"睡一觉吧,醒来就有精神了。拿着我的酒壶,喝一点,对你有好处。"

女孩走进门,回头说道:"我不想喝酒。进来坐会儿,我想跟你说句话。"

他关上门,跟她走进房间。一缕明亮的阳光洒在通往长沙发的地毯上。他点燃一支香烟,盯着它看。

琼·阿德里安坐下来,摘掉帽子,把头发弄得蓬松一些。她沉默了片刻,然后字斟句酌地缓缓说道:"你为我费了这么多心,真是太好了。但我不明白你为什么要这么做。"

卡玛迪说:"我能想到几个理由,但它们还是没能阻止塔戈被杀。某种程度上,这是我的错。从另一个角度看,这又不是我的错。我并没有让他去扭断考特威参议员的脖子。"

女孩说:"你以为你是硬汉,其实你只是个傻瓜,碰到一个陷入麻烦的流浪者,你就让自己去蹚浑水。忘了这件事吧。忘了塔戈,也忘了我。我们都不值得你浪费时间。我想告诉你这些,是因为只要他们同意,我就会远走高飞。我不会再见到你了。这算是告别。"

卡玛迪点点头,盯着地毯上的阳光。女孩继续说:"这有点难以启齿。我说自己是个流浪者时,并不是在寻求同情。我在太多卧室里强忍着自己,我在太多肮脏的更衣室里脱过衣服,我常常吃不上饭,我说过太多谎话。所以我才不想和你有任何牵连,永远不想。"

卡玛迪说:"我喜欢你的坦白。继续。"

她飞快地看了他一眼,又把目光移开。"我不是那个叫吉安妮的女孩。你猜到了。但我认识她。我们一起做过低俗的姐妹秀,当那种姐妹秀还流行的时候。艾达和琼·阿德里安。我们根据她们的名字取了我们的艺名。我们搞砸了。之后的走穴演出也失败了。那是在新奥尔良。对她来说,有点太难了。她吞下了氯化物。我保存着她的照片,因为我知道她的身世。看着那个瘦削冷漠的家伙,想着他本来能为她做的事,我渐渐地开始恨他。她的确是他的孩子。我从未怀疑过她不是。我甚至给他写过信,为她寻求帮助,只是一点点帮助,签的是她的名字。但是我从来没得到任何回音。我太恨他了,恨到想要报复他,尤其是在她服毒之后。所以一有机会,我就来了这里。"

她停下来,手指紧扣在一起,然后又猛地抽出,好像要故意伤害自己。她接着说:"我通过奇拉诺认识了塔戈,又通过他认识了申维尔。申维尔认出了那些照片。他曾在旧金山的一家侦探所受雇监视艾达。其余的事你都知道了。"

卡玛迪说:"听上去很不错。我想知道你为什么没有更早动手。你想让我以为你并不想要他的钱?"

"不。我会拿走他的钱。但钱不是我最想要的。我说过我是个流浪者。"

卡玛迪微微一笑,说:"天使,你对流浪者了解得并不多。你做了违法的事,被抓了。就是这样,但那些钱也不会对你有任何好处。那是脏钱。我知道。"

她抬起头，目不转睛地看着他。他摸了摸自己的脸，蹙起眉毛说："我知道，因为我的钱就是那种钱。我父亲发家致富，就是靠不正当的手段拿到下水道和路政工程的合同，靠赌场的特许经营，靠任职贿赂。我敢说，甚至还有更堕落的事。在官场上，他为了赚钱，无所不用其极。钱到手以后，除了坐在那里看着它，就没有别的事可做了。然后他死了，把钱留给了我。这些钱并没有给我带来任何快乐。我一直希望钱可以带来快乐，但从来没有过。因为我是他的崽子，他的血脉，在同一个阴沟里长大的。我比流浪者还糟，天使。我是一个靠脏钱过活的人，甚至自己都不用去偷。"

他停下来，将烟灰弹在地毯上，整了整了头上的帽子。

"好好考虑一下，别跑得太远，因为我有的是时间，而这对你没有任何好处。我们一起远走高飞会更有意思。"

他朝门口走了几步，站在那里，望着地毯上的阳光，又飞速地回头看了看她，然后走了出去。

门关上后，她站起来，走进卧室，像往常一样和衣躺在床上。她直愣愣地看着天花板，过了许久，露出笑容。她带着笑意，沉入梦乡。

Chronology

雷蒙德·钱德勒年表

1888 年 诞生

7月23日，雷蒙德·桑顿·钱德勒生于芝加哥。

1895 年 7 岁

父母离婚。母亲带钱德勒前往伦敦。

1900 年 12 岁

进入传统英国公学达利奇学院。

1905 年 17 岁

毕业后前往巴黎学习法语。

1906 年 18 岁

移居德国，学习德语。

1907 年 19 岁

回到英国，随后以优异的成绩通过公务员考试，为海军部工作。

1909—1911年　21—23岁

担任记者，偶尔为《威斯敏斯特公报》和《学院》撰稿。

1912年　24岁

回到美国，最终定居洛杉矶，做过各种零工。

1908年　20岁

几个月后决定辞职，成为一名作家。

1918年　30岁

被派往法国前线服役三个月，后被调到皇家空军。

1917岁　29岁

"一战"爆发后，加入加拿大远征军，回到英国。

1919年　31岁

战争结束，回到美国西海岸。与比他大十八岁的已婚女人茜茜·帕斯卡有染。

1922年　34岁

在达布尼石油公司担任文员工作，最终升为副总裁。

1923年　35岁

钱德勒的母亲去世。

1920年　32岁

茜茜和丈夫离婚，但因为钱德勒母亲的反对，无法与钱德勒结婚。

1924年　36岁

钱德勒与茜茜结婚。

1932年　44岁

钱德勒因酗酒被达布尼石油公司解雇，决定专注于写作。

1925—1931年　37—43岁

钱德勒夫妇辗转于大洛杉矶地区，钱德勒开始酗酒。

1938　50岁

发表《赤风》《披着黄衣的国王》和《湾城蓝调》。用三个月时间写出第一部长篇小说《长眠不醒》，塑造出私家侦探菲利普·马洛的人物形象。

1935年　47岁

发表《雨中杀手》《内华达气体》和《西班牙血盟》。

1933年　45岁

在《黑色面具》杂志上发表首篇小说《勒索者不开枪》。

1936年　48岁

发表《齐拉诺夜总会的枪声》《喜欢狗的人》《金鱼》《帷幕》和《试试那个女孩》。

1939年　51岁

《长眠不醒》由克诺夫出版社出版。发表《恼人的珍珠》《找麻烦是我的职业》和《我会等候》。

1934年　46岁

发表《自作聪明的谋杀案》和《手指人》。

1943 年　55 岁

钱德勒与派拉蒙公司签约，与导演比利·怀尔德共同创作《双重赔偿》的剧本。钱德勒的周薪高达1750美元。长篇小说《湖中的女人》由克诺夫出版社出版。在《大西洋月刊》上发表《简单的谋杀艺术》一文。

1941 年　53 岁

以2000美元的价格，将《再见，吾爱》的电影改编权出售给雷电华电影公司。

1944 年　56 岁

《双重赔偿》上映，取得不俗的票房。钱德勒获得奥斯卡最佳编剧提名。

1940 年　52 岁

长篇小说《再见，吾爱》由克诺夫出版社出版。

1942 年　54 岁

完成长篇小说《高窗》，并以3500美元的价格将电影版权卖给了20世纪福克斯公司。随后，《高窗》由克诺夫出版社出版。

1945年　57岁

钱德勒为派拉蒙公司创作原创剧本《蓝色大丽花》。米高梅公司签下钱德勒，让其为电影《湖中的女人》撰写剧本。钱德勒对电影的制作方式感到不满，在剧本完成前离开，并坚持要求将他的名字从演职员表中去掉。

1948年　60岁

钱德勒终止与克诺夫出版社的合作关系，转投霍顿·米夫林出版社。

1946年　58岁

《蓝色大丽花》上映，钱德勒再次获得奥斯卡最佳编剧提名。华纳兄弟公司发行电影《长眠不醒》。

1949年　61岁

长篇小说《小妹妹》出版。

1950 年　62 岁

钱德勒与希区柯克合作,为华纳兄弟公司的《火车上的陌生人》写作剧本。因与希区柯克关系不和,故钱德勒选择退出。

1951 年　63 岁

钱德勒开始写作《漫长的告别》。

1952 年　64 岁

完成《漫长的告别》。健康状况开始恶化。

1953　65 岁

《漫长的告别》由霍顿·米夫林出版社出版。

1954 年　66 岁

茜茜去世。钱德勒陷入深深的悲痛和酗酒引发的抑郁。

1956 年　68 岁

在伦敦住到五月。后因税务原因返回美国。继续酗酒。

1958 年　70 岁

赴伦敦、卡普里和那不勒斯旅行。《重播》出版。

1955 年　67 岁

钱德勒企图自杀。他卖掉加州拉霍亚的别墅，前往英国。

1957 年　69 岁

钱德勒因酗酒住院。完成最后一部长篇小说《重播》。

1959 年　71 岁

钱德勒向他的经纪人海尔加·格林求婚。她接受了，但遭到她父亲的反对。钱德勒在纽约接受美国侦探作家协会主席一职。3月26日，钱德勒因肺炎在加州去世。他的遗体安葬在圣地亚哥的霍普山公墓。

译者 | 刘子超

作家,译者。

毕业于北京大学中文系。

先后供职于《南方人物周刊》《GQ智族》、牛津大学路透新闻研究所。

现自由写作。

曾获首届"单向街书店文学奖·年度旅行写作""豆瓣年度好书"、全球"真实故事奖"(True Story Award)特别关注奖。

主要著作

2019　　旅行文学《沿着季风的方向》

2020　　旅行文学《失落的卫星：深入中亚大陆的旅程》

主要译作

2016　　［美］海明威《流动的盛宴》

2018　　［英］伊恩·弗莱明《惊异之城》

2020　　［美］雷蒙德·钱德勒《漫长的告别》

2021　　［美］雷蒙德·钱德勒《长眠不醒》

2022　　［美］雷蒙德·钱德勒《侦探的简单艺术》

策　划｜作家榜
出　品｜

出 品 人｜吴怀尧
总 编 辑｜周公度
产品经理｜李洁敏
封面设计｜林　青
版式设计｜杨净净
内文插图｜［英］Ben Jones　兰桥固
封面插图｜［英］Ben Jones
产品监制｜陈　俊
特约印制｜朱　毓

版权所有 | 大星文化
官方电话 | 021-60839180
本书图片如涉及使用版权等事宜请联系 | 021-60839180